文艺批评新视野丛书

丛书主编 黄继刚 胡友峰

国家社科基金青年项目『十七年文学批评史研究』（14CZW011）阶段性成果之一

变革中的焦虑：十七年文学探寻

吕东亮 著

武汉大学出版社
WUHAN UNIVERSITY PRESS

图书在版编目(CIP)数据

变革中的焦虑：十七年文学探寻/吕东亮著.—武汉：武汉大学出版社,2018.9
文艺批评新视野丛书/黄继刚,胡友峰主编
ISBN 978-7-307-20539-0

Ⅰ.变…　Ⅱ.吕…　Ⅲ.中国文学—当代文学—文学研究
Ⅳ.I206.7

中国版本图书馆 CIP 数据核字(2018)第 208686 号

责任编辑:李　琼　　责任校对:李孟潇　　版式设计:汪冰滢

出版发行：**武汉大学出版社**　(430072　武昌　珞珈山)
(电子邮件：cbs22@ whu.edu.cn　网址：www.wdp. com.cn)
印刷：武汉鑫佳捷印务有限公司
开本:720×1000　1/16　印张:15.75　字数:225 千字　插页:1
版次:2018 年 9 月第 1 版　2018 年 9 月第 1 次印刷
ISBN 978-7-307-20539-0　定价:48. 00 元

总　　序

黄继刚、胡友峰两位博士主编了一套书系，让我为之写一个总序，我欣然从命，其原因有二：首先是对于该书系的内容比较感兴趣；其次是觉得该套书系的作者视角比较有特点。

现分别来说：其一，该套书系的内容是“文艺批评新视野”，这个视角符合我们文艺发展的时代性。众所周知，文学艺术作为意识形态之一，是特定经济社会之反映。当前时代已经进入到后现代社会，是对于现代之反思与超越。我们可以用不同的名称来形容这个后现代社会，可以称之为“共生的时代”，以之与传统的各种“中心论”相对；可以称之为“生态文明时代”，以之与传统的工业文明时代相对；可以称之为“网络时代”，以之与传统的纸质文化时代相对；可以称之为“东方文化复兴时代”，以之与传统的“西方文明中心论”相对，还可以称之为“跨文化研究时代”，以之与传统界限明晰的研究相对，如此等等，不一而足。该套书系几乎包括了上述各个方面的内容，黄继刚的《空间的现代性想象》以文学中的景观书写为研究对象，可谓是一种典型的跨文化研究；胡友峰的《媒介生态与当代文学》是对于电子媒介时代的文学研究对象和审美属性的探讨；戴孝军的《和谐与超越：中西传统建筑审美文化比较》与何飞雁的《彩调的审美文化研究》也是一种跨文化多元性研究；康毅的《露西·伊丽格瑞近期思想研究》与何书岚的《中国诗学中的人权思想研究》都是对于人之生存状态的一种开放式研讨；而李鹏飞的《中古诗歌用典美学研究》则是对于中国古代诗学的全新探赜。总之该套书系给我们展示的是一个全新视角，也给当下的文艺理论研究带来了清新的学术气息，这无疑是值得鼓励和倡导的。

其二，是该套书系的作者都是“75后”、“80后”的年轻博士，这一代学者是将来我国文艺理论研究的生力军，也是文艺理论研究的未来。而我们都已经进入21世纪第二个十年的后半期，真的是喟叹日月如梭，时光荏苒，像我这样毕业于20世纪60年代初期的学人都早已经步入老年，更遑论我们的师辈。因此，新的一代与一代新人的崭露头角已经是时代精神与学科发展的必然要求，本丛书的作者们就属于这样的新一代，他们在本套书系中表现出来的锐气才力与研究实力正是这些新人们发展前景的美好表征。我期待并盼望着这些年轻的朋友们能够快速成长，飞得更高，取得更多更好的学术成就。这也是我在济南三伏天的炎热之中写了如上寄语的真实用意所在。

曾繁仁 *

2016年7月18日

---

* 曾繁仁，山东大学前校长，终身教授，现任国务院学位委员会文学、艺术学评议组召集人，长期以来担任国家社科基金评审专家，教育部“长江学者”评审组中国语言文学、新闻学、艺术学组组长。

写在前面的话

我们当下已经身处一个科学主义盛行的时代，科技似乎从未停止过大规模前进的步伐，而文艺的地盘逐渐被蚕食并日益边缘，科学实用的意向将人文虚致的精神挤到了墙角，“爱因斯坦遭遇马格利特”① 的强弱悬殊已经越来越不成比例。如今我们将文学的中心/边缘、实用/无用等问题拿来讨论，这本身业已昭示出现代文化的基本困境：它时时处在工具理性和实用精神的压迫之中，所为甚微。这一情形也正是目前文艺研究者不得不面对的逼仄现实。文艺研究活动作为一门“学问”和一种特殊的审美情感，可能并不创造直接的经济价值，也无法参与到社会形态的具体建构过程当中，它更多的是提供了关于人之存在的不同价值观念。所以，尽管粗粝的生存需求和社会压力时常将文艺研究者从思想的高峰拽下，抛入到现实环境的无尽撕扯当中，但是“学问”本身自有其意义。胡塞尔现象学曾经帮助我们区分界定了两个概念：指明和证明，就文艺研究活动而言，其并不证明什么，但是它时时在向我们指明，这些为它看见和指明的东西，就是可能性，即人生、世界何以展开、如何展开的可能性，这一可能性并非要将自己的观念视为唯一原则而强加于人，而是提供一种内省的思想方法来帮助我们破除灵魂的栅栏，并使得自我呈现出应然的状态。借此，我们保持一份“未敢翻身已碰头”的谦逊和惶恐，在自己营造的精神天地和思想涟漪中自得其乐，在书斋当中的“玄思妙想”、“坐而论道”都可谓

① “爱因斯坦遭遇马格利特”（Einstein Meets Magritte）是 1995 年在布鲁塞尔召开的跨学科学术研讨会，其旨在探究不同学科的边界以及对话交流的可能性。

是对当下甚嚣尘上之功利关怀的最好回应，毕竟审慎执着的学术追寻仍然要比琐碎无序的日常生活荣耀得多，正如尼采在《快乐的智慧》中所言，假若能参悟读懂自己的灵魂，自身那种须臾不可或离的意义将徐徐呈现，而“生命之于我们，意味着不断将自身以及所遭遇的一切转化为光和火”①。就此而言，文艺研究也许不会使我们富有，但却会使我们终得自由。

文艺研究者素以学术研究中的“思”、“史”、“诗”视为自身的存在方式，并在一种不知足的引颈前瞻氛围中昭示出应对未来的能力。而学术研究上的承传有自、薪火绵延更是需要吁请青年文脉的加入，尤其是需要聆听“75后”、“80后”学者所发出的声音。就此，编者虽不敢妄言此丛书会“雏凤清于老凤声”，但是年轻学者们不囿于陈说、溯迎而上的努力还是应该值得肯定和鼓励的。就这套《文艺批评新视野丛书》而言，语境化的分析和历史性的考察是我们甄选文丛时的唯一判断标准。所谓“求理于问答之外”，作者们大多能够透过浓重的历史烟雾来重新论证理论之自明性，其论著或者是隐含着一种新的提问方式，或者是用新方法来开启新视野，或者是以新角度来探讨新问题，整体上兼具学术差异性和理论互文性之特征，而作者们许多篇章的文本分析巨细靡遗、秘响旁通，也堪称精彩。编者希冀本套丛书能够抛砖引玉，在学界产生更多有价值的理论思考和学术回应，当然也因编者缺乏经验，谬误在所难免，还请业内方家批评指正。

最后，非常感谢康毅、李鹏飞、何书岚、何飞雁、戴孝军、潘国好、白宪娟等好友的信任，诸君大多师出名门，受过严格而系统的学术训练，他们勤勉刻苦，笔健如犁，耕耘不辍，在各自的研究领域拓荒不止，开垦出一片片长满创意的新田地。当编者发出邀请，各位作者欣然将各自的博士论文纳入到我和友峰兄策划主编的这套丛书当中，孔子云“以文会友，以友辅仁”；少陵云“文章有神交有道”，此谓也。

---

① ［德］尼采著，王雨译：《快乐的智慧》，中国社会科学出版社1997年版，第4页。

我想接下来应该是编者宣读完开场白之后，默默退下，而诸位优秀的思想演员将在这之后陆续登场亮相——

黄继刚　胡友峰

2016 年 4 月

目　　录

第一章　中华人民共和国成立初期新诗形式讨论中的“传统”问题

新诗的诞生，是以形式上对古典诗歌的反叛为重要基础的。但是，在新诗的发展历程中，诗歌的形式一直得不到有效的确认，形式问题成为制约新诗发展、成形的核心问题，也是新诗存在合法性能否取得的关键问题。这一问题至今仍然存在。新诗形式上的这一“未完成性”以及伴随而来的焦虑,① 在每一个阶段都有不同程度的表现。在中华人民共和国成立前，新诗的形式焦虑虽然存在，而且一些诗人为了化解这种焦虑对新诗形式作了认真而富有成效的探索，但总体来讲，由于诗界的“无政府状态”和坎坷多艰的国族命运，新诗形式探索所积累的成果并没有得到诗人们的认同，关于新诗形式的主张事实上呈现多元状态。这种多元化的、无政府化的状态对于企求一体化的共和国政权及其文化力量而言是不能容忍的，因而新诗的形式焦虑在中华人民共和国成立后变得更为剧烈和集中。在组织上渐趋一统的中国诗歌界为化解这种焦虑所作出的努力是艰苦卓绝的，所面临的困境也是意味深长的。这种努力及其呈现的困境突出地表现在关于诗歌问题的讨论中。可以说，形式焦虑及形式探索是十七年诗歌评论的核心问题。

当然，十七年时期的诗歌评论并不完全是形式探索。事实上，对于诗人诗作的思想政治方面的评判仍然是诗歌批评首先考虑的方

---

① 关于新诗形式的“未完成性”问题，目前诗界存在着诸多争议。本书认同“未完成性”这一说法，主要是从诗歌和新文学格局中其他文体相比较的角度而言的。本书所使用的“中华人民共和国成立初期”这一概念，指的是从 1949 年到“新民歌运动”发生的这段时间。

面。但相对于形式而言，思想政治方面的批评虽然显得严肃甚至凌厉，但一般问题比较明朗，几乎不大会引起争议，因而虽然重要，但并不是诗歌批评的焦点，对于专业的影响较大的批评家而言尤其如此。诗歌批评中的政治考量，虽然常常和形式探索缠绕在一起，但有的时候，特别是在一些非专业、群众性、政治性的批评文章中，政治考量往往呈现出自足的面貌，并不涉及诗歌形式问题。总的来说，诗歌评论界真正焦虑的是尚未具备确定性和共识的诗歌形式问题。

一、革命抑或改良：面对新诗传统的两种态度

1949 年 7 月，中国文学经历了 20 世纪 40 年代后期的艰难转折，走进了当代，并且和其他事物一样，呈现出万象更新的面貌。此时的文学界普遍忙碌的，是各种文学力量、各种文学资源的整合问题，这一过程同时也是中国文化和文学建构的过程。这一时期，中国文艺界创办的主要期刊，组织和发表了大量的关于文学问题的讨论。新诗问题的讨论就是这些讨论中值得注意的一场。

1950 年年初，《文艺报》组织了关于诗歌问题的讨论，当时的参加者有萧三、田间、冯至、马凡陀、贾芝、邹荻帆、林庚、彭燕郊、力扬、沙鸥等，其文章集中发表在《文艺报》第 1 卷第 12 期，分别为《谈谈新诗》《写给自己和战友》《自由体和歌谣体》《诗歌与传统的关系》《对于诗的一点理解》《关于歌颂》《新诗的“建行”问题》《诗质和诗的语言》《关于诗》《谈诗的偏向》。何其芳当时因为忙于别的事情，没有参加讨论，他随后为这场讨论而撰写的文章《话说新诗》发表在《文艺报》第 2 卷第 4 期。这一讨论就其代表的广泛性而言，是程度较高的。萧三、田间、何其芳等是解放区诗人，冯至、林庚等是国统区带有自由主义倾向的诗人，力扬、彭燕郊是七月派诗人。更为重要的，他们都是一些具有创作成绩的诗人，对诗歌的理解都有切身体验。诗人论诗，这是诗歌史上较为普遍的现象，在十七年，这一现象不仅没有因为政治的挤压而消失，而且更加纯粹化了，诗人自动地成为谈诗的权威，甚

至一些不具有诗人身份的文艺界领导人谈论诗歌的文章，也往往采用“门外谈诗”的形式。① 这次讨论是新诗问题的一次集中暴露。新诗与古典诗歌、民歌脱节的问题，新诗和群众语言的隔膜问题，新诗的体式问题，新诗人的立场问题，诗的语言问题，诗歌与传统的问题，都被认真地提了出来。这些问题当中，较为核心的或者说较为本源性的问题是诗歌群众化问题和新诗自身的体式问题。

新诗大众化问题，即新诗与群众相结合的问题，是左翼文艺界一直关心的问题，也是解放区文艺传统的一个重要质素。从群众化意义上来讲，由《文艺报》组织的这场讨论可以视为解放区文学活动在 1949 年后的延续。参加讨论的诗人都或多或少地对新诗大众化表示了赞同、提出了建议。但讨论者对新诗大众化问题的艰巨性也有清醒的认识。文章被列在首位的资深革命家诗人萧三就曾引用托尔斯泰的话后表示：“我认为要使诗歌真正新鲜活泼、大众化，只有用新文字来写诗才有可能。中国的汉字实在是提高人民群众文化水平的最大的障碍物。”萧三的主张明显继承了 20 世纪 30 年代左翼文学界瞿秋白等人取消汉字、创制拉丁化新文字的思路，但在当时不免显得不切实际。萧三也认识到了这一点，所以提出诗歌界当务之急便是为新诗寻找一个满足现实需要的形式。他紧接着谈了新诗技巧与形式的不足以及经典的缺乏，新诗的体式问题在这里显得十分迫切。萧三对新诗问题的估计是严重的，他也明显地期待一场新诗的大革命。在萧三这里，新诗的大众化问题也自然而然地转化为新诗的形式问题。

萧三关于新诗体式的焦虑，在其他讨论者的文章中也可以被感受到。但是，并非所有的讨论者是仅仅在新诗大众化的意义层面上展开的。这方面较为值得注意的是林庚和何其芳。林庚的文章《新诗的“建行”问题》从民族形式问题谈起，指出必须对五七言形式作“批判地接受”，“要把五七言形式的传统同今天语言文字（也即口语或白话）的发展统一起来”。他提醒诗歌探索者不要仅

① 比如邵荃麟在“新诗歌发展问题”讨论中的文章《门外谈诗》，《诗刊》1958 年第 4 期。

仅注意行与行之间的问题，首先应该注意的是建立一个恰当的诗行的问题。在这次讨论中，林庚只是提出了问题，而没有表达自己的正面的建设性的看法。几个月后，林庚在《光明日报》上发表了《九言诗的“五四体”》一文，① 在文中，林庚结合自己的探索实践，提出了“九言诗”“五四体”的形式，即一个诗行最好由九个汉字组成，九个汉字分成两组，四个字和五个字各一组。林庚认为这一形式符合中国语言文字的发展趋势，也符合民族化、大众化和“在普及基础上提高”的文艺思想。林庚在这篇文章中提到，他从20世纪30年代就开始新诗形式的探索，意在为新诗寻找到一个普适的形式。在探索过程中，他逐渐摆脱向西方寻找借鉴的路径，而是从口语化的民歌中受到启发，提出“九言诗”这一富有希望的新诗体式。还有一点，林庚并没有特别指明，即他长期从事中国古代文学特别是古代诗歌的教学与研究，对中国诗歌史的发展有一个整体的理解。② 这在很大程度上支撑起了他对自己新诗探索成果的自信。需要指出的是，林庚长期在高校任教，不大可能深切感受到新诗大众化、民族化的焦虑，他对新诗形式的焦虑，很大程度上是一个新诗人寻求普遍的诗歌形式的焦虑，是对新诗过分自由化以致取消诗等不良现象的担忧。这一焦虑的促生，很大程度上也来源于林庚的诗学理想。林庚喜欢唐诗，迷恋“盛唐气象”“少年精神”，表现在形式方面就是十分推崇五七言那样的典型诗行。所谓典型诗行，林庚的解释是：

> 典型诗行乃是意味着这样诗行的出现既是“这一个”，又是亿万个，既是特殊的又是普遍的。正因其如此，诗歌的形式

① 林庚：《九言诗的“五四体”》，《光明日报》1950年7月12日。

② 林庚的文学史观主要体现在其《中国文学简史》上。林庚在回答别人提问时曾对自己的文学史观作过解释：“如果说特色，那就是我没有只是平实地介绍作家、作品，而是把中国文学史看做一个不断发展的有机体，由童年而盛年再到衰老，然后是新生……历代研究古典文学的学者多着重在对过去的研究上，我写文学史着眼点却是在未来，是为新文学服务的。”见林庚：《新诗格律与语言的诗化》，经济日报出版社2005年版，第161、162页。

> 才不是对于内容的束缚而是有助于内容的涌现。五七言诗行在这里为我们提供了无可争辩的经验和证明。
>
> 典型诗行因此是有严格规律的诗行，格律本身就意味着要求严格，否则它的“这一个”就不能成为亿万诗行的普遍化身。正如典型的银幕乃是方形的，可宽银幕就不行；而这个方形银幕的第一次出现，也就意味着亿万个同样银幕的行将涌现。①

所谓“典型诗行”，很明显借用了左翼文学中的典型论的理论思路，此时的林庚很善于征用民族化、民歌体、大众化等流行的文艺的政策性资源，不过其理论的真诚性并未受到损失。晚年的林庚在回忆时说：“它（九言诗的五四体）仿佛就正是我要寻找的诗行，我当即把我的精力全部投入到创作中去。”② 林庚的诗论主张，从早年到晚年，是一以贯之的，其间几乎没有变化。这是我们在探讨林庚诗论特别是十七年时期的林庚诗论时，所要特别加以注意的。因此，就这次讨论而言，林庚的立场和出发点和萧三等人是有差异的，只不过注重古典经验的林庚和主张文学民族化的萧三诸人，在这里显得有些殊途同归。

与林庚相似的是何其芳。何其芳后来参加讨论的文章《话说新诗》因为是单独发表，所以篇幅要比前面参加讨论的文章长许多，触及的问题也很广泛。在表达了“新诗首先还有一个内容问题”，要有“具体的生动的社会生活”“强烈的诗的情绪”之类观点之后，何其芳把探讨的重心放在了形式上。何其芳强调应该防止两种偏向，即：借口“内容决定形式”而否认任何文艺形式有其本身的传统，“过分地不必要地违反传统常常就会脱离广大群众”；

① 林庚：《新诗格律与语言的诗化》，经济日报出版社 2005 年版，第 26 页。这段话虽是林庚后来的追忆性论述，但鉴于林庚的诗学观点前后并无变化，所以本书采用这一段论述。

② 林庚：《新诗格律与语言的诗化》，经济日报出版社 2005 年版，第 26 页。

“因为某些形式方面的缺点而就全部抹煞五四以来的新诗，或者说企图简单地规定一种形式来统一全部新诗的形式”。随后，何其芳在文章中提出诗的散文化是自由诗的一种不好的倾向，而格律诗在很多国家仍占优势，一定的格律的限制对于新诗写作不是应该废弃的。他同时指出，林庚的讨论文章中对五七言传统的强调，容易走向民歌体的形式，但民歌体“也只能成为新诗的重要形式之一种而已，未必就可以用它来统一新诗的形式”。在文章的第四部分，何其芳提出：“五四以来的新诗本身也已经是一个传统。”紧接着，他把新诗传统在形式方面的表现描述为格律诗和自由诗之间的消长起伏，进而认为自由诗和格律诗都有适应新社会的可能性，都有存在的理由。不仅如此，何其芳还表彰了民间韵文的传统，指出这一传统形式的组成部分说书、大鼓、快板等，都是“很可利用”的形式。至此，何其芳完成了新诗形式探索的资源方面的建构。这同时也是一种文学观念的表达，如何其芳自己所说：

> 我还是坚持我四年以前（笔者按：即民族形式论争时）的这样的意见的：“形式的基础是可以多元的，而作品的内容与目的却只能是一元的，那就是只有从人民生活中去获得文学的原料，并使文学又回转去服务人民。”因此，新诗的形式也就只能定这样一个最宽的然而也是最正确的标准：凡是比较“能圆满地表达我们要抒写的内容”，而又比较“容易为广大的读者所接受”者，都是好的形式。从快板到自由诗，从旧形式到新形式，都是这样。①

何其芳文章所显示的视野的广阔在讨论中是不多见的，他也提醒探索者要有“科学的精神”和“浑涵汪茫，千汇万状，兼古今而有之”的气概。在文章的末尾，何其芳也表达了对伟大诗歌作品的期待。与林庚一样，何其芳很早就开始了新诗形式的探索。何其芳是新诗史上著名的“汉园三诗人”之一，到了延安之后，对自己的诗歌道路和新诗的问题进行了反思，开始尝试新的诗歌形

① 何其芳：《话说新诗》，《文艺报》1950年第4期。

式。作为一名解放区诗人，何其芳的探索自然带有大众化、民族化的色彩，但又相当程度地带有对新诗自身形式不满因而进行改良的意味。所以，他更愿意把自己的探索与闻一多等人的探索联系起来，进而建立一个新诗形式探索的谱系。这一点在后来表现得更加明显。不过，此时他并没有成熟而具体的诗学观点需要表达。

参加讨论的七月派诗人力扬和彭燕郊等，则强调诗人要有与群众结合的思想和主观战斗精神，诗歌要寻求醇厚的诗质。这也是七月派的创作个性使然，但在当时并没有得到较大的回应。这可能与胡风在中华人民共和国成立初期文学界的境况有关。

讨论之外，中华人民共和国成立初期大量的诗歌评论都表达了对于解放区诗歌以及诗歌形式大众化、民族化的推崇。在这样的浪潮面前，"五四"以来有成就的新诗人普遍感到压抑。但也有一些诗人对于民歌风的铺天盖地表示了疑惑，对于"五四"新诗的艺术积累有所留恋，卞之琳就于1949年11月在《文艺报》第1卷第4期发表文章《开讲英国诗想到的一些经验》提出了这样的问题："受过西洋资产阶级诗影响而在本国有写诗训练的是否要完全抛弃过去各阶段发展下来的技巧才去为工农兵服务，纯从民间文学中成长的是否完全不要学会一点过去知识分子诗不断发展下来的技术?"这样的发问显然是为知识分子新诗争取话语权，但也包含了基于世界经验对建设中国新诗潜在地提出的建议。不过，这样的建议并没有人认真理会。而且不久，卞之琳于创作路径调整尝试中的1951年1月在《新观察》发表的《天安门四重奏》，随即受到一些读者在《文艺报》载文批评。批评文章的题目为"不要把诗变成难懂的谜语""我们首先要求看得懂"。文章指出："作者过多地在形式上追求"，"将一些字句轻易省略、倒置"，"创造了一些不明不白的意象"，"使人如坠五里雾中"；"诗的主题是歌颂天安门歌颂新中国，但是整个诗篇所给予读者的，只是一些支离破碎的印象，以及一种迷离恍惚的感觉"①。卞之琳赶忙在《文艺报》上发表《关于〈天安门四重奏〉的检讨》，承认自己对于"读众"的

① 见李赐的《不要把诗变成难懂的谜语》和承伟、忠爽、启宇的《我们首先要求看得懂》。两篇批评文章均发表在《文艺报》1951年2月10日。

错误估计：“我当初以为《新观察》的读众大多数也就是旧《观察》的读众，只是刊物从本质上变了，读众也从本质上改造了。我以为这些知识分子对这种写法大致还看得惯，那么只要诗中的思想性还够，多多少少会起一点好作用。现在我知道我的估计错了。《新观察》的读众面扩大了，我应该——而没有——扩大我对读众负责的精神。这是第一点。其次，我以为一般读众，在刊物上碰到不大懂的作品，还会放过不看的。我的估计又错了。现在读众拿到一本刊物，就要篇篇认真地读起来，读得彻底，什么疑难也不肯放过的，我应该——而没有——加深我对读众负责的精神。总之，我了解世界是变了，可是还没有明确的，具体地体会到变的深度，深到什么样子。这主要是因为我这些年在教书与研究以外，太缺少了实践。”① 世界变了，新诗的世界自然也变了，变得让卞之琳错愕。卞之琳的检讨是真诚的，也昭示了“五四”以来的知识分子的新诗如果不经过形式的改造，单凭思想上的进步性，是无法获得话语权的。

二、格律化渐趋成为讨论中的强势话语

中华人民共和国成立初期的这次讨论并没有持续下去，但它的影响却扩散开来，也潜在地引发着对新诗的探讨。1951 年 1 月 25 日，《光明日报》在第 4 版“文学评论”栏目发表了林庚的《再谈九言诗》一文，继续阐释其以“九言诗”为典型诗行的观点，随后，沙鸥、竹可羽、文简、蒲阳等先后在《光明日报》上发文与之商榷。② 屠岸、劳辛等人也联合写了《对于诗歌表现形式的初步

① 卞之琳：《关于〈天安门四重奏〉的检讨》，《文艺报》1951 年 4 月 10 日。

② 这些文章为：竹可羽：《略谈五七九言》，《光明日报》1951 年 1 月 27 日；沙鸥：《评“略谈五七九言”》，《光明日报》1951 年 1 月 30 日；文简：《对林庚先生几首诗的意见》，《光明日报》1951 年 2 月 10 日；蒲阳：《谈“再谈九言诗”》，《光明日报》1951 年 2 月 10 日。这些文章出现在《光明日报》“文学评论”栏里面。

意见》并在《人民诗歌》上发表，对林庚提倡“九言诗”的论调也持不同的意见。① 林庚写了《略谈内容决定形式》一文进行了回应。② 在这场讨论中，林庚的观点和以前是一致的。反对者的观点主要是认为格律是古典诗词的形式，承载的是封建文化的内容，而且新诗格律化对反映现实生活有束缚。除此之外，这些讨论者对自由诗的维护也表现在其文章中。冯雪峰此时写作的《我对于新诗的意见》一文，在基本上肯定新诗成绩的基础上，重点指出了新诗缺乏经典、缺乏诗味，进而认为新诗的问题“原因除出作者不够严肃和负责以外，还存在于新诗的传统中和新诗的形式中”③。冯雪峰认为新诗传统过分崇尚自由因而导致了新诗形式的散漫等流弊，他建议新诗目前应从新的人民大众的语言入手，进而建立新的格律。在文章的最后，冯雪峰提出新诗形式的建立有三种可能的情况，即更精练的自由诗、由民歌蜕化而来的民歌体新诗以及在人民口语基础上新创造的格律诗。对于最后一种，冯雪峰寄予的希望最大。在新的语言基础上重建格律诗，这是具有破旧立新气魄的领导者必然采用的思路，也是重起炉灶的尝试所必须经过的常规性道路。对文学格局极具规划意识的冯雪峰率先提出了“新格律诗”建设的主张，这成为后来格律诗讨论的一个有力的先导。

1953 年 12 月至 1954 年 1 月，中国作家协会创作委员会诗歌组召开了三次关于诗歌形式问题的讨论会。这场讨论的文章大多发表

① 这篇文章的署名人有劳辛、张白山、柳倩、屠岸、洛雨、沙金、林宏、任钧、史卫斯、田地，屠岸执笔。这篇文章对格律诗虽然没有否定，但还是主张以自由诗为主，同时主张自由诗的群众化和民歌体诗歌。文章见上海诗歌工作者联谊会、南京诗歌工作者联谊会合编：《人民诗歌》第 2 卷，华东人民出版社 1951 年版。

② 除了这篇文章之外，林庚还写了《关于新诗形式的问题和建议》《五七言和它的三字尾》《再谈新诗的建行问题》等文章，提出节奏点和“半逗律”等理论丰富自己的论述，见《新诗格律与语言的诗化》一书。限于论题，本书不对这些问题作展开论述。

③ 冯雪峰：《冯雪峰论文集》（中），人民文学出版社 1981 年版，第 304 页。

在作协的内部刊物《作家通讯》上。这场讨论主要围绕着格律诗和自由诗展开，主张格律诗的论调占据了上风。主张格律诗的人认为格律诗是对祖国古典诗歌的优秀传统的继承，符合祖国语言的规律，提倡建立节奏和韵律；也有的人认为格律诗实质就是民谣体，最有发展前途。主张自由诗的人反对把诗歌形式定型化，反对规定一种形式为诗歌的主要形式和统治形式，反对排斥和否定自由诗。对于自由诗缺乏音节等针对新诗过度自由化的问题，自由诗捍卫者们主张诗歌音节的和谐也内在地体现在自由诗里，他们进一步认为自由诗也是诗的民族形式的一种。讨论中的第三种意见主张新诗的形式多样化，对自由诗和格律诗的论争持调和论，认为二者各有千秋，“都可以成为民族形式，都有发展前途”①。

在这场讨论中，卞之琳正式提出了他关于新格律诗问题的主张。此前一个月，何其芳发表了《关于写诗和读诗》一文，在文章最后一部分“关于新诗的状况及其他”中，也提出了建立现代格律诗的设想。②

此后，1954 年 4 月，何其芳写了《关于现代格律诗》一文，全面系统地阐述了建立现代格律诗的理论。何其芳认为，自由诗过于松散，写起来较容易但又流于写作上的随便、不严肃，诗歌的历史以及诗歌在全世界的现状都表明格律诗不存在过时的问题，格律诗“便利于表现出一种反复回旋、一唱三叹的抒情气氛”，令人百读不厌，因此，有必要建立一种格律诗。在具体形式方面，何其芳反对以五七言体为基础建立现代格律诗，主张以顿作为诗歌的节奏单位，“按照现代的口语写得每行的顿数有规律，每顿所占时间大致相等，而且有规律地押韵”，“每行的收尾应该基本上是两个字的词”③。卞之琳的新格律诗主张与何其芳大体相似，主张用顿作

① 何其芳：《再谈诗歌形式问题》，《何其芳文集》第六卷，人民文学出版社 1984 年版，第 57 页。由于这次讨论会的发言多发在作协内部刊物《作家通讯》上，而这个刊物现在笔者无法见到，所以有些情况的描述参考了何其芳的评述性文章《再谈诗歌形式问题》。

② 何其芳：《关于写诗和读诗》，《中国青年》1953 年第 23 期。

③ 何其芳：《关于现代格律诗》，《中国青年》1954 年第 10 期。

为新诗格律的基础，在顿法上，提倡应灵活一些以免单调呆板。在收尾字数方面，主张“两字顿”和“三字顿”皆可，前者调子倾向于说话式，后者调子倾向于歌唱式，都可以拥有语言内在的音乐性。何其芳和卞之琳的诗论，都表现了对古典诗歌传统规律的借重，以及对西方诗歌“音组”理论、轻重音理论等的扬弃。① 特别是何其芳，他认为自己现代格律诗的主张是对闻一多格律诗主张的批判性超越，原因即在于闻一多的格律诗理论“是带有形式主义倾向的”，“照顾中国的语言的特点不够，有些模仿外国的格律诗”。不过，何其芳对西方诗歌理论的扬弃并不是一种单纯的文化保守主义，恰恰是其世界文学视野给予他的创制现代民族国家文学的抱负的体现，甚至提出建设现代格律诗本身，就源于他对现代民族国家在诗歌上呈现的文化样态的理解，他在《关于现代格律诗》一文中谈及了一位德国的年轻诗人“我们写自由诗的人都是先受过格律诗的训练的”的描述，并严肃指出：“一个国家，如果没有适合它的现代语言的规律的格律诗，我觉得这是一种不健全的现象，偏枯的现象。这种情况继续下去，不但我们总会感到这是一种缺陷，而且对于诗歌的发展也是不利的。这就是我主张建立现代格律诗的理由。”

为自由诗争取生存权、发展权的，是艾青等人。艾青参加讨论的文章是《诗的形式问题——反对诗的形式主义倾向》。② 在“关于诗的形式问题”的讨论中，艾青反对诗的形式主义倾向，这本身就是一种姿态。艾青在文章第一部分“诗的民族形式问题”中明确反对“把民族形式局限在某种格式、某种体裁和某种方法里面”，反对新诗在形式上的完全统一，主张新诗形式的多元化。他批评那些主张以“五七言体”“九言体”为新诗主导形式的理论，

① 卞之琳：《哼唱型节奏（吟调）和说话型节奏（诵调）》，《作家通讯》1954 年第 9 期。又见卞之琳：《人与诗：忆旧说新》，三联书店 1984 年版。这里的论述据《人与诗：忆旧说新》中收录的这篇文章。

② 艾青：《诗的形式问题——反对诗的形式主义倾向》，《人民文学》1954 年第 3 期，此文系艾青在讨论中的发言。

认为其简化了民族形式存在的多样性，把某一时段某一类的形式甚至陈腐过时的形式作为新诗理想的形式。他强调诗的民族化群众化主要体现在诗人的思想感情方面，人民对于形式的趣味和要求是多种多样而且是正在发生变化的。艾青提出，新诗的主导形态的建立要靠长期的创作实践来完成，在这一过程中发挥重要作用的因素是生活的变革、艺术家的劳动和外来影响。在文章的第二部分“自由诗与格律诗问题”和第三部分“一些形式主义的理论”中，艾青提出：“格律诗可以写得好，也可以写得不好；自由诗可以写得好，也可以写得不好。”面对格律诗的强势和自由诗的弱势，艾青强调格律诗也会具有思想平庸、诗意松散的弊病，尽管其常常用押韵和形式的整齐作为遮掩；自由诗也有其内在的韵律节奏，而且自由诗事实上也受到了人民的欢迎，产生过伟大的作品。艾青认为：“一切形式之能否存在，只有看它是否很完善地表现了现实生活和是否为广大群众所欢迎。”这对于声名日隆的艾青来说，多少带有自得的色彩。不过，艾青在文章中，也承认了自由诗所呈现出的过分散漫松弛的弊端，明确地反对诗的散文化：“诗的散文化倾向，不是由于写诗的人修养不够，就是由于写诗的人误解了诗……诗的散文化，是写诗的人在劳动和学习上疏懒的结果。”这在艾青是一个转折，因为艾青在新诗史上是以主张诗的散文化、诗的散文美著称的。艾青在其引人注目的理论著作《诗论》最初的版本中，收录了其1939年撰写的《诗的散文美》一文，从诗情诗美和表现的自由等角度来提倡诗的散文化、散文美，而在1957年版的《诗论》中，《诗的散文美》一文被悄然删除。

这场“自由诗”与“格律诗”的讨论，虽然也有民族化群众化等问题的推动，但核心问题却是为了完善诗的形式，维护诗的品质或者说艺术性。如前所述，何其芳反对新诗的过度松散和写作的随便化。艾青作为一个自由诗的写作者，也对自由诗创作的俗滥化表示过不满。不过，艾青还是更多地致力于维护自由诗的美学空间，他的这一诗学立场应该说是始终如一的。在1950年所撰写的《谈大众化和旧形式》一文中，艾青赞美民歌体新诗纯真朴素、充满生命力的品质，但反对简单地把旧形式和大众化等同起来。艾青认为，旧形式并不等于大众化，旧形式中有精华也有糟粕，并非只要采用了旧形式，就一定会受到人民的欢迎。艾青反对那种“只要学习民间文艺就够了”的论调，批评那种“对外国的东西一概采取歧视或鄙夷的态度”。同样，艾青认为大众化也并不等于旧形式，大众的构成是多元的，有农民，也有近代化的城市产业工人和青年学生、革命士兵，而且大众的文化修养和趣味也在逐步提高，因而大众化不仅仅要求单一的民歌体旧形式，而且包括既有的其他的形式，更重要的是随着生活的变化新诗还将产生新的形式。对此，艾青指出：“劳动人民的生活正在剧烈地变化，精神生活也将逐渐丰富起来，每天产生成千上万的新事件，无数的新观念正在成长，这些新事件和新观念，都要求完全适合他们身份与体格的新的外貌和服装，也就是说新内容在提出新形式的要求，忽视这种要求，抹煞这种要求，也将在历史上犯下错误。”① 在和《谈大众化和旧形式》这篇文章同一时段发表的《关于诗的一封信》《谈谈写诗》《不是诗》等文章中，他曾花大量篇幅批评和纠正当时青年写诗的随意化的、不严肃的态度和做法，提倡诗歌应该做到情感的丰沛、形象的鲜明和语言的恰切，基本上贯彻了他的诗歌观念。

从维护精练醇美的诗质这个意义上说，这场讨论可以视为新诗史上艺术探索的延续。而从新诗艺术史的角度来看，由于新诗的过度自由化倾向一直存在，对格律诗或者说新诗的格律化的提倡乃是一件理有必然的事情。

三、旧诗的复活与“传统”的重释

如果说自由诗与格律诗的争论是新诗自身内部的建设，或者说如何其芳所认为的是新诗的一个传统，那么接下来的讨论就有些非同寻常的意味了。1956 年 8 月至 1957 年 1 月，《光明日报》等报刊上展开了又一场关于诗歌问题的争论。引起争论的文章是朱偰的

① 艾青：《诗论》，人民文学出版社 1980 年版，第 81 页。

《略论继承诗词歌赋的传统问题》《再论继承诗词歌赋的传统问题》。① 朱偰在文章中认为旧体诗词一样可以为社会主义文化服务，并旗帜鲜明地提倡“用民族形式的诗词歌赋来歌唱社会主义的文化”，他并且认为新诗是外来的移植，很难继续发展。在朱偰的论述逻辑中，五四新文学传统压抑了旧体诗词的文化态势，而今天的社会主义新文学势必是对于五四新文学的超越，因而和新诗相比长期处于劣势的旧体诗词就有可能获得更大的文化空间。朱光潜此时也开始重新审视新诗和旧诗之间的关系，他也在《光明日报》上撰文指出：

> 我们的新诗在五四时代基本上是从外国诗（特别是英国诗）借来音律形式的，这种形式在我们人民中间就没有“根”。从五四以来，新诗人也感觉得到形式的重要，但是各自摸索，言人人殊，至今我们的新诗还没有找到一些公认的合理的形式，诗坛上仍然存在着无政府状态。②

这种对新诗整体贬抑的论调很快就遭到了反对。郭沫若、冯至等人发表文章以大量的历史事实驳斥了朱偰等人的理论倾向，肯定了新诗对旧诗进行革命的意义和文学史功绩，认为新诗在过去和现在都曾对人民生活起过积极的作用。③ 不仅如此，对于“只有五七言形式才是民族形式”的论调，冯至等人也持否定态度，认为“用五七言的形式来表达今天的时代生活，是有困难的”。这场讨论除了涉及古典诗词和现代生活、现代汉语的矛盾之外，还涉及了对民族传统的理解、对“五四”以来新诗的评价问题。特别是关

① 朱偰：《略论继承诗词歌赋的传统问题》，《光明日报》1956 年 8 月 5 日；朱偰：《再论继承诗词歌赋的传统问题》，《光明日报》1956 年 10 月 20 日。

② 朱光潜：《新诗能从旧诗学习得些什么》，《光明日报》1956 年 11 月 24 日。

③ 郭沫若：《郭沫若谈诗歌问题》，《光明日报》1956 年 12 月 15 日；冯至：《对诗歌问题的意见》，《光明日报》1956 年 12 月 22 日。

于新诗的评价，触发的问题更加深刻，以至于令郭沫若也出来发表看法。这次讨论，就朱偰等主动一方来说，提出的问题应该是比较新异的、大胆的，特别是提倡旧诗、贬抑新诗，和“五四”相对照，几乎完全是一个反动。这固然体现了1949年以来文艺对超越“五四”的观念的认同，但就现实动因来看，不能不提到此前不久文艺界“百花齐放”政策的公布。这一政策鼓舞了各方面意见的涌现，就这场讨论而言，新诗形式方面的种种不足就引发了人们对新诗形式能否成立的根本性怀疑。朱偰作为古典诗词研究专家和爱好者，就敢于发表文章，为一直被“五四”新诗所压抑的旧诗及其形式进行有效性呼吁。“百花齐放”政策对新诗讨论的推动，也被当时的人们感觉到了。当时的读者伍郢就在《人民文学》上发表文章《关于诗的形式问题》，赞扬改良旧体诗来描写新生活的尝试，并认为这一尝试的艰难和不被认可是诗歌创作中清规戒律的表现。这篇文章高度评价了诗人雷郕的诗集《新田集》中大胆采用现代汉语入七律的尝试，并由此议论说：“（笔者按：关于诗的形式问题）《文艺报》组织过笔谈，《人民文学》发表过专文，作家协会也举行过讨论，如是等等。可是每次似乎都仅仅像在平静的湖面上投下了一块石子一样，虽然也荡漾起一些涟漪，但结果却是完全的平静。在诗歌领域中，无论是创作或研究，都看不出有什么显著的反应。这是不是跟诗歌创作中的清规戒律有关系呢？”①

百花齐放政策其实只是一个诱因，在此之前的中华人民共和国成立初期，旧诗词的写作已经成为一股文坛新风。郭沫若1950年在《文艺报》发表文章《论写旧诗词》，回答吴韵风提出的“为什么在五四前后顶大胆写新诗的人又转到写旧诗来”的疑问时就明确提出：“这一转变倒不一定是由新而旧，而在实际上却依然是由旧而新的”，“单从形式上来谈诗的新旧，在我看来，是有点问题的，主要还须得看内容，还须得看作者的思想和立场，作品的对象和作用”②。在此时的郭沫若这里，新诗在白话形式上的革新意义

① 伍郢：《关于诗的形式问题》，《人民文学》1956年第11期。

② 郭沫若：《论写旧诗词》，《文艺报》1950年第4期。

已经光芒暗淡了，尽管他作为五四新诗的一个代表性诗人，内心深处依然具有捍卫新诗的情结。“在五四前后顶大胆写新诗的人又转到写旧诗来”的现象和郭沫若的答问都分明地显现出，新时代的来临必将会给新诗的自身状态带来强大的冲击。

从中华人民共和国成立到 1957 年的诗歌创作，虽然伴随着不断的诗歌形式讨论，但诗坛的创作仍旧以自由诗为主体。这也反映了五四自由体新诗传统的强大。但也应该看到，在自由诗占主流的情况下，诗歌形式讨论的开展这一行为本身就体现了对诗歌现状的不满，况且历次讨论中引发讨论并占主导地位的论调都是质疑和批评自由诗的。这里，诗歌创作与诗歌批评形成了一种张力，这又推动了后来的诗歌事件的发生。值得注意的，是讨论中呈现的新诗的“传统”问题。新诗诞生的时间并不长，因而谈论传统未免显得有些奢侈，这也是中华人民共和国成立前的新诗界虽然讨论频繁、意见纷纭，但关于新诗的“传统”问题，则很少有人着墨。但在中华人民共和国成立初期的这些讨论中，每次都有人提出并对之进行阐释，而且引起了诗界的重视，这在中华人民共和国成立前特别是民族形式论争以前的新诗讨论中是罕见的。诗歌的传统，在中国的语境中，很容易让人顾名思义地想到古典诗词的传统，事实也正是这样。“传统”在讨论中的提出，说明了讨论者对古典诗词传统经验的重视，同时也寄予了对五四新诗的反思，对五四新诗所谓传统的质疑。从更深的层次来看，借重传统本身就是一种为主体寻找渊源的努力，也是主体确证自身的重要方式。联系到当时主流意识形态对民族化的提倡，对西方资本主义世界的批判，对传统的辨析和阐释就成为诗歌界对于诗歌正统的必要的建构策略。如前所述，在诗歌“传统”方面，意见较为特殊的是何其芳，他较为鲜明地提出了五四新诗已经具有自己的传统，并让古典诗词、民间韵文两个传统与之并置。何其芳申述的三个传统都有其学理依据，并且符合历史实际，也反映了传统的多重构成及其复杂样貌。但此时诗歌讨论的中心问题不是有哪几个“传统”、什么样的“传统”，而是究竟哪些传统会成为新诗发展的主要资源或者说“基础”，即哪些传统会成为正统，并进而成为新诗形态的主要依据。在这方面，中华人民共和国成立初期的这些讨论尽管主导意见的倾向性有所差别，但诗界最终还是没有达成统一的意见。诗坛上新诗形式的“无政府状态”仍在持续，而这是已经有了强大政府作为背景的新中国文艺领导者所难以允许并为之焦虑的。这种急需化解却化解不掉的形式焦虑为随后的新民歌运动提供了潜在的发生动力。

第二章 “美文”传统的浮沉

——十七年散文批评史述论

十七年时期的散文相对于诗歌、小说和话剧来说，是较为边缘的文体。这种边缘性突出地表现在对于散文的评论方面。在十七年文学批评界，专攻散文批评的批评家较少，文坛上比较有名的评论家几乎没有人把主要精力投注到散文批评中；散文名家名作甚至是专门以散文为创作方向的散文大家，其受到文学批评者的关注度较低，相关的评论文章较少；大量的散文评论文章层次较低，往往流于修辞学分析，其目的是满足语文教学，多发表在《语文学习》之类的刊物上。

不过散文评论也有自己的特点。一是散文作家本人往往是散文批评重要观点的提出者。二是十七年期间由中国作家协会编选的年度散文选本及其序言，是当时影响较大的散文批评实践，尤其是选本前的序言，往往是代表了文坛领导者思想意图的权威性的批评文章。① 因而，本章的论述将考虑到散文批评上述的特殊情况，把研究的目光集中在“新散文”的建设这一论题上，把散文批评文章、作家创作谈、权威序言点评等放在批评家如何想象和建设社会主义新散文这一探求脉络中来理解，力求展现其全部努力，呈现其深刻困境。

中华人民共和国成立初期，文学界承继了解放区的文体格局。具体到散文这一领域，则主要是崇尚和鼓励特写的写作。在中国作

① 选本本身也是一种批评。但本书暂时把批评限于专业批评文章一端。在十七年的散文选本中，编选者的原则标准既体现在选目中，也真诚地表露在序言中，因而序言基本上代表了选本批评的实践指向，本书讨论这些选本时，也将主要精力集中在序言上。

协编选的短篇文学年度选集中，散文和特写常常被编在一起，作为《散文特写选》出版，而且在选本的序言中，散文和特写的概念并没有得到认真的区分，而是含混地使用，且在行文中对散文和特写文体功能的描述大多是指向特写的。如此一来，散文的概念为特写取代了。也就是说，在中华人民共和国成立初期四五年的时间里，散文领域特写一枝独秀，在人们的观念中，特写即是散文，散文即是特写。而五四新文学传统中的散文，主要是指以“美文”为旨归的抒情言志的散文。相对于五四新文学散文而言，中华人民共和国成立初期散文的概念和文体品质明显发生了转移。这种转移所产生的最严重的后果就是抒情散文或者说“美文”的式微。“文变染乎世情，兴废系于时序”，文体的变迁本属正常，但对于以五四新文学为道统文统的革命文学家而言，散文的式微就不是一个可以等闲视之的事情，而且五四新文学散文在思想上和艺术上的卓越丰厚的实绩，也有力地召唤和支撑了十七年文学批评家对于理想散文的想象。因此，散文的复兴就成为必然的要求。

一、复兴的初潮与批评上的含混

在个体经验情感言说的合法性不再是不证自明的时代里，复兴需要契机。1956 年，“双百方针”提出，多样化的表达诉求得到文学界的正视。在散文领域，单纯推崇特写的风气有所减弱，复兴五四新文学散文传统的声音开始生发出来。当时领导《人民日报》改版工作的中共中央宣传部副部长胡乔木指示《人民日报》创设文艺副刊，登载具有五四新文学“美文”之品格的散文。据当时在《人民日报》文艺部工作的袁鹰回忆，胡乔木认为“精心写作美文的传统，我们继承和发扬得似乎尚不够；散文作品中可以称得上美文的，毕竟还不算多”；有鉴于此，他“多次呼吁‘复兴散文’，他再三强调要继承‘五四’以来散文随笔的优秀传统，还特别指出要提倡美文”①。胡乔木的主张是具有代表性的，尤其是在

① 袁鹰：《散文求索小记》，《收获》1982 年第 6 期。

从五四新文学中成长起来的作家中反响强烈。因而，《人民日报》登载散文的稿约一发出，就受到作家们的支持。老舍的《养花》、周立波的《灯》、姚雪垠的《惠泉吃茶记》、沈从文的《跑龙套》、叶圣陶的《游了三个湖》、丰子恺的《庐山面目》、钦文的《鉴湖风景如画》、端木蕻良的《传说》等一批佳作蜂拥而出，散文界呈现活泼繁荣之象。和一度笼罩文坛的特写相比，这些散文在选材和表达方式上均有明显差异。这些具有探索性质的写作也得到了党的领导人毛泽东的支持。1957 年 3 月 24 日，越剧演员范瑞娟的一篇短文《我的丈夫，我的蜜月》在《解放日报》刊载，引起了一些非议，很多人来信批评报社刊载“黄色文章”。对此，毛泽东进行了驳斥。

在此境况下，1956 年的短篇文学选集也把散文和特写分开，分别出一本《散文小品选》和《特写选》。林淡秋在《散文小品选》的序言中开篇便说：“这本选集反映了 1956 年我国文艺界的一个好现象：短小的散文小品多起来了。各地报纸刊物为它们开辟了不少新园地，许多老作家和新作者都活跃在这些园地上。”① 林淡秋在序言中把“散文小品”统称为杂文，并分为“随笔式散文”和“杂感式短评”两类，其中“杂感式短评”接近于五四新文学中的杂文，而“随笔式散文”则应该比较接近于五四新文学中抒情言志的“美文”。但林淡秋对这些散文的描述和称赞和“美文”主张相比，还是有较大的偏离。他强调散文反映现实、再现生活的品质，认为这些散文“虽然接触面还不够广（特别是反映城市和农村的生产战线上的人和事的短文太少了），也毕竟在相当的幅度上显示了当前中国的真面目和诚实的作者们的真声音”。他所举例赞扬的《小牛秧子》《第二次考试》等作品，也是以再现性、报道性的叙事为主要特征的篇子，他认为这类短文的基本特色在于“即小见大”：“它固然不能像长篇巨著那样塑造完整的典型形象，展示宏大的生活图景，但它所描绘的一人一事、一场一景，最好能

① 中国作家协会编选：《散文小品选 1956》，人民文学出版社 1957 年版，第 1 页。

成为生活殿堂的一窗一户，让读者借想象之力从这里尽窥堂奥，觉得意味深长。”这还是强调散文应该像特写那样深入全面地反映现实生活，只不过和特写相比，不太要求及时性和重大性而已，但对“即小见大”品质的强调，又非常接近于当时批评家对于短篇小说的要求。《小牛秧子》《第二次考试》等“即小见大”的范例，确实具有短篇小说的风味。这一点，萧乾及时发现并敏锐地指出了：

> 过去一年间，文学上许多固有的体裁在我们的报刊上复活了，但是有一种文章似乎是一个比较新的品种，我指的是一些画面小而结构完整的文章，像菡子的《小牛秧子》，何为的《第二次考试》和哲中的《一棵梧桐树》，这是在去年我们创作界的收获中，很值得注意的，我不赞成把这种文章笼统地归入散文小品里去，它们在结构轮廓上比散文完整，在艺术表现上，要高出“生活小故事”。它们有人物、有情节，是五脏俱全的小麻雀。就题材论，它们也可以塑成丈八金身，但是它们的作者好像很谦逊，也很吝惜笔墨，它们把每个字都摸索来摸索去，才写成那样精致的作品。……为了提倡这个新品种，让我们姑且叫他们作“短短篇”吧。因为它们实在是短篇小说的雏形。①

萧乾赞美“它们实在是短篇小说的雏形”，但却“不赞成把这种文章笼统地归入散文小品里去”。作为“五四”的过来人，萧乾当然知道“美文”并不是如此，从散文小品的角度赞誉这些作品显然不够妥帖。从萧乾的赞美中，我们可以推知，林淡秋对于复兴散文的理解显然是有限的，他更多地考虑了当时强调反映现实、推崇特写的大语境。后来，随着“反右运动”的到来，这一百花时代的散文复兴的努力也悄悄地告以终结。在《散文特写选 1958》中的编选序言中，马铁丁重新强调散文特写的“时代的感应神经、战斗的号角”等“尖兵”作用，号召作家们“立刻投入到生活的

① 萧乾：《礼赞短短篇》，《文艺报》1957 年第 6 期。

洪流中去，与千万劳动者及其干部一同生活、一同劳动、一同战斗，并把他们丰功伟绩、模范事例立即传送给广大读者，把这些丰功伟绩、模范事例用最快的速度变为全国人民共同的财富，成为鼓舞生活前进的推动力量”①。这其实还是推崇特写、强调散文的特写化的调子。在中华人民共和国成立十周年《散文特写选》的编选序言《光明的赞歌》中，严文井也同样强调散文对生活现实的及时反映是对过去散文的发展，并驳斥了散文今不如昔的看法。他特别指出：“有的人也许是看惯了过去的某些短小的散文，抱怨今天的散文缺少精致。这意见固然不能说毫无道理，但也要允许对事实作些辨别。除了对不同的作者的不同风格要作一些辨别外，首先，更要对生活作一些辨别。是不是只有小巧玲珑的东西才是美的？”② 如此，推崇特写的风气依然牢笼文坛，五四美文的复兴自然难见曙光。

二、再度复兴中的理论批评收获：文体意识与个性风格的自觉

散文复兴作为一种文学形势到来，是在文艺调整中的1961年。“‘大跃进’的挫折，严重的经济困难，使小说、戏剧等在反映现实生活上发生了困难，文学创作呈现了衰退情景（经过长期酝酿孕育的一些长篇，以及表现历史题材的话剧作品则还有若干佳作），在这种情况下，散文开始突出了它在这一特定时间的重要地位。”③《人民日报》《人民文学》甚至中共中央理论刊物《红旗》等刊物隆重推出一批名家佳作。杨朔的《雪浪花》《茶花赋》《荔

① “新观察”编辑部编选：《散文特写选1958》，作家出版社1959年版，第1页。

② 《文艺报》编辑部编：《文学十年》，作家出版社1960年版，第132页。此文写于1959年9月12日，收入中华人民共和国成立十周年文学选集序言集《文学十年》中。

③ 洪子诚：《当代中国文学的艺术问题》，北京大学出版社1986年版，第169页。

枝蜜》，刘白羽的《长江三日》《红玛瑙》，秦牧的《年宵花市》，曹靖华的《花》、冰心的《樱花赞》、丰子恺的《上天都》等抒情言志的散文名篇在这一年发表。杨朔的《东风第一枝》、刘白羽的《红玛瑙集》、秦牧的《花城》、冰心的《樱花赞》、菡子的《初晴集》、曹靖华的《花》、吴伯箫的《北极星》、陈残云的《珠江岸边》一批散文集也从1961年开始出版。因而，1961年也因此被当时的批评家称为“散文年”。而标示并确认这次散文复兴的品质的，是批评界对于散文的关注和讨论。和1956年一样，这次散文复兴的发起者仍然是《人民日报》。除了率先刊发散文佳作之外，《人民日报》在这次散文复兴的突出功绩是开设“笔谈散文”专栏，呼吁、邀约并刊发了一批谈论散文的文章。这是1956年所没有的。“笔谈散文”由《人民日报》自1961年1月开设，先后发表了老舍、李健吾等人的文章；《文艺报》《文汇报》《光明日报》《羊城晚报》继起刊发了大量讨论散文的文章。一时间，“笔谈散文”成为文学界的风尚。百花文艺出版社编辑部收集了四十余篇讨论散文的文章，先后在1962年、1964年出版了《笔谈散文》和《笔谈散文续编》两本批评文集。①《笔谈散文续编》的编者前言介绍说：“两书是各自成为体系的，从取材上看，前者（指《笔谈散文》）主要是漫论散文这一文体的艺术特征和时代要求，本书则企图通过具体作家和具体作品来论述散文的思想性和艺术性”②。

《笔谈散文》把讨论文章分为四类，依次为：总论散文的文章，讨论散文文体特征尤其是“散”与“不散”的文章，讨论散文的诗意和风格问题的文章，讨论古典散文传统的文章。在第一类文章中，老舍的《散文重要》是打头的，此文也是《人民日报》“笔谈散文”专栏的开题文章。老舍在文章中强调“散文”重要，

① 以下引文如无特别说明，均出自二书。由于文章便于在二书中查找，且引文众多，为避免繁琐，不再一一出注。

② 百花文艺出版社编辑部：《笔谈散文续编》前言，百花文艺出版社1964年版。

主要是因为散文的普遍性：“我们的刊物（除了诗歌专刊）与报纸上的文字绝大多数是散文。我们的书籍，用散文写的不知比用韵文写的要多若干倍。”显然，“散文”在这里是与韵文相对应的文类概念，而不是一个有着内涵规定性的文体概念。因此，老舍认为散文比较接近生活口语，比较容易写作，日常口语只要经过一定的艺术加工，就是散文。因而不必害怕散文的“无可捉摸”，在文化普及日趋深入的新社会，“人人都有写散文的条件”；也只有写好了散文，才能从事小说、剧本、评论等文体的写作。老舍在文末呼吁“我们不要怕散文，也别轻视散文”。老舍此文意在吁请人们重视散文的写作，他对于散文存在状态的描述虽然迂阔无边，但也确实符合散文的实际，而关于好散文的标准，虽然在此文中引而未发，但也约略地提到“铿锵悦耳、引人入胜”等优秀散文的特点。冰心的《谈散文》见解和老舍接近，认为“散文就比较自由，很容易拿来抒写自己当地当时的激感，轻快灵活，可长可短”，也坦承“我之所以喜欢写散文，也是因为我对于其他的文学形式，如同诗歌、戏剧等等的艺术修养不足，写起来比较吃力”。这大概也是老作家热衷于散文复兴的典型心态，紧跟现实、配合政治的文体对成熟的老作家来说确实是吃力的，这是实情。秦牧的《散文领域——海阔天空》则显得有些锋芒。秦牧此文开篇即指出：“散文这枝花，现在自然也和‘文学树’上各个枝丫的花一样，都在开。但是平心而论，这枝花开得还是不够绚丽。我们现在所读到的散文，精粹精辟的、谈笑风生的、亲切感人的、玲珑剔透的，使你读时入了神、读后印象久久不会消失的，还是不多。我们有理由来关心、来呼吁：让散文这枝花开得更加绚丽些。”秦牧认为散文领域是“海阔天空的”，“不属于其他文学体裁，而又具有文学味道的一切篇幅较短小的文章都属于散文的范围”，但秦牧强调散文的文体品质，和短篇小说、社会科学论文有着明确的区分，在文体地位上也不应该有高下贵贱之分。对于当下的散文创作，秦牧认为“题材范围尤其狭窄”，“知识小品、谈天说地、个人抒情一类的散文”太少，且容易遭到“脱离政治”的指责，作家的创作个性也表现得很不够。秦牧是具有文体自觉的作家，因而此文切中时弊，既蕴含着对五四新文学散文繁荣景象的记忆，也融入了自己的创作心得。① 徐迟的《说散文》则主张“必须具有狭义的与广义的散文的两种概念，才能正确地、全面地对待散文”。他认为狭义的散文即抒情散文和广义的与韵文相对的文类意义上的散文之间，是塔尖和塔基的关系，二者互相依存，不可分割。尽管徐迟对这一观点没有展开论述，但其启发性是显而易见的。徐迟此文的主体是谈论散文的思想性、文采和风格的，其中的辩证视角是值得重视的。

第二类文章关注的焦点则是怎样写好散文，也正是在这一个问题上，散文的文体特征得到了正视。柯灵的《散文——文学的轻骑队》、李健吾的《竹简精神》、师陀的《散文忌“散”》、萧云儒的《形散神不散》、王尔龄的《散文的散》、佘南飞的《“定体则无，大体须有”》、秦牧的《园林·扇画·散文》等文章都对这一问题作了深入的探讨。探讨是有共识的，那就是强调散文的艺术性，强调散文的精炼或短小精悍，尤其是确认了散文有别于其他文体的特征——“形散神不散”。“形散神不散”是在萧云儒的文章《形散神不散》中提出的，他在文中提出：“神不‘散’，中心明确，紧凑集中，不赘述。形‘散’是什么意思呢？我以为是指散文的运笔如风、不拘成法，尤贵清淡自然、平易近人而言。‘像煞有介事’的散文不是好散文。”萧云儒的这一立论是有文本根据的，文中以鲁迅散文为例阐述了形散神不散的表现形态及其艺术魅力，有意无意中复兴了“五四”以来美文的传统。萧云儒的文章不是孤立出现的，是在讨论中分析吸收各家观点形成的，也因此具有较强的说服力和影响力。此文发表之前，李健吾的《竹简精神》特意强调“精炼之外，还得松动”；师陀的《散文忌“散”》虽然强调散文“要写得集中紧凑”，但也提醒“刻意追求，便会坠入魔

① 秦牧此时的散文观念具有明显的“复兴”五四知识小品的意味。他从20世纪40年代后期开始写作，受周作人和林语堂影响极大，1949年前出版的《秦牧杂文》中的杂文多是知识小品。他对“五四”以来的知识小品文在散文中的分量十分清楚，也十分怀念。因而，在此前此后写了《散文领域——海阔天空》《思想和感情的火花》《散文、小品、杂文的写作问题》《园林·扇面·散文》等文章，在散文复兴中发挥了比较重要的作用。

道”。萧云儒此文发表之后，王尔龄的《散文的散》、余南飞的《“定体则无，大体须有”》等文章表示了相近的意思。“形散神不散”遂成为后来描述散文文体特征时频频提到的话语。这次笔谈对散文文体特征的探讨特别强调了散文行文的自由和内容的丰富，不少文章提到散文要短小精悍，这些看似对常识的重申，但在当时却有着非同寻常的意义，特别是对于扭转散文特写化、散文叙事化以及随之而来的散文长篇化的风气具有显著作用。

第三类文章则强调了好散文应有的境界，即诗意和个人风格。刘昭明的《散文的诗意》认为：“诗意是指鲜明的艺术形象，浓郁真实的生活气氛和旺盛的革命感情的有机的统一。”李元洛的同名文章《散文的诗意》阐释得更为全面：“散文中的诗意，我以为最主要的是：深刻新颖的思想和优美充沛的感情；丰富美丽的想象和耐人寻味的意境；精炼鲜明的富于美感的语言。”“散文的诗意”这一话题，虽然在现代散文史上也曾有人谈过，但并未产生广泛的影响。此番笔谈散文触及这一问题，有着具体的原因。一是一些作家在讲述散文创作心得时着重谈到诗意，比较典型的是杨朔。他在1960年出版的散文集《海市》的小序中自述：“好的散文就是一首诗。”① 这句话就曾被李元洛引用在文中。散文家菡子也在《诗意和风格》一文中提出：“亲切动人的散文都是有诗意的”；“生活本

① 杨朔：《海市》小序，作家出版社1960年版。此后在《东风第一枝·小跋》中针对一位批评家“我总觉得你的散文有个共同的特点。究竟在哪里，一时还捉不住。你能把你自己写作散文的想法告诉我吗？”的提问，回答道：“我在写每篇文章时，总是拿着当诗一样写。我向来爱诗，特别是那些久经岁月磨练的古典诗章。这些诗差不多每篇都有自己新鲜的意境、思想、情感、耐人寻味，而结构的严密，选词用字的精练，也不容忽视。我就想：写小说散文不能也这样么？于是就往这方面学，常常在寻求诗的意境。……动笔写时，我也不以为自己写的是散文，就可以放肆笔墨，总要像写诗那样，再三剪裁材料，安排布局、推敲字句，然后写成文章。”杨朔：《东风第一枝》，作家出版社1963年版。但杨朔所理解的诗意，其实着重指结构的精巧，至于抒情意境、用字精练等更接近一般化诗意的元素，在杨朔散文中有所表现，但并不突出，杨朔散文的叙事化或小说化倾向十分明显，远非诗意的抒情性所能及。

身的光辉就是那诗意的火种”。二是苏联文学的影响。李元洛的文章中就引述苏联作家高尔基和巴乌斯托夫斯基等人的论述，认为好的散文应该具有诗的品质。如巴乌斯托夫斯基认为：“真正的散文是充满着诗意的，就像苹果饱含着果汁一样。”高尔基也提倡“热情地用散文来写人们，使得散文也自然而然地变成为诗”。三是批评家希望通过鼓励散文向诗靠近以增加抒情性，进而摆脱由于推崇特写而导致的过度的叙事倾向。评论家洁泯就在《谈杨朔的几篇散文》一文中说：“自然，散文这门艺术是抒情的艺术，即令是叙事，也往往充满着作者的情思和想象，给事物增添着一层诗意的纱幕。从这一点上说，散文又接近于诗。”①

对个人风格的重视也是这次散文讨论的一大亮点。在此之前，马铁丁的《散文特写选 1958》序言中也花费大量笔墨描绘了刘白羽、魏巍、黄钢、冰心、茹志鹃、李若冰、玛拉沁夫等人散文特写的风格。但文中对风格的描述和强调，多是从特写的角度着眼的，并不涉及散文的自我表现性这一特质。马铁丁拈出几个代表性作家进行风格化的赞美，也主要是为了提高特写创作的质量，因为马铁丁在文末指出：“我以为这本选集的不少作品，都写得过分冗长拖沓，不够精炼。”② 徐迟的《说散文》、柯灵的《散文——文学的轻骑队》、秦牧的《园林·扇画·散文》都谈到了风格的重要性。而这里所谈的风格，更多的是对于抒情散文而言的，散文的最富于直接表现性这一文体特质在这里也得到了正视。秦牧的《园林·扇画·散文》重提“风格就是人”这一经典论断，呼吁散文创作应该重视作家个性的表现：“不仅不应该磨掉别人的风格，还应该鼓励独创风格，这样才能够使文艺园地更有万紫千红的气象。每个作家把自己艺术跳高的横竿不断向上提，情形就更热闹了。”收在第三类文章中的菡子的《诗意和风格》指出：“散文是最有风格的文体。——这也许是我的偏见。我常常觉得散文传出最亲切的语

① 洁泯：《谈杨朔的几篇散文》，《文学评论》1962 年第 2 期。

② “新观察”编辑部编选：《散文特写选 1958》，作家出版社 1959 年版，序言第 6 页。

言，好像见着作者本人一样。”语言虽然朴素，却切中散文的核心品质。李蕤的《散文的思想和文采》则强调风格是思想、内容、形式和语言的高度统一，这和风格的多样化并不矛盾。川岛的《散文既须有时代风格，也要有个人风格》强调的无疑是后者，他鼓励散文作者从一般化的笔墨中“越轨”：“越轨的笔致，是不把自己的笔墨拘束在古今的框框中，也便是从敢于变革的胆略中来的。有胆略，敢变革，自然就会产生个人的风格。”强调变革及其胆略，确实是对时代文风深刻洞察之后的痛下猛药。

笔谈散文的第四类文章是讨论古典散文传统的。郭预衡《略谈我国的散文传统》以精简的笔墨梳理了中国传统散文发展的轮廓，认为“我国散文的传统是优秀的”，“谁要想写出既有时代精神又具民族特点的文章，离开优秀的传统是不行的”。晦之的《试谈继承古典散文传统》则总结了古典散文几个特点：“善于立意和工于布局”，善于“取材和剪裁”，重视“语言的锤炼”等。懋园、振甫等谈论古典散文研究和古代山水游记的文章，对于古典散文的艺术特征也具有相似的理解，其中关于古典散文富于抒情性、富于诗意、题材广泛、行文自由、风格多样等特征，对笔谈散文中的相关理论问题也潜在地构成了一种呼应。

《笔谈散文续编》的内容则如前所述，是“通过具体作家和具体作品来论述散文的思想性和艺术性”，作为本书主体的是对于当代散文家和散文名篇的评论，刘白羽、杨朔、秦牧、魏钢焰、陈残云等作家，《冬日草》《平明小札》《长江三日》《东风第一枝》《花城》等作品得到了批评家井岩盾、邹荻帆、黄政枢、林志浩、杜埃等的赞扬。除了对当代名家名作的评论之外，该书也收录了关于五四新文学散文作品和古典散文作品的评论文章，鲁迅的《朝花夕拾》、朱自清的散文、茅盾的《白杨礼赞》、《战国策・鲁仲连义不帝秦》、柳宗元的《永州八记》、范仲淹的《岳阳楼记》、苏轼散文是被评论的作品。在这些评论中，笔谈散文中带有共识性的理论观点得到了贯彻。比如吴欢章《论〈朝花夕拾〉的艺术成就》认为《朝花夕拾》所提供的艺术经验在于“散与不散的统一”，何以聪《朱自清早期散文的艺术特色》认为朱自清散文特点是“细致的纹路”“简炼而又深刻的表现力”“严谨精美的结构”和“高度的和谐”；王永鑫《〈永州八记〉浅论》认为柳宗元的《永州八记》独到之处在于“精确”“辽阔深远的意境”“情景交融”“生动的描绘”“精彩的比喻”“文字凝炼”“富音乐美”。高海夫《苏轼散文的艺术风格》认为苏轼散文虽“自在活泼，舒卷自如，变化多端，不主故常”，“但形散而神不散，始终一线贯穿，不离主旨，并非断线珍珠”，语言则“形象精炼”，比喻“新鲜、贴切，层出不穷”。这些对五四散文和古典散文经典的评述，除了确证“笔谈散文”的成果之外，在客观上也为当代散文作家提供了艺术化、创新化乃至自我风格化的启示。

也正是在具体作品的评论中，一些作家的创作个性和风格得到了正视和彰显。散文作家也开始拥有较强的文体自觉意识。在这种气候中，“‘散文作家’成为实体性的概念。散文写作不是一些作家偶涉的样式，而形成了以此为‘专业’的作家群。50 年代初主要写小说、通讯的杨朔，在 50 年代中期开始，转向了散文写作。刘白羽也从小说、通讯，转而对散文的侧重。袁鹰、魏钢焰从写诗转到写散文。当时被称为“散文作家”的还有秦牧、碧野、菡子、柯蓝、郭风、何为、陈残云、林遐、杨石等。老作家如巴金、冰心、吴伯箫、曹靖华，以及吴晗、邓拓、翦伯赞等学者，也都在这一领域有所贡献”①。其中，刘白羽、杨朔、秦牧的散文获得的批评较多，批评的集中有效地促进了他们作为散文作家的经典化，这也是后来他们并称散文三大家的重要原因。除了收在《笔谈散文续编》中的评论文章，当时评论刘白羽、杨朔、秦牧的文章比较有影响的有：杨扬的《玛瑙红似石榴花——散文集〈红玛瑙集〉读后》，林志浩的《时代的礼赞　革命的凯歌——谈刘白羽同志的〈红玛瑙集〉》；洁泯的《谈杨朔的几篇散文》，林志浩的《当做诗来写——读杨朔的散文》；易征等的《十里花街——谈秦牧的散

① 洪子诚：《中国当代文学史》，北京大学出版社 2007 年版，第 137 页。

文》，秋耘的《闲话〈花城〉》等。① 这些文章对于刘白羽、杨朔、秦牧的风格形成了具有代表性的意见，即刘白羽散文“壮怀激烈、慷慨高歌，具有一种激荡人心、鼓舞斗志、增强理想的力量”，“能以热烈的感情、生动的形象赋予战斗的思想以感人的力量”；杨朔的散文“着力于诗的意境的创造”，“曲中有曲，以至于不可收，而其神貌却是完整而和谐的”；秦牧的散文“观察精微，见解独特，知识广阔，作品注意文采、想象、情趣，立意也颇为深邃”，“娓娓动听，如话家常，如数家珍，使读者潜移默化，有故人相晤之亲切，而无严师面诲之紧张，有灯下谈心之舒畅，而无正襟危坐之拘束”。② 有些文章，也有意识地把刘白羽、杨朔、秦牧对举以呈现各自的风格，如易征等的《十里花街——谈秦牧的散文》评述秦牧，就与刘白羽、杨朔作比较：“如果可以做一个比较的话，那么，它既不像刘白羽的散文那样，以笔力雄浑、格调高亢见长，恰似万里长江直奔东海，滚滚的波涛震撼着读者的心弦；它也不像杨朔的散文那样，以文笔清秀，诗意沛然取胜，有如一池春水印上新月，使人流连忘返。秦牧的散文真是‘文如其人’，打个比方，就像是一个大孩子在真挚、坦率、动情地倾诉着他那些至深的感受，毫不掩饰他的爱憎之情。”冰心也在《〈海市〉打动了我的心》一文中说：“昨夜枕上忆起司空图诗品中几个断句，我想假如刘白羽的散文像‘采采流水，蓬蓬远春’的话，那么杨朔的散文就是‘落花无言，人淡如菊’了。”③

除了“笔谈散文”的文章之外，这一时期出版的重要散文选本

① 这些文章分别发表在《人民日报》1962 年 9 月 7 日，《中国青年》1962 年第 23 期，《文学评论》1962 年第 2 期，《新闻业务》1962 年第 8 期，《上海文学》1962 年第 4 期，《人民日报》1961 年 8 月 19 日。

② 引文分别出自林志浩的《时代的礼赞 革命的凯歌——谈刘白羽同志的〈红玛瑙集〉》，井岩盾的《评〈冬日草〉和〈平明小札〉》（收在《散文笔谈续编》中），黄政枢的《杨朔的散文艺术》（收在《散文笔谈续编》中），洁泯的《谈杨朔的几篇散文》，杜埃的《论秦牧的散文——〈花城〉读后》（收在《散文笔谈续编》中），秋耘的《闲话〈花城〉》。

③ 冰心：《〈海市〉打动了我的心》，《文艺报》1961 年第 6 期。

《雪浪花》《散文特写选 1959—1961》，也有力地推动了散文的复兴。《雪浪花》的书名副题是“一九六一年散文选集”，独标散文而没有提及特写，可见风潮所向。全书精选的 21 篇散文，基本上都是当时的名家名篇。川岛撰写的序言长达 31 页，而正文部分才 149 页，序言的分量无疑是很重的。在这篇洋洋洒洒的序言中，川岛以浓墨重彩的语言分析、鉴赏了每一篇作品，由衷地表达了对散文复兴景象的欢欣鼓舞之情。川岛在序言开篇就特别强调指出：“我们从北京出版社编的这一本一九六一年散文选中，将会发现一年来作家们运用这一文学形式，不只是使散文的潜力又进一步地获得发挥，执行了别样文学样式所不能承担的任务，也使散文的发展与作家的创作水平达到一个新的高度。”① 指出“散文的发展与作家的创作水平达到一个新的高度”符合当时人们的阅读感受，而强调散文“执行了别样文学样式所不能承担的任务”，则无疑是对散文文体特性及其相应的功能承担的尊重和表彰，其意义是明显的。由人民文学出版社编辑部组织编选出版的《散文特写选 1959—1961》，相较于《雪浪花》，无疑更具有权威性。《散文特写选 1959—1961》虽然题目包含了“散文”和“特写”，但在目录上并没有把散文和特写分开编排，② 一些近似特写的篇子也往往不具有以前特写所强调的及时性和新闻性，而都是以艺术上的精心经营见长。周立波撰写的编选序言指出：“为什么会有这样多的人们参与散文的制作？我想，首先，正像一位评论家说的，由于散文是文学上的一种‘最自由的样式’。它不存在任何清规戒律，不受音韵和格律的拘束，没有场地、时间和人物的限制，题材既无限广泛，运用又随人而异，加上传统深厚，报刊需要，使得专业和业余的人们都乐于从事，也不畏难。”③ 这是他对散文繁荣的解释，同

① 北京出版社编：《雪浪花》，北京出版社 1962 年版，第 1 页。

② 编排目录中间隔号后的 7 篇文章更多地带有回忆录的性质，反映的内容都是过去很久的事，特写的味道很淡。而具有特写风味的赵树理的《实干家潘永福》等，则在目录上和散文混编在一起。

③ 人民文学出版社编辑部组织编选：《散文特写选 1959—1961》，人民文学出版社 1963 年版，序言第 1 页，但周立波的序言写就于 1962 年 10 月。

时也重申了散文的重要品质——“自由”。他还特别强调散文题材的广阔：“举凡国际国内大事、社会家庭变故、掀天之浪、一物之微、自己的一段经历、一丝感触、一撮悲欢、一星冥想、往日的凄惶、今朝的欢快，都可以移于纸上，贡献读者。”① 相似的论述在当时其他评论家的文章中也可以找到，比如洁泯《谈杨朔的几篇散文》就曾指出：“散文本是最自由的文学样式，它的容量，大至可以写宇宙之广，凡日月星辰，山川云海，都可以化为散文的笔墨；它也像一面显微镜，小到可以从一只小虫、一株秀草中去领悟人间的消息。”② 这些表述，不能不使人想到现代散文理论中的经典话语，比如林语堂在《人间世》创刊词中提出并且屡被郁达夫、周作人等人称引的“宇宙之大，苍蝇之微，无可不谈”。在论述散文的“自由”和题材的广阔的基础上，周立波指出“现代的散文特写是以报刊为园地培育起来的一种新型的极其灵便的艺术。它和新闻有区别，但又不同于诗歌、小说和戏剧”，紧接着，他正面申述了散文的特点，即描述真人真事、白描的手法和注重剪裁、讲求辞藻。对这些特点的申述，相当程度上是为了纠正特写的虚构化倾向，但也重视散文的文体独立，讲求散文与其他文体的区分。除了总体上对散文发表看法之外，周立波的序言也花费大量笔墨评述选集中的作品，也特别分析了一些名家的风格。他在序言中说：“三年之中，专业的散文家们也都显示了自己的身手，巴金、刘白羽、杨朔和秦牧等等同志是专业作者们中极为活跃的四位。他们不但写得多，而且也都形成了自己独特的风格。”周立波是具有极高艺术修养和鉴赏力的作家，他对作家作品的分析在这里也显现得鞭辟入里，而且悉心体贴了创作者的甘苦。不过，他对这些名家的风格的分析和描述总体上也没有超越当时评论家的判断，这也是情理之中。突出显示周立波的艺术感觉的，是他对这些名家散文瑕疵的分

① 人民文学出版社编辑部组织编选：《散文特写选 1959—1961》，人民文学出版社 1963 年版，序言第 2 页。

② 洁泯：《谈杨朔的几篇散文》，《文学评论》1962 年第 2 期。

析。比如分析刘白羽的散文，他指出："由于'主要的是为了一种感情的冲激'，平静的观察相应少了些；热情的理想不免有时越过了客观的现实，这是作者的一个特点。"分析巴金的散文，他指出："由于报道的是域外的事情，或是一掠而过的边远的城市，观察不可能太深。作者自己说，他的东西，'看得不够，想得很多'。作为他的散文的评论，他自己的这两句话，比别人说的，显得更贴切。"对于杨朔的散文，他指出："笔墨简洁，叙述明白，是作者的特长；然而也许因为过于矜持吧，文字上微露人工斧凿的痕迹。文章要做，又不宜太做，这是辞章家们容易碰到的关卡。我们相信，凭依作者的努力，一定会超越这关口，抵达比之现在更为高妙的境界。"对于秦牧的散文，周立波指出："作者依仗的主要是理性的诉说，描绘似乎少一些，藻饰也应添加一点点。"周立波的言说温婉有致，充满了理解之同情，通过对作家自我表述的引用和言说顺序、字数的讲究，有效地描述和确认了散文界的格局。除了老作家巴金之外，刘白羽、杨朔、秦牧三大家的地位得到了更高层面的认可。① 周立波对上述名家瑕疵的体认，有一个潜在的参照，那就是五四新文学散文传统。刘白羽、杨朔等人的散文可能在绚丽和精致上接近现代散文，但自然从容方面可能就有所逊色；而秦牧的散文理性的议论突出，但趣味相较于现代随笔小品文还是要差一些。时代发生了深刻的改变，以五四新文学美文为旨归的复兴不能不打上折扣。

---

① 三大家之中，秦牧是最后被论及的，且提及时用了"秦牧同志也是具有特色的一家"的表述，分配给他的评述文字也较少，因而秦牧排列第三是没有疑义的。刘白羽是排在最前面被论及的，大概是因为"多年以来，刘白羽同志就是新生活的热情的颂赞者"，政治上过硬吧，但涉及文字相对于杨朔来说较少。杨朔排在刘白羽和巴金之后，但获得的评论文字最多，而且周立波在文中说"近年以来，在散文这个行当里，努力独树一帜的作家，首先使人想到了杨朔同志"。可见，对于刘白羽和杨朔的排名及高下，周立波是心存犹豫的。巴金由于是资深的老作家，自然另论。这些推断，从字里行间来，对于谨慎细致、精于笔墨的周立波来说，当不是臆测。

三、复兴的挫败与批评风向的转移

艰难进行的文艺调整很快遭到了挫败，散文的复兴也无疾而终。强调散文的自由随意等评论的调子，不再流行。文坛批评界开始重新强调散文对当前现实的及时反映，强化散文的战斗性及其相应的宏大峻急的风格。一直以散文的战斗性和雄壮气势著称的刘白羽在此时发表了一篇有分量的文章《创作我们时代的新散文》。文章开篇即指出：

> 有人问：散文这种形式，是不是能以反映我们这伟大的时代？我想这应该是不成其为问题的。但事实上又确有这样的现象：有人一拿起这种形式，就回到旧的躯壳之中。好像散文只能写写风云雨露、草木虫鱼，而不必考虑它有什么现实意义、时代精神。
>
> 文学要继承，更重要的是创造。不错，作为一种文学形式来说，散文是古已有之，问题是在今天这历史上从来没有过的无产阶级所领导的、建设社会主义的革命时代，一定要有我们自己的新散文。也就是说：我们的伟大的现实生活，注定要给散文以新的血液、新的生命，因而散文一定会得到新的发扬与发展。①

刘白羽认为“我们应该是形式的创造者，而不是形式的奴隶”，散文应当“抒人民之情，抒革命之情，抒时代之情，这种感情便是最美的”。这种“我们时代的新散文”，距离五四美文的品质，已是大相径庭了。

这种新的散文观其实并不陌生，只不过原先更多地存在于对特写的推崇中，现在把它推广到以抒情言志为能事的散文中去，也是

① 刘白羽：《创作我们时代的新散文——在上海一次创作座谈会上的讲话》，《上海文学》1963 年第 7 期。

以前所具有的倾向，只不过经历了“笔谈散文”的反复之后，这次更加确定了而已。而且，这种思想也一直存在于一些批评家的头脑中，只不过随着时势的变迁时而压抑时而涌现而已。当时知名的评论家杜埃对于秦牧的散文就提出了这样的意见：“《花城》题材的多样性连同这集子本身的命名，在不少程度上体现了百花齐放百家争鸣的方针。但，是不是还可以向现实再深入一步，到热烘烘的生活中去，多得些直接的感受，在保持和发挥作者原有特长的同时增加一些东西。我想，这可能不会被认为是苛求，而且对一个已有一定影响的作家来说，这是完全可以做到或者正在做到的。我国的社会主义是富有战斗性、创造性的社会主义，时代要求我们的作家正面地、直接地对革命斗争和社会主义建设的题材进一步去熟悉，去吸取。在提倡题材、体裁、风格多样化的同时，主张继续深入生活、深入斗争，仍然是十分需要，而且是永远需要，并不矛盾的。”① 对于陈残云的散文，杜埃也发表了相似的意见：“清新、素淡、轻快，是残云同志散文的优点。但同时也感到，某些篇章，似乎清新中略缺震荡，素淡中还可加些必要的浓墨，波纹有点过于纤细，不过这也正是作者的风格。此外，我想谈些题外话，就一般散文来说，虽说散文有散文的特点和局限，但我想，如能在一些转折之处，一些关键所在，文章的某些核心部分，倾注更炽烈的感情，用更多的凝练文笔，有重点地着意描绘渲染，起伏就会显著，清新中有激动，素淡中有浓烈，轻快中有豪情，抒情散文的艺术力量，可能要更强、更深些。”② 当时比较活跃的年轻的评论家欧阳文彬也在《诗意小探——读菡子的散文》一文中，对于以清新婉约的诗意著称的女作家菡子的散文提出了这样的期待：“生活的课文浩瀚无边，而时代进展不息，斗争日新月异，作家只能写自己所熟悉、所理解的东西，却不能停留于自己已经熟悉、已经理解的东西。作为一个革命的文艺战士，总应该时刻提醒自己，要求自己，进一步深入生活的海洋，投身火热的斗争，勇于涉猎更广阔的领

① 杜埃：《论秦牧的散文——〈花城〉读后》，《文艺报》1962 年第 12 期。此文写于 1962 年 9 月 12 日。

② 杜埃：《读陈残云的〈珠江岸边〉》，《谈生活、创作和艺术规律》，人民文学出版社 1982 年版，第 111 页。此文写于 1963 年。

域，发掘更具典型意义的矛盾冲突，以便更深刻地反映现实，更好地完成党和人民的咐托。”①

对于五四新文学的散文传统，此时评论家的阐释则有了新的侧重。方纪在此时以“公羊子”为笔名发表了《夜读随笔》一文，提及他重新阅读《背影》《荷塘月色》《桨声灯影里的秦淮河》《执政府大屠杀记》等文章的感受：“读完以后，久久不能平静。想不到这篇（指《执政府大屠杀记》）先前也曾读过，记忆并不比前几篇更深，如今无意中重温的短文，竟引起了如此巨大的心灵的震撼”；对于《背影》《荷塘月色》《桨声灯影里的秦淮河》等名篇，“不知怎么，比起《执政府大屠杀记》来，这回竟是觉得淡薄多了。那些篇你可以躺在床上欣赏、玩味，从心里赞美作者的生花妙笔，但是后一篇，读了却能让你睡不着觉”；于是由此认为“但是文学的题材，对于作品的意义，究竟具有不可忽视的作用”，“这里的题材、方法和态度，决定着作品的效果”②。方纪把《执政府大屠杀记》与鲁迅的《纪念刘和珍君》并论，肯定朱自清在文中严厉解剖自己的怯懦和自私的诚恳态度，肯定其走向群众的人生方向。这些评论，在当时无疑是意味深长的。

此时获得评论家好评的则是峻青等作家创作的具有“强烈的时代感和革命性”和“充沛的战斗激情”的散文。③ 评论家林志

① 欧阳文彬：《赏花集》，四川人民出版社 1981 年版，第 34 页。此文写于 1962 年 11 月 19 日。

② 方纪：《两篇散文——夜读随笔》，写于 1962 年 8 月 25 日，发表于《天津日报》1962 年 9 月 14 日。

③ 峻青是为数不多的在 1962 年下半年之后集中发表散文的作家，并且在 1963 年由作家出版社出版了散文集《秋色赋》。当时的评论界集中出现了关于峻青散文的评论文章，重要的有：姚文元：《反映人民伟大的革命英雄主义——读〈傲霜篇〉和〈壮志录〉有感》，《解放日报》1962 年 12 月 12 日；陈辽：《“傲”的英雄性格——喜读〈傲霜篇〉》，《上海文学》1962 年第 12 期；林志浩：《激越的时代战歌——谈峻青同志的几篇散文》，《上海文学》1963 年第 2 期；林志浩：《为农村的新貌和英雄的人民讴歌——谈峻青同志的几篇作品》，《大公报》1963 年 7 月 9 日；王虹：《春风 · 秋色 · 英雄——读峻青的散文集〈秋色赋〉》，《文汇报》1963 年 12 月 17 日；谢云：《读〈秋色赋〉》，《人民日报》1964 年 4 月 25 日。

浩认为《秋色赋》《傲霜篇》《故乡杂忆》等散文显示了峻青所代表的新散文的特色："喜欢选取严重考验的时刻，采用强烈的细节来描写他的人物，像闪电一样一下子透视人物的心灵。"林志浩由对峻青散文的激赏联系起散文创作的一个重要问题，那就是散文"能够更及时地反映急遽变化的时代风貌，更紧密地配合当前的政治斗争"的"轻骑兵"作用受到削弱。他认为："我们在强调它的多样化的同时，还应该更强调它的时代感和革命性。"而"笔谈散文"以及散文的复兴浪潮，在林志浩看来，当然是散文主体功能受到削弱的重要原因，也应该得到深刻的反思：

> 不过，比较地说，有一个时期，我们对于散文的"轻骑兵"的作用是强调不够的。有一部分作者"或多或少削弱了同群众生活的联系，以致我们的思想跟不上形势的发展，我们对人民群众的伟大潜力和英雄气概缺乏深刻的体会"，有些人满足于已经熟悉的，而没有更努力地去开拓新的生活领域和创作题材，这就使我们的散文未能很好地发挥它的"轻骑兵"的作用，及时地反映人民群众如何在党的领导下，战胜困难的火热斗争及革命英雄主义的气概，相反地却出现了一些苍白无力的作品。这是应该引起我们注意的。①

在这样的时代氛围和文学语境中，复兴散文的努力无疑是遭遇到了最深刻的溃败。笔谈散文等唯一留下的东西可能仅限于对结构巧妙、文字精炼等艺术技巧的强调，这在当时的评论文章中仍然可以分明地看到。随着特写或报告文学的渐趋强势，需要在艺术加工方面耗时耗力的散文创作总体上趋于衰歇，散文批评也难觅踪迹。

① 林志浩：《激越的时代战歌——谈峻青同志的几篇散文》，《上海文学》1963 年第 2 期。

第三章　走向社会主义现实主义

——十七年长篇小说批评的内在理路

十七年时期，长篇小说是最受推重的文体，这也突出地反映在文学批评方面。一部长篇小说公开出版后，往往会出现数十篇甚至上百篇的相关评论文章。引人注目的长篇小说，其评论文章则更多，而且还会有评论集和研究专著出现。① 这在其他文体中是比较少见的。其中原因，一是长篇小说作为一种现代性文学文体建制，在五四新文学传统中就因其难度和冲击力而得到推崇，这种看重长篇小说的文化心理在新文学所开创的文化场域中长期存在，也被新中国文学主导者所继承；二是长篇小说是最能满足社会主义现实主义文学诉求的文体，最能体现历史发展趋势和现实生活本质，也最能以充分的笔墨圆满地塑造理想的英雄人物。这两个主要原因其实可以视为一体，因为社会主义现实主义本身也是一种极为明显的现代性文学原则，也早在中华人民共和国成立前就已经显现在五四新文学中。对长篇小说的推崇，源于社会主义现实主义及其所在的文化传统；同样，对长篇小说的批评，也一直在围绕着社会主义现实主义展开，批评的困顿也因此生发。

---

① 比如关于《红日》，就有以下评论集和研究专著：《赞〈红日〉，颂英雄——〈红日〉评论集》，作家出版社 1959 年版；刘金：《谈〈红日〉》，新文艺出版社 1958 年版；丝鸟等：《论〈红日〉及其他》，湖北人民出版社 1960 年版；刘金：《〈红日〉试析》，上海文艺出版社 1962 年版。关于《林海雪原》《青春之歌》《红旗谱》《创业史》的评论集和专著则更多，此处不再列举。

一、中华人民共和国成立初期批评界长篇小说批评的理路

中华人民共和国成立初期的三四年间，长篇小说的出版数量是极为有限的，而且质量也不高，粗略空洞是这些小说留给当时人们的主要印象，批评家给予这些作品的关注也同样少。不过值得注意的是，一些敏感的批评家已开始运用社会主义现实主义的文学原则对这些长篇小说展开批评，尽管“社会主义现实主义”的名称较少出现，但已经出现的“革命现实主义”和“新现实主义”等新名词已经具有社会主义现实主义的全部内涵。而且，批评家们也已经熟练地掌握并灵活地运用了这些内涵来进行批评。

时为《文艺报》主编的陈企霞，得风气之先，及时地响应中央关于批评与自我批评的号召，发扬文学批评的战斗传统，写出了对于长篇小说王林的《腹地》和碧野的《我们的力量是无敌的》的评论。关于前者，陈企霞在列举了大量的例证后认为：“《腹地》这部长篇小说，在刻画作者所选择的英雄的人物形象上，在处理干部的关系从而反映农村内部的斗争上，在描写觉醒中的人民群众的风貌上，在深入描写党内斗争与党的领导上，这些内容的主要方面，无论从主题上说，从人物、题材、结构甚至语言上说，都存在着本质的重大的缺点。这些缺点和小说全面地纠结在一起，并不是从属的或枝节的缺点。显然，作者对于自己所体验的冀中反‘扫荡’战争，冀中农村在抗战中的变化与斗争，冀中人民生活与斗争中的积极的特征，没有能够深刻的研究。没有能够正确地分析它、仔细地辨别它，慎重地安排它。对于这样一个民族史诗性的题材，作者十分缺乏对生活现象的适当的概括力。因此，也就不能用有力的较为完整的形象——尤其是主人翁英雄人物的形象，把一切体现出来。在这部小说中，很多描写是片面的、杂乱无章的，人物的性格前后矛盾，有些甚至是分崩离析的，并且在完成主题的意义

上说来，是多余的，也有很多在效果上是有害的、是被歪曲了的东西。”① 关于后者，陈企霞以翔实的例证得出结论：“我们以部队的纪律问题，政治领导与政治生活的问题，革命部队的上下级关系问题，以及军民关系和人民群众的形象问题四个方面，来分析这部作品的最突出的带着最基本的思想方面与艺术方面的缺点。从上述的分析看来，作者通过这一切的细节与故事，几乎完全不能正确地回答我们所提出的无敌的力量从何而来这一问题。其实，生活的臆造和人物的虚伪，细节的不合理与不真实，在这部小说中，是随时随地都可以发现的。作者描写战场与战争，费了很多的篇幅，但仔细研究起来，简直是破绽百出、漏洞万状。”② 我们发现，陈企霞的批评强调的是作者对于生活现实的真实性的书写，而这种真实性当然应以对生活的本质化理解为前提，以典型化的概括和提炼为创作方法，即“正确地分析它、仔细地辨别它，慎重地安排它”。只有对生活现实有一个深刻的本质化的理解，作品中的人物形象和情节、细节才可能具有统一性的效果。因而，陈企霞对“杂乱无章”“分崩离析”“破绽百出”“漏洞万状”的愤慨源出于对本质化、一体化的追求。尽管陈企霞的批评文章过于严厉，并在丁陈事件中受到指责，但陈企霞的批评原则本身并没有明显的失误，这一点即使是陈企霞的批评者也承认的。③ 而被批评的作品，对照社会主义现实主义原则，也确实存在着明显的问题。王林的《腹地》尽管是作者在炮火纷飞的环境中写就的，但因为没有接受到《在延安

---

① 陈企霞：《评王林的长篇小说〈腹地〉》，《文艺报》1950 年第 3、4 期。陈企霞：《光荣的任务》，人民文学出版社 1951 年版，第 82 页。

② 陈企霞：《无敌的力量从何而来——评碧野的小说〈我们的力量是无敌的〉》，《文艺报》1951 年第 8 期。

③ 就连批评陈企霞粗暴批评的侯金镜也承认王林的《腹地》确实存在陈企霞指出的重大缺点：“作者没有很好地实现他的意图，《腹地》是一部没有经过认真地加工和锤炼的，不成熟的，并且在主题的明确性和艺术的完整性上都存在着很大缺点的作品。”见侯金镜：《粗暴批评之一例——试谈〈腹地〉以及陈企霞对它的批评》，《侯金镜文艺评论选集》，人民文学出版社 1979 年版，第 289 页。

文艺座谈会上的讲话》的影响，反而是由于受沈从文影响较深，只是真实地记录下抗战中冀中农村政权的复杂情形，自然主义的倾向是十分明显的，因而和社会主义现实主义不能不呈现隔膜的情形，王林为《腹地》所确立的主题及其呈现出的样貌都是和社会主义现实主义的文学要求相乖离的。①

碧野《我们的力量是无敌的》也存在着对军队生活随意描写的问题。这种随意性的描写过多地考虑到了作品的趣味性，而没有考虑到内容的典型性和主题的深刻性。以至于这种随意性的描写，被一些批评家认为是小资产阶级思想的反映。当时的军队评论家张立云就认为碧野《我们的力量是无敌的》把“党的领导写成了可有可无的东西；把党委、政治工作机关写成似乎没有存在的必要；把政治工作人员写成军事工作的陪衬”，“把解放军的形象彻底地歪曲了。他把我军各种人物都写成可怕的、奇形怪状的，粗鲁、卑俗的，可憎的”，而这一切主要是因为“碧野的思想感情是小资产阶级的，所以他虽然写了工农兵，却并不爱工农兵”②。张立云的批评是对当时文艺界要求知识分子改造思想以及批判写“知识分子”思潮的响应。白刃的《战斗到明天》所遭遇的批评也是主要来自于中华人民共和国成立初期的这场批判思潮。袁水拍在《一本有严重错误和缺点的小说》文章中批评《战斗到明天》“是缺乏典型意义的，它不足以代表当时山东整个根据地，不能使人对当时

① 今天的评论者认为王林《腹地》的“旁生枝节”对写实观念是一种可贵的补正（见董之林：《“旁生枝节”对写实小说观念的补正》，《文学评论》2012 年第 1 期），这是可以理解的。王林的不经过社会主义现实主义过滤的描写确实能提供更多的东西，特别是今天看来，可能还具有众声喧哗的效果。但在当时看来，文艺界需要的恰恰不是缺乏过滤的作品，这种“旁生枝节”也恰恰是主题不明确、作家思维乏力的表现。而“旁生枝节”的作品在当时大量存在，且多为不成熟的作家草率所为。王林受沈从文的影响，有意一空依傍，可能是个例外。对“旁生枝节”的强调，很容易导致过高地评价当时一些确实粗劣的低级的作品，形成对历史的误判。

② 张立云：《论小资产阶级思想对文艺创作的危害性——兼评〈我们的力量是无敌的〉》，《解放军文艺》1951 年第 2 期。

的历史环境得到一个正确的概念”。“不去选取其中有代表性的地区”，“却抓住根据地暂时被敌人分割封锁而缩小的某些地区”,①并认为这是作者小资产阶级思想倾向的体现。章明的《〈战斗到明天〉是一部小资产阶级自我表现的作品》、张立云的《论〈战斗到明天〉的错误思想和错误立场》、冯健男的《作家首要的任务在于改造思想——评白刃的〈战斗到明天〉》②等文章表达了同样的意见。对小资产阶级思想的清算，也是社会主义现实主义的题中应有之义。社会主义现实主义强调的真实性，是一种本质的真实，经过集中和概括的典型化的真实。这种真实内在地包含了对现实的判断和理解，所以说一部作品真实性评价的获得从根本上来说，来源于作者所理解的真实和批评家所理解的真实的高度契合，作者和批评者事实上建立了一个认识上和美学上的契约。正因为如此，小资产阶级思想的存在决定了作者和批评家认识契约的无法达成，进而在真实性的判断上发生歧异。具有小资产阶级思想的作家在观察、选择、概括、提炼现实生活时具有的特点，则被认为是错误的，反映出来的生活也顺理成章地被认为是不真实的。

相对于对社会主义现实主义较有隔膜的作家来说，欧阳山和柳青作为学习过《在延安文艺座谈会上的讲话》的解放区作家，其创作的长篇小说《高干大》和《种谷记》存在的问题则更多的是需要进一步提高的问题。富有责任感的批评家冯雪峰一直关注我国的文学建设。他及时发表了关于欧阳山的《高干大》和柳青的《种谷记》的评论，肯定了作品的政治敏锐性以及对生活现象真实而丰富的描写，但同时也认真地指出两部作品的重要缺陷。对于欧阳山的《高干大》，冯雪峰评论道：“内容的生活力不够丰富，表现上的艺术力量不够丰富和旺盛”“大概由于作者还没有把人民的生活和意识的历史、对新的生活的渴望和理想，当作主题的必要的

① 袁水拍：《一本有严重错误和缺点的小说》，《人民日报》1952 年 3 月 6 日。

② 章明文见《长江文艺》1952 年第 2 期；张立云和冯健男文见《解放军文艺》1952 年第 4 期。

背景和作品的生命力的重要来源而加以充分地掘发和反映的缘故”。冯雪峰进而指出：“许多观照着政策或者为了政策的任务而写的作品，差不多都有思想性不高、艺术性不强的情形。但我以为这不能归咎于政策性的任务——因为负起这个任务来，是作品能够和群众联系的契机之一；问题是在于你是否把政策性放在人民的思想和生活动态的基础上。人民生活和思想的基础，是作品的思想性所必需的，也是艺术和艺术力量所必需的。”① 冯雪峰向《高干大》所要求的，是那种历史现实的浑融性及其背后的深刻的本质性精神力量。

对于柳青的《种谷记》，冯雪峰欣赏其可喜的特点，那就是开始致力于典型人物的塑造。冯雪峰认为：“王加扶和书中的其他的许多人物，尤其故事发展上所必要的人物，也都是富有典型性的人物。至少，也都是能够被深掘、被推广、被发展和被塑造成为典型人物的。”但他也指出了小说的弱点：“这部作品，作者服从于事实的情景，就显然超过了他服从于主题应有的积极性的展开。因此这部小说，我觉得我们读后，那种足以引导和鼓舞我们的强大的力量是缺少的。”冯雪峰欣赏柳青描写细腻的特点，但也认真地指出“平面的加工和单是精细的描写，都不能做到我们所要求的典型化”。关于此，冯雪峰还特别批评了当时长篇小说创作上较为严重的自然主义倾向，认为：“自然主义主要的坏处就是对客观现实的宿命论的观点。自然主义的被奴役于现象以及烦琐的描写，是从宿命论的思想根源出发的”，而“我们的作者手法上的这种缺点也有近似自然主义的倾向”，因而反映在作品中，“其中事件的矛盾发展的分析是不够深刻的。人物的思想意识的分析也是不够深刻的。因为对现实矛盾发展的透视不够深入，作品的思想主题就显不出强大的力量，作者自己对于现实也好像处于被动的地位。代替对社会和人物的阶级矛盾和事件本身在发展上的矛盾之更深入的分析，作

① 《冯雪峰论文集》（中），人民文学出版社 1981 年版，第 212 页，原载《小说》1950 年第 4 期。

者毫不厌倦地从事着现象的琐细的描写。其实有些描写，却是太费了。”针对过于重视现象真实的创作倾向，冯雪峰指出：“典型化决不会失去真实和精确，并且概括也决不和详尽与生活上的细节相冲突。事实上，倒是相反的。我们都知道，典型化是更大的真实。虽然不一定样样都与事实相符，但也仍不妨碍在叙写上的合情合理的精确。”① 冯雪峰对于柳青的《种谷记》的评论，是其在上海召开的《种谷记》座谈会上的发言，在这次座谈会上，冯雪峰发言的时间最长，大概是想向与会的作家和批评家巴金、李健吾等人详细阐释社会主义现实主义的相关问题。其他的与会人员发表了和冯雪峰相似的意见。以群认为：“作者对作品中的人物是熟悉的，只是因为调查而来的真实材料太多，着笔时难于割舍。因此，反为素材所拘，而致重点不够突出，全体看起来，就觉得缺乏热情，缺乏高潮，没有蓬勃的力量了。这一点，与其说像巴尔扎克，不如说像左拉。在人物的描绘上，反面及动摇的人物如王克俭、老雄等，写得相当生动，而正面人物像王加扶、存起、维宝、赵德铭等都不够突出，因此削弱了作品的感动力和主题的明确性。”周而复赞赏《种谷记》“文艺和政策相结合”的创作导向，同时也指出：“我认为这书有一个基本弱点，是没有把党的领导贯穿在整个作品中。这由于作者熟悉生活，熟悉农村，偏重写作所熟悉的一时一地的情形，没把整个边区在党的领导下组织变工队的运动中所发生的变化更高地概括起来，造成典型性不够的弱点。”“这作品故事发展少，作者用心在写人的发展。但是作者仅是写人是怎样的人，农村里确实有的人；新现实主义要求不仅写人怎样，更重要的是写人应该怎样。就这一点上讲，《种谷记》是比较弱的。这作品中有很多精美的片段，只是整个发展起伏不够，有点平铺直叙，作者用心在写生

① 《冯雪峰论文集》（中），人民文学出版社 1981 年版，第 217 页。此系冯雪峰在上海召开的《种谷记》座谈会上的发言，发表在《小说》1950 年第 4 期。

活细节，忽略了大的更广更深的展开。”① 座谈会上的这些意见，大多是根据社会主义现实主义的原则提出的。要求写人，写典型人物；积极地提炼主题，对生活进行有深度的本质化、典型化的加工；这些其实是社会主义现实主义的精义。

竹可羽是中华人民共和国成立初期比较活跃的批评家，在中华人民共和国成立初期的两三年间，发表了十多篇批评文章。他之所以活跃，源于他对社会主义现实主义十分到位的理解。在1950年，竹可羽写出了《现实主义和浪漫主义结合》的长篇论文，阐发其对社会主义现实主义的理解，不过他所采用的名称是新现实主义。这篇论文认为新现实主义和旧现实主义的核心区别也即是社会主义现实主义的核心特征就在于“呼应现实、描写远景”，“现实主义和浪漫主义相结合”：“现实主义是从现实所到达的高处与未来的伟大目标的高处来真实地具体地说出最本质的时代精神，呼应最本质的现实要求；浪漫主义是从现实主义的基础上，越过现实去，说出人民对于明天的愿望，描写带动现实前去的远景。鼓舞人民为建设幸福的新的社会生活而斗争，并有力地鞭策旧社会的残余。正因为如此，这两者是无法分裂的。”② 因此，竹可羽的文学批评，对具有超前性、体现了生活远景的新生活新人格外地敏感。他评价欧阳山的《高干大》，认为：“《高干大》成功的地方，我以为首先在于他生动地写出了一个过渡时期的积极的农村党员的典型，虽然作者在写他落后的一面比起写他积极的一面更要熟练些；其次在于他写了合作社，据我所知，这在解放区文艺中还是仅有的一部，作者1946年各大城市尚未解放以前选择了合作社这一主题来写，这是并不容易的事。”③对于柳青的《种谷记》，竹可羽首先肯定题材的

① 冯雪峰：《〈种谷记〉座谈会》，《小说》1950年第4期。雪苇在此时出版的《论文学的工农兵方向》（光华书店1948年版）一书中的文章《读〈种谷记〉》中也说：“（《种谷记》）没有写出党的作用，没有写出作为农村活动核心的支部的作用。”

② 竹可羽：《论文学与现实的关系》，作家出版社1957年版，第20页。

③ 竹可羽：《评欧阳山的〈高干大〉》，《人民日报》1949年10月30日。

非凡意义："对今天农村现实，首先应该反映轰轰烈烈的土地改革斗争，这是对的。但是另一方面，我们也看远一点，从农村个体经济发展前途看，从合作社经济在农村社会化道路的意义上去看，写农村中具有典型意义的互助组、合作社等小说，不仅会为人民所欢迎，而且在今天正是我们作者们要通过小说去指导教育人民的重要任务之一。"他高度肯定小说对新人物的描写："作家的生活底子和艺术才能更重要的是表现在描写人物上"，王加扶"这个人物是崭新的人物，是用他的生命和新社会胶结得无法分开的新人物，是一个优秀的农民典型。新人物的创造，在今天文艺界一般地都有概念化的毛病，但是对王加扶，我却并没有这样的感觉"。他在文章中引用了王加扶对生活远景的憧憬的段落并对之称道不已："新现实主义要求不仅写人怎样，而且也要求写人应该怎样，而这正是《种谷记》的弱处，从创作方法上来说，作者基本上已经越过曾经给过他很大影响的旧现实主义的水平，但如果说新现实主义从其本质说来是现实主义因素和浪漫主义的结合，那末作者基本上掌握的是现实主义的一面，缺乏的是浪漫主义的一面，但是从上面所引的两段描写，虽然初一看会觉得和全书不大调和，但这里正好存在着浪漫主义的萌芽因素。"① 竹可羽的别有会心，恰好弥补了当时的长篇小说批评中对于社会主义现实主义浪漫向度的忽视。这一点，竹可羽是看得很清楚的，也因此他的批评文章自信从容，得意之色也流露于字里行间。

在中华人民共和国成立初期不太引人注目的长篇小说批评园地，陈企霞、冯雪峰、竹可羽可谓是三个比较有名的批评家。相比之下，陈企霞身居要位，重视批评的尖锐性和战斗性，着眼的往往是长篇小说由于细节、人物的随意化描写而导致的对于生活本质真实的歪曲，冯雪峰则关注人物的典型性、生活现实的整一性以及思想主题的深刻性，而竹可羽则留心长篇小说对于具有超前性的生活远景的描写等浪漫主义维度的一面。三位批评家虽然各有侧重，但潜在地构成了社会主义现实主义批评的完整框架。这不是历史的偶

① 竹可羽：《评柳青的〈种谷记〉》，《文汇报》1950年6月9、16日。

然，相反却是社会主义现实主义必然主宰文坛的有力证明。三大批评家之外的长篇小说评论，也逐渐向社会主义现实主义的批评范式靠近。比如陈涌评论周立波的《暴风骤雨》，认为作品的优点是"对于生活的热情和敏感，对于新人物的美好的品性的加以表扬以及艺术上的单纯性"，但"单纯性"同时也反映了这部作品的缺点，那就是"对于农村阶级斗争的复杂性的表现"是不充分的、不深刻的，作者还缺乏足够的典型化过程中所需要的高度的分析和概括能力。这些表现在企图描写当时农村生活一切问题的下卷中，便显得"臃肿、累赘"，而"没有做到像上卷一样的单纯、调和与集中"①。对新人物等元素的看重，对深刻性、复杂性的追求以及背后的本质真实观的倡导，都是社会主义现实主义批评所具有的特征。于晴的文章《读孙犁的新作〈风云初记〉》也指出孙犁的《风云初记》缺乏对新人物的崇高思想品质的描写，认为"作者还不够有更高的政治热情，还不能更好地在重大政治事件中，在生活的矛盾的尖端，去考察、研究他的人物"②。李枫《评柳青的〈铜墙铁壁〉》的一文指出："作者对于作品中的某些人物，还没有很好去接触他们的灵魂深处，探索他们的思想面貌，没有从思想、感情上全部地占有他的人物。因此，在作品的有些地方，我们所看到的，是从事件的叙述中出现着人物，而不是人物性格化的行为的冲突，决定了情节的发展。"③ 这些批评语言，很明显受到了社会主义现实主义的影响。

二、社会主义现实主义与批评范式的确立

在1953年9、10月间召开的第二次文代会上，社会主义现实主义被确立为文艺创作和批评的最高准则。在此前后，周扬、茅

① 陈涌：《陈涌文学论集》（上），上海文艺出版社1984年版，第77页。

② 于晴：《读孙犁的新作〈风云初记〉》，《文艺报》1951年第3期。

③ 李枫：《评柳青的〈铜墙铁壁〉》，《文艺报》1951年第3期。

盾、邵荃麟、冯雪峰等发表文章，阐释社会主义现实主义的内涵，对当时的创作和批评状况进行了总结和指导。这些文章对社会主义现实主义的阐释集中在三个方面，即本质真实观、典型人物论和理想性，尤其是在典型英雄人物的创造上，他们倾注的心力最大。① 对于此前文艺界创作和批评上的不良倾向，周扬等人也做了批评。他们认为创作上的巨细无遗的描写是一种自然主义的粗制滥造的创作态度，是作家缺乏集中概括和典型化等思想能力的表现；而一些经过作家思想加工的作品之所以出现失误，则是作家小资产阶级思想倾向的表现，是作家思想改造不彻底的表现；思想认识没有问题但艺术力量不强的作品，则是创作上的公式化、概念化倾向问题的集中表现。对于批评，周扬等人认为也存在辨别力不够、作风粗暴等严重的问题，甚至批评比创作还要落后。不管周扬等人是否意识到，他们对社会主义现实主义的阐释或者说社会主义现实主义本身实际上缩小了文学创作的图景，也因此他们对文坛错误倾向的纠正往往出现一波未平、一波又起的现象，甚至走入恶性循环的怪圈：纠正了自然主义的琐细描写，但又出现了作家主观性的张扬不符合主流意识形态关于生活本质认识的问题，这一点集中地反映在胡风事件中；纠正了作家的主观战斗精神，同时也限制了作家自由观察体验的热情，作家只能根据现实政治需要写一些思想认识有绝对保障的题材，又出现了题材高度集中、情节模式化等创作上的公式化、概念化等问题，比如当时文坛盛行的“落后人物转变”题材；而作家摆脱公式化、概念化的努力，比如为丰富英雄人物性格而增加一些爱情描写等，则可能重新出现自然主义和主观主义等错误倾向。尽管批评家认为创作上的公式化、概念化倾向主要是由于作家深入生活不够等问题，但这一痼疾的迟迟不能解决还是促使他们反思社会主义现实主义本身的问题。在 1956 年的百花时代中，秦兆阳、刘绍棠等人对社会主义现实主义这一观念提出了质疑，文艺创作和批评上的氛围也有所松动，但这一局面很快遭到终结。虽然在

---

① 朱寨主编的《中国当代文学思潮史》第三章对此有详细而到位的讨论，此不赘述，人民文学出版社 1987 年版。

后来的文艺探索中，批评界对一些问题进行了有益的探讨，比如1961年由《金沙洲》引发的关于典型问题的讨论侧重强调了共性在阶级性之外的丰富内涵，但从根本上来说，十七年期间，社会主义现实主义所确定的批评框架并没有得到根本性的改观。批评家所操持的批评条令和批评语言也没有逸出社会主义现实主义的园囿。

在第二次文代会召开前后，批评界关注的主要问题是创作上的公式化、概念化问题。这一时期的长篇小说批评也集中在这个问题上。比较典型的是对于杨朔《三千里江山》的批评。陈涌在《文学创作的新收获——评杨朔散文〈三千里江山〉》称赞《三千里江山》生活气息的浓厚，认为："《三千里江山》主要的特点便是它在艺术上的真实。……在现时，根据概念、法则来演绎人物的公式化概念化的倾向主要是我们文学创作方面的倾向。我们许多作品在表现人物方面的征候是：他所表现的人物并未比概念上的人更生动和丰富，并且也不比概念上的人有着更多的个性和有着更多的在发展过程中不可避免的矛盾和斗争。"① 但陈涌也认为"人物还不够集中，作者还没有来得及把他丰富的生活印象加以更高的概括和提炼"是这部作品的缺点，但陈涌这里所强调的更多的是这部作品没有公式化和概念化的痕迹。但其他批评家出于社会主义现实主义的要求，还是严肃指出了这部作品的问题。批评家敏泽认为："这部作品，在结构上存在着比较突出的缺陷：不仅缺乏贯串整个作品的中心事件——鲜明的主线，而且缺乏中心的人物。……这部作品在很多情况下，生活不像有机的、统一的整体，仿佛只是一个个互不相连的生活片段，人物也多半被安排在比较狭窄的、平和的生活里，个人做着个人的事情，而不容易看到整体环境和人物之间的有机的、密切的、相互影响的关系，和他们活动的真正的、尖锐的社会内容。"② 敏泽所指出的这一问题，其实还是作者思考力和认识力不够而导致的自然主义描写问题。批评家黄药眠则认为：

① 陈涌：《文学创作的新收获——评杨朔散文〈三千里江山〉》，《人民文学》1953年第1期。

② 敏泽：《对〈三千里江山〉的几点意见》，《文艺报》1953年第6期。

"《三千里江山》之所以这样结构而不那样结构，结构学的问题还是次要的，主要的问题乃是作者在创作的时候，首先就不能不为他所熟悉的人物，所熟悉的人物环境的形象知识所限制。……作者对于他所描写的人物，了解得不够全面，不够深刻。"他还由此指出了当时创作上具有普遍性的一个问题："我觉得一些从斗争生活中回来的同志，当他写作的时候，常常有着这样的苦闷：即理论家所要求他写的，他实在很少有什么感触，而他所具体地感触到的又常常被理论家们认为不是本质的东西或是比较零碎而不够完整的东西。所以在这样的情况之下他们要么是遵照批评家的指示，写出一些公式化概念化的东西，要么是根据他自己所实际感觉到的一些形象描写出来。而杨朔同志的《三千里江山》，恰好是在反公式化概念化的口号之下，产生出来的属于后一种情况的作品。你说它没有实际的、具体的形象吗？那也不是的，但它乃是一些完整的和一些不完整的人物形象的一些拼凑，他没有明确的中心人物也没有明显的事件的主绳。作者似乎还不十分善于从分析到概括综合，并从所既知的，所感受到的，根据客观规律加以推论加以想象，从而塑造出典型的形象。当然它比公式化、概念化的作品是前进一步了。"黄药眠指出的问题也主要是自然主义的问题，他还批评了杨朔在小说中"随意而生硬地穿插一些新闻的素材"、以猎奇的态度对战争场面进行客观主义的血腥描写等创作中错误的"奇特的倾向"①。值得注意的是，黄药眠所指出的拥有生活的作家面临的创作上的两难，恰恰是文坛在社会主义现实主义规约下所产生的怪圈的体现。当然，怪圈对于作家来说不是绝对的，一些成熟的作家则善于在自我生活积累、思想认识与主流意识形态之间达成高度一致，创作出总体上得到批评界肯定的作品。但即令如此，也往往存在部分的瑕疵，这些瑕疵往往是作家自我体验与意识形态询唤之间出现缝隙的表现，也很容易地被敏感的批评家察觉进而招致指责。怪圈对于作家而言，是难以完全突破的；但对于批评家而言，怪圈却提供了观察作品缺失的维度，尽管不是所有的批评家都主动地借此对作品吹

---

① 黄药眠：《我也来谈谈〈三千里江山〉》，《新建设》1954 年第 2 期。

毛求疵。在十七年长篇小说批评当中，我们很容易地发现批评家指责作家描写的自然主义和客观主义倾向，指责作家的小资产阶级的创作思想，指责作品的公式化概念化问题，这些指责从根本上来说，是追求高度整一性的社会主义现实主义批评原则必然提出的要求。

社会主义现实主义被确立为文学创作和批评的最高原则之后，文艺界进行了深入的学习活动。长篇小说创作上较为低级的自然主义描写的错误、较为明显的思想立场的问题、较为简单的公式化概念化问题逐渐减少了。批评家们也开始自觉地以社会主义现实主义所强调的本质真实观、典型人物论和理想性三元素为依据，展开自己的批评实践。这些批评理路，我们单看评论文章的题目就可以推测出来。比如关于《红日》，评论文章有《革命的战歌、英雄的颂歌》《谈〈红日〉的几个人物》等；关于梁斌的《红旗谱》，评论文章有《革命英雄的谱系》《壮阔的革命历史图画》《论朱老忠》《革命英雄典型的巡礼》等，关于杨沫的《青春之歌》，评论文章有《知识分子的革命道路》《试谈林道静》等；关于周而复的《上海的早晨》，评论文章有《一场未熄灭的阶级斗争》《一个深刻的资产阶级形象》等；关于艾芜的《百炼成钢》，评论文章有《广阔的生活、集中的描绘》《论秦德贵》等。尤其是关于人物形象的分析的评论，成为最便捷因而也最为流行的批评切入点，许多文章的全部内容就是分析一个人物形象。同样，如上所述，批评家对作品缺陷的认定，也是从这些角度来进行的。比如对于《红日》的批评，批评家罗荪认为《红日》“使我们看到了小说所描写的英雄性格，是怎样在战斗中成长的，并通过这些人物的成长，体现着革命部队的精神实质”，并赞扬“作者歌颂了这个时代的英雄人物，在他们身上充满着一股无穷的力量和远大的理想”；罗荪同时认为“小说中出场了好几位政治工作人员，给人的印象都不深，主要的原因，恐怕正是他们在小说中没有认真地发挥政治工作的正确作用，以至于几位政治委员显得很逊色，远没有几位军事首长那么生动多彩”，对于副军长梁波的恋人华静的描写，罗荪指出：“我觉得这些情节的描绘嫌多了一点，特别是显得和一个坚持斗争的区委书记的精神状态，有一点不很调和。可能在华静的身上还遗留着不少知识分子的思想感情，而作者对这种感情，带着一种欣赏的味道，因而和整个色彩就不那么协调了。"① 批评家冯牧对于《红日》的意见和罗荪比较一致。他也认为"作者真实地、比较完整地反映了革命战争"，"对于军队的政治思想工作缺乏正面和有力的描述"是作品的"一个重要的弱点"，对于书中的关于军事指挥员的爱情描写，冯牧认为"缺乏一种令人信服的生活真实感"，是"一曲雄伟动听的交响乐之中"突然杂入的"刺耳的不和谐音"②。

再如对于艾芜《百炼成钢》的批评。巴人认为："这部作品描写工业建设之所以这样动人，我以为首先在于作者的湛深的构思和浑然一体的布局。"对于作品的缺点，巴人认为："某些人物形象还刻画得不够鲜明，正面人物和反面人物形象的对比还不够强烈，破坏生产的敌人活动写得十分隐约。"③ 冯牧认为《百炼成钢》是"一部解放后几年以来出现的反映工业建设和工人生活的少见的优秀作品"，赞扬"浪漫主义精神""在许多章节中闪耀着悦目的光亮"；冯牧分析了《百炼成钢》中人物形象的塑造，认为"《百炼成钢》最重要的成就，还在于作者为我们创造了几个对于我们文学创作具有特殊意义的正面人物的动人形象"，"工人秦德贵的形象的塑造是近几年来社会主义文学的收获之一"，但认为党委书记梁景春的形象"是单薄的、缺乏血肉的"，"在不少地方，他都只是作为某种正确思想和工作方法的解释者和体现者而出现"④，不免带有公式化和概念化的痕迹。

《红日》和《百炼成钢》在十七年长篇小说中是较为成功的作

① 罗荪：《评〈红日〉》，《收获》1958 年第 3 期。

② 冯牧：《革命的战歌和英雄的颂歌——略论〈红日〉的成就及其弱点》，《文艺报》1958 年第 21 期。

③ 巴人：《广阔的生活 集中的描绘——略评〈百炼成钢〉》，《读书》1958 年第 5 期。

④ 冯牧：《艾芜创作路程上的新跃进》，《文艺报》1958 年第 7 期。

品。对它们的批评应该说体现了长篇小说批评的正常样态。① 因为这两部小说是水平较高的作品，所以自然主义和错误思想倾向等较为低级的失误在作品中很少出现。但在水平较高的作品上显露出的批评的困境，可能是更具根本性的困境。就以关于《红日》和《百炼成钢》的批评中呈现出的完美人物形象塑造问题为例，我们会发现代表着方向性、权威性的人物（梁景春形象及《红日》中的思想政治工作者）在完美的同时又是公式化、概念化的，而作家对此类人物形象进行丰富性的努力虽然打破了公式化和概念化，却常常遭遇不真实、不典型、不和谐的指责。体现党的领导的形象不好写、写不好，令作家左右为难，这在十七年文学中是一个具有普遍性的问题。而批评家们一方面根据日常经验认为生活中不可能存在完美无缺、概念化的人物，但同时又根据理想化原则严厉指斥对英雄人物作日常化或者说是庸俗的描写，这种矛盾的批评心态也只能说是社会主义现实主义的并发症。

20 世纪 50 年代末，毛泽东提出了“革命的浪漫主义与革命的现实主义相结合”的文学理论，再加上中苏关系破裂，对于“社会主义现实主义”的倡导在强度和气势上有所减弱，对长篇小说“民族化”的问题开始重视。但在其内在理路上，社会主义现实主义与“革命的浪漫主义与革命的现实主义相结合”的理论并无深刻分歧，社会主义现实主义一直是长篇小说批评的主导性范式和内在遵循。

---

① 这里选取《红日》和《百炼成钢》进行个案举例说明，并没有特别的考虑，只能说是随机选择而已。

第四章　社会主义现实主义与批评界对话剧的正规化追求

在文学诸体制中，戏剧的现场演示效果和受众的广泛性是无与伦比的。因而，执着于对大众进行革命启蒙的左翼文学运动，对戏剧倾注了大量的心力，也取得了丰厚的实绩。中华人民共和国成立以后，戏剧的功能得到了空前的重视和强化。政府成立专门机构领导戏剧改革和建设，多次组织大规模的戏剧汇演，党和国家领导人经常观看戏剧演出并作重要指示，这些现象在戏剧历史上应该是罕见的。这也使得这一时期的戏剧具有“国家仪式”的意味。① 的确，新生的现代民族国家十分需要庄严的审美化的仪式对其合法性进行深刻的确认。承担此重大使命的戏剧也必将承受巨大的压力，而且压力下的紧张和焦虑呈现得将更为明显、更为剧烈。

作为戏剧中的一种，话剧有其特殊性。话剧是“舶来品”，是典型的新文学文体建制。它自身携带的对于传统戏曲的叛逆性十分强烈，不论是从艺术形式上还是从主题倾向上，都有着鲜明的革命色彩和现代意味。话剧运动的领导者和参与者也多为左翼进步知识分子，这些人在中华人民共和国成立后成为戏剧改革和建设的领导者，比如田汉、曹禺、张光年、张庚等。可以说，话剧奠定了中华人民共和国成立之后戏剧改革和建设的道统。尽管话剧在文化水平较低的大众层面尤其是农村群众中影响微小，但依然作为戏剧建设和戏剧现代化的主导性文体被重视，因此也分享了“国家仪式”的紧张和焦虑。话剧和其他新文学文体相比，又十分强调演出效

① 参见胡志毅：《国家的仪式：中国革命戏剧的文化透视》，广西师范大学出版社 2008 年版。

果，剧场效应十分明显，话剧的优劣成败往往可以通过观众反应、票房、上座率等直接、及时、形象地反映出来，这也是十七年话剧的建设者所必须面临的同时也是令他们头疼的问题。

一、中华人民共和国成立初期批评界对话剧的正规化追求

1949年7月召开的第一次文代会上，解放区文学所代表的文学方向被确立为新中国文学的方向。周扬在《新的人民的文艺》的大会报告中明确指出："毛主席的《在延安文艺座谈会上的讲话》规定了新中国的文艺的方向，解放区文艺工作者自觉地坚决地实践了这个方向，并以自己的全部经验证明了这个方向的完全正确，深信除此之外再没有第二个方向了，如果有，那就是错误的方向。"①但是，方向虽然赋予解放区文学以崇高的历史地位，但并不意味着解放区文学就是新中国所要追求的理想化的文学形态。解放区文学方向正确，但还面临着正规化的任务。这一任务，解放区戏剧运动的领导者们认识得很清楚。第一次文代会上作为解放区戏剧工作者代表的张庚在发言中诚恳地表示："解放区戏剧由于主观和客观的原因，也还存在着若干缺点，其中主要的有两方面：一是作品在思想上不够深刻，而在技术上也感到表现力还差；其次是戏剧工作者一般缺乏系统的业务理论。"他还谈到这些缺点的具体表现：

> 关于第一方面，我们虽然写了，并且在舞台上表现了工农兵，而且观众也承认写的和演的都还像；而且，观众也承认，我们的演出是起了很大的教育群众的作用，但是，今天我们的观众，特别是干部群众中间比较普遍的舆论是不满足我们的演出。主要原因，由于反映的斗争不深入，对问题看得不深刻。

① 周扬：《周扬文集》（第一卷），人民文学出版社1984年版，第513页。

人物的创造上有一般的工农兵，但没有令人不能忘记的有性格的人物。这证明我们戏剧工作者思想和艺术的修养还相当差，还有待于不断地学习。

第二方面，由于我们所面对的是新事物，新题材，一切过去既成的有系统的业务理论对于我们都不是现成的有用，因此我们一般对于过去的书钻研得少，又由于能力关系，在总结自己的实践经验方面，也没有足以使我们建立起一套有系统的新业务理论的力量，因此，我们现在相当普遍地处在凭经验做工作的情况之下，不能提高，或者提高得很慢。①

张庚的发言反映了解放区戏剧所面临的困境：服务于具体任务的"活报剧"、宣传剧的创作十分多，具有深刻思想意义和艺术品位的剧作少；不愿意对前人的戏剧理论进行研究和批判继承，又缺乏能力对实践经验进行理论总结。这一困境在中华人民共和国成立初期的话剧界得以放大。由此困境而出现的许多话剧创作中的问题成为批评家的批评对象。中华人民共和国成立初期，"赶任务"、表现新的时代、新的人物成为创作的潮流，文学新人的创作备受鼓励。在这一形势下，大量的思想雷同、艺术粗糙、质量低劣的剧本充斥于文坛，宣传剧、报道剧的创作方法依然盛行，引发了观众的不满和领导者的忧虑。对此，当时在剧协工作，领导《剧本》《戏剧报》等刊物的张光年曾不满地批评："每次大规模的群众性运动之后，编辑部收到数以百计的来稿，其中绝大部分稿件的主题、人物、冲突、情节的雷同，往往达到可惊的地步。"② 和领导者的忧虑不同，观众的不满直接通过行动表达出来。他们不愿意看新编的配合任务的剧目，即使进剧场看也难以坚持看完，而剧场也不愿意

① 张庚：《张庚戏剧论文集 1949—1958》，中国社会科学出版社 1981 年版，第 5 页。

② 张光年：《在舞台上创造社会主义新人的典型性格》，张光年：《风雨文谈》，上海文艺出版社 1982 年版，第 75 页。此前，在 1954 年的《谈独幕剧》一文中提出了同样的问题。

上演这些没有票房效果的话剧剧目。大城市的剧场演出场数较多的仍然是曹禺的《雷雨》等20世纪三四十年代的话剧名作，中小城市的剧团也多拒绝上演人们不愿意拿钱买票观看的“宣传戏”。这样的情况说明了提高的必要，特别是当话剧面对的更多的是有一定审美修养的城市观众时，这个问题就更加突出了。这一问题也及时地反映在话剧批评中。《文艺报》1953年第14期在显著位置发表了一篇文章《戏从哪里来》，集中批评了十几个独幕剧，有力地批评了话剧创作中的“公式化”“无冲突”“脱离生活”等问题。批评者在文章中说：“今天我们许多戏剧作品里面没有‘戏’，或者说‘戏’很少，实际上，这也就是剧作者对于生活的观察、体验、分析和研究的问题。……这种情况，在客观上贬低了戏剧艺术的教育人民的严重任务，而在效果上，就让群众感到没有‘戏’。这里的所谓没有‘戏’，是指的同一题材的再三重复和翻版，却又没有更深刻的内容。”这篇文章提出：“希望全国有经验的剧作家重视这种形式短小的剧本，并多多进行这方面的创作。”然而，“有经验的剧作家们”此时正处于改造思想的阶段，对新的生活既没有条件深入体验，又不可能做出自己的分析和判断，事实上已无心力从事新的创作。而当时新出的较为成熟的作品，也往往遭到批评家们在思想方面提出的严苛的指责。比如全国解放之际刘沧浪、鲁煤等人的话剧《红旗歌》，“在北京、天津、上海、南京、重庆、兰州等城市陆续演出，受到了广大观众的热烈欢迎”，“在上海已连演一百四十八场”，“在南京的演出也突破了从来该地话剧卖座的纪录”。① 但批评家萧殷和蔡天心同时在《文艺报》上发表文章，指责话剧的主人公“马芬姐这个人物是不现实的，是缺乏社会基础的”，剧作者用形式主义的创作方法掩饰“社会基础的虚空”②。竹可羽的《论文艺与现实之间的关系——以〈红旗歌〉为例》，则

① 周扬：《论〈红旗歌〉》，《人民日报》1950年5月7日。

② 萧殷：《论〈红旗歌〉及其创作方法》，《文艺报》1950年第11期。萧殷时为《文艺报》三名主编之一。蔡天心的文章《〈红旗歌〉的主题思想》也批评了该剧人物塑造方面的缺失以及由此而来的主题思想的错误倾向。

指出《红旗歌》主题上的分散，认为剧作呈现出“劳动竞赛”和“落后转变”两个主题，人物塑造上正面人物金芳的思想深度不够、马芬姐形象的完整性不足等问题。①《红旗歌》所遭遇的批评是比较典型的。② 当时的批评家往往以对政策的教条式的理解为批评资源，进而确立自己的批评优势，对作品进行居高临下的批评，“难道生活本质是这样的吗”“这样的人物是真实的吗?”成为批评者的惯用句式。在此批评情境中，既有艺术才能又有生活积累的剧作家往往选择一些没有风险性的题材和模式进行创作。当时比较盛行的“落后转变”题材和模式就是一个有力的证明。老舍的反映女曲艺艺人命运转变的话剧《方珍珠》、反映北京底层市民生活面貌变化的话剧《龙须沟》、曹禺的反映北京协和医院医生社会认识转变的《明朗的天》是这种创作潮流中比较有代表性的作品。但是，这样的创作并不能为批评家们所满意，他们对这类作品的评价是有所保留的。萧殷就明确指出：“仅仅描写人物的转变，只是消极地反映了现实的一方面。更重要、更积极的，应该是描写我们的英雄以及他们的事迹。”③ 中华人民共和国成立初期的话剧批评就是在如此焦虑的状态中走过，一方面批评新人的创作过于公式化、概念化，缺乏生活、缺乏艺术水准；一方面又严苛地批评生活气息浓郁、有艺术水准的作品在思想政策方面不可避免的错误倾向；而勉强两全的作品又不符合批评家创造“新话剧”的审美期待。这一困境实在是一个深刻的困境。

---

① 此文收入竹可羽：《论文学与现实的关系》，作家出版社 1957 年版。

② 《红旗歌》的情况比较复杂。就上演效果来看，该剧是非常成功的，而且一度有和《白毛女》并称“一红一白”的美誉。但其所受到的批评无疑降低了该剧的地位。虽然周扬及时在《人民日报》发表了反批评文章《论〈红旗歌〉》，正面肯定其重要意义，但收效似乎不大明显。

③ 萧殷：《论生活、艺术和真实》，人民文学出版社 1952 年版，第 46 页。

二、话剧上的社会主义现实主义批评实践

1953年9月，在第二次文代会上，社会主义现实主义被确立为文学创作和文学批评的最高准则。作为叙事型文体，话剧对社会主义现实主义的创作方法的贯彻和小说有相似的地方。批评家要求话剧创造出具有教育意义的新的人物性格和形象，要求话剧写出能够反映生活本质的矛盾冲突。同时，社会主义现实主义也提出了较高的艺术要求，“典型环境中的典型人物”等理论范畴虽然简单，却标识了一个不容易达到的境界。批评界对社会主义现实主义的贯彻是及时的，一时间话剧批评文章多从分析人物形象入手，来评价剧作的思想和艺术水平。张庚的《〈万水千山〉里的人物》、赵寻的《话剧〈春风吹到诺敏河〉中的三个主要人物》、李诃的《谈表现警惕性主题剧本中的人物创造》等评论文章，就是比较典型的例子。

然而，社会主义现实主义并不是一个横空出世的概念，早在20世纪30年代就有周扬等人的译介，中华人民共和国成立初期所提的“革命的现实主义”等概念在内涵上已经十分接近社会主义现实主义了。因此，此前话剧批评界所关注的问题，所运用的原则不仅没有得到调整，而且进一步得到明确了。可以说，社会主义现实主义是对话剧正规化追求的一种确认，而且提出了更高的正面建设新话剧的要求。虽然在1954年的整顿《文艺报》事件中，前述的《戏从哪里来》和关于《红旗歌》的批评文章被剧协作为压制青年人的粗暴批评文章批判，但被批判者的批评焦点和批评原则则被批评界悄悄继承了。① 在十七年批评场域中，这是常见而又自然的事。不过，这场以反对粗暴批评为旗帜的批判使话剧界开始重视

① 当时在《剧本》编辑部工作的李诃的文章《反对粗暴的戏剧批评》，集中对《文艺报》上所发表的剧评进行了批判。作为批判文章，行文有很多故意曲解、不实事求是的地方。此文被收入李诃：《学步集》，新文艺出版社1957年版。

批评文章的组织和批评队伍的建设等问题，① 也给话剧批评界送来了一股平心说理、耐心分析的清新文风。在 1955 年胡风事件中，所谓“胡风反革命集团”中的剧作家路翎、芦甸等人的剧作《祖国在前进》《女难》等遭到批判，胡风关于戏剧的言论也受到了清算。这是大批判中难以避免的现象。不过，对胡风思想的批判并没有影响社会主义现实主义文学观念统领文艺界的进程。

随着社会主义现实主义文学观念的传播和教育，创作者政治水平、生活积累和艺术修养的提高，话剧创作中涌现了一批质量较高的剧作，比如安波的《春风吹到诺敏河》、胡可的《战斗里成长》、夏衍的《考验》等。相应地，话剧批评文章也呈现出新的气象。当时堪称社会主义现实主义批评实践的评论文章，比较有代表性的是张光年的《在舞台上创造社会主义新人的典型性格》和侯金镜的《“戏”和“戏”的停滞与中断》。张光年的这篇文章是其在第一届全国话剧观摩演出大会上的专题报告，虽然是专题报告，但主要笔墨集中在了对于剧本的具体深入的文本分析上，因而是一篇扎扎实实的评论。张光年在文章中明确指出：“写人，写社会主义的新人，对群众进行革命精神的教育，革命品质的教育，这样的剧本是我们今天特别需要的。”他高度肯定了陈其通《万水千山》、胡可《战斗里成长》、鲁彦周《归来》等话剧对于具有新品质的正面人物形象的成功塑造，同时也指出了一些剧本存在的问题：

> 在有些剧本中间，社会主义精神是很不充分的，现实主义也是不够充分的。通过艺术典型来传达生活的真理——现实主义的这个最根本的要求，在戏剧创作中还没有得到普遍的尊重。从许多剧本中间可以看出来，通过人物描写来反映生活的真实，还是在事实纪录中附带地写几个人物？是给群众进行思

---

① 赵寻在 1954 年 12 月《剧本》月刊编辑部工作检查总结会上的发言《坚决克服资产阶级的文艺思想，为提高刊物的思想性而斗争》中，用大量篇幅检查戏剧评论文章中的问题，提出了一些加强戏剧批评的建议。文章见《剧本》1955 年第 3 期。

想政治的教育，还是进行工作经验的传播？是通过艺术典型对群众进行生活的教育，还是用剧本代替新闻报道或政治论文的作用？这些问题，在许多作者思想上还是有动摇的。

接着，他通过对安波的《春风吹到诺敏河》、柯夫的《瓦斯问题》等剧本的失误之处的分析，阐明了这些问题的表现。他批评《春风吹到诺敏河》在描写工作过程上占去了剧本的大量篇幅，而无法腾出手来描写人物性格的发展，致使人物形象淹没于故事发展过程中，而且还出现了对人物性格做出片面化的、令人难以理解的处理等败笔。作者提出："如果作者以他对农村的丰富的生活知识，以他驱使语言的才能，集中笔力来刻画高振林这个先进农民的完整形象，用他在不必要的现象罗列中所花费的笔力，细致地多方面地刻画主人公在矛盾冲突中的思想动态和心理内容，通过人物的性格发展来表现生活的革命性的发展，那么，这个剧本的政治思想的分量和艺术上的成就，岂不是比现有的水平高出许多吗？"关于《瓦斯问题》，作者指出主要问题在于社会主义新人的精神品质没有从矛盾冲突中凸显出来，原因则在于作者"过多地描写了解决瓦斯问题的工作过程，展开了两种工作方法的枯燥无味的争论"，从而不能激发出思想感情的火花，也降低了作品的思想意义。在对两部剧作的分析中，作者关注的问题的症结是一致的，那就是人物绕着故事转，"只能变成事实过程的俘虏了"。话剧创作中的这个问题，和小说创作中的"重事轻人"问题有着一致性。出现这个问题，一是与重视完整情节的故事这一民族叙事传统有关，更重要的还是创作者的艺术修养不高、只善于根据事实过程本身摹写般地组织情节，不善于提炼彰显人物性格的矛盾冲突。对此，作者阐述得很到位："生活中的矛盾冲突，必须概括成为人物性格的冲突，并且通过性格冲突，才能得到艺术的表现。"① 在这篇文章中，除了对缺乏技巧的自然主义式创作方法进行批评之外，作者还对创作的公式化进行了具体的批评。最后，作者提出希望剧作家们学习典

① 《风雨文谈》，上海文艺出版社 1982 年版，第 60~65、72 页。

型理论，学习中外古典艺术家和苏联社会主义现实主义作品的经验，创造出新的正面人物、英雄人物的典型形象。

侯金镜的《“戏”和“戏”的停滞与中断》专论胡可的话剧创作，并获得胡可的首肯，作为胡可话剧作品集《战斗集》的序言出现。侯金镜“和胡可在一道工作了近十个年头，是他的作品最初的几个读者之一”。因而，这篇评论可以说是“知人论世”之作。文章分析了胡可的三部剧作《战斗里成长》《英雄的阵地》《战线南移》，肯定了剧作生动饱满的新人风貌、对人民战争的疏密有致的风俗画般的描写和简练而又个性化的语言描写。文章的重点是对“戏”的关注。关于“戏”，侯金镜有着自己的看法：

> 谈到戏，只用性格的动作性、性格的关系和冲击来说明还不够，剧本不能没有戏剧的故事。这故事不是指剧本的梗概，不是指生活本身就存在的头尾完整的事件，而是——我不懂得应该用怎样的术语，姑且叫它做“戏”的扣子吧。……性格的动作性和性格间的冲击，要在适合的扣子中才能被充分地表现出来，才能形成戏剧的结构；使扣子像撒开的网和强力的磁石一样，把所有的人物和情节紧紧地扣住、吸住。扣子的挽紧和解开，就造成“戏”的起伏，促成“戏”向高潮的顶峰发展，人物性格的创造也达到完成。

在侯金镜的阐述中，“戏”需要一个扣子达成其主题精神上的浑融性，扣子是一部剧作的总枢纽和魂魄。以此为批评立足点，侯金镜认为胡可“是注意‘戏’、研究‘戏’、努力把握人物性格的动作性，从‘戏’出发来安排剧本结构的剧作家”，“他的剧本都有动人的‘戏’”。但他同时认真地指出《战斗里成长》“‘戏’的情节发展得不充分和提炼得不够”，《英雄的阵地》人物性格把握上较弱、“‘戏’的发展也是沉闷呆滞的”，《战线南移》“所要求的更深刻的主题没有达到”。在文本分析中，他还指出了“戏”的停滞与中断的具体表现和原因。他指出《战斗里成长》主要人物赵钢在第二幕后的“戏”中断了，“妨害了剧本的主题思想向更深更广的范围去发挥”，而这一缺陷的原因在于作者“还不能完全摆脱和磨去过去宣传剧的影响和痕迹”；《英雄的阵地》则是“报道式的结构方法，决定了这个剧本的面貌，使‘戏’的进行呆滞、沉闷和琐碎”；《战线南移》的缺陷在于主要人物周金虎和耿忠信没有写好，原因在于“作者对他们的感情态度不明确，出现了彷徨犹豫的状态”①。侯金镜的文章和张光年有相同之处，都着重指出人物性格描写和矛盾冲突的游离。不过，侯金镜的文章提出的要求更高，不仅希望人物性格和矛盾冲突相得益彰，而且希望剧作具有一种整体上的浑融性，希望每一个人物、每一个细节、每一句台词都被剧本的精神灵魂紧紧地吸引住。他所希望的剧作的品质已非常接近经典作品了。事实上，他在文中所举的范例就是中外经典作品，比如果戈理的《巡按》（即《钦差大臣》）、曹禺的《雷雨》《北京人》等。在侯金镜看来，社会主义现实主义文学观在艺术上的要求是不可忽视的，它同样需要艺术品质上的经典性。

张光年和侯金镜的文章都把笔墨集中在细致、深入的文本分析上，因而说服力很强。而且难能可贵的是，字里行间流淌着一种温情，对于作者的疏失，也往往从创作过程中的“顾此失彼”来解释，从作者所处的客观环境找原因，颇多体贴甘苦、感同身受之言，而很少疾言厉色地对作者的错误政治倾向进行指责。如此的批评风度，确实非常难得。当时即便是有水准的批评家，也往往以政治精神比照剧作，从而指出优长和缺陷。关于《春风吹到诺敏河》，当时比较专业的话剧评论家赵寻和李诃也分别写过评论文章《话剧〈春风吹到诺敏河〉中的三个主要人物》和《谈话剧“春风吹到诺敏河”》。他们的文章在对剧本基本肯定之外，也都提出了政策思想方面的意见。赵寻在文章中指出主人公高振林“对中农问题在分寸的掌握上还嫌不够十分准确，这里隐现着作者一些保守迁就的情绪”②，而对崔成错误思想的描写有些过头。李诃则认

① 引文见胡可：《战斗集·序言》，人民文学出版社 1959 年版。此文写于 1957 年 5 月底。

② 赵寻：《话剧创作散论》，中国戏剧出版社 1958 年版，第 3、4 页。

为该剧没有写出农民自发势力对于社会主义建设的危害性，并指出人物描写上“高振林对中农孙守山团结多、教育少、照顾多、批评少的缺陷”①。赵寻和李诃毕竟是内行的评论家，文章也呈现出具体分析、耐心说理、尊重作者的作风。

然而，大量的批评文章则是简单化的。对此，侯金镜明确指出：“如果谈剧本的缺点时抛开了戏，是可以把问题直接而简单地归结为对人物不熟悉、矛盾冲突不尖锐，或是从概念出发等原因。但这是走捷径，不解决问题，不能引起作者和我们一起思考和辩论的方法。”② 既然是“捷径”，就会有许多批评者愿意走。当时大量的批评文章往往也是从政治精神出发，对剧作中涉及的政策问题进行评议。这样的批评既符合社会主义现实主义关于“社会主义精神”的强调，也因为对政策精神近乎标准化的理解而没有风险。缘乎此，严苛的政策比照式批评的风行，就是再自然不过的事了。流风所及，就连名家的剧作也难免被指摘的命运。夏衍是一个成熟的、有风格的作家。1953 年，夏衍发表了话剧《考验》，这是其搁笔十年后朝新的文学方向努力尝试的作品。应该说，这部剧作的思想和艺术水准是比较令作者满意的，否则，夏衍不会不顾自己的地位和文名，尤其是搁笔十年的持守，贸然抛出这部剧本。《考验》的水准在当时的确是出类拔萃的，特别是反官僚主义的题材，更是令人瞩目。尽管如此，评论者在肯定其“尖锐、鲜明的思想内容和简练、单纯的艺术风格”之余，还是在文章中用重要篇幅批评“作者对所描写的生活赋予的热情不够”“对党的领导的描写过于薄弱”。③ 在中华人民共和国成立后文艺界身居高位的夏衍尚且有如此遭遇，其他较为成熟的剧作家的歇笔就不难理解了。然而，新人的剧作尽管在政治上没有问题，但艺术上的概念化、干枯化则是

① 李诃：《学步集》，新文艺出版社 1957 年版，第 115 页。关于该剧生活事实的繁复罗列淹没了人物性格的问题，赵寻和李诃也都明确指出，表达的意见也和张光年十分相似。

② 胡可：《战斗集 · 序言》，人民文学出版社 1959 年版。

③ 赵寻：《评〈考验〉》，《文艺报》1956 年第 2 期。

不容回避的现象，社会主义现实主义的倡导者自然不能容忍艺术的低劣。话剧批评界对于艺术上的公式主义问题的指责也是十分严厉的。李诃在《漫说“套子”》《从“套子”里走出来吧》就尖锐批评话剧创作中的“套子”频现、公式化等问题。对于一些剧作者为避免剧情乏味而进行的修补，李诃作了不留情面的否定：“这些剧本为了避免纯粹描写套子的枯燥性，常常安排一些爱情上的误会或波折，以作为点缀。因此，往往这些剧本看来好像有两条线索，一条是反对保守主义，一条是正面人物私生活的变化。前者表现人物的思想，后者表现人物的感情，有些作者以为两者相加，也就表现出了人物的思想感情——也就是人物的精神世界了。其实，作者所描写的这种思想感情在剧本中都只是为套子服务，而不是人物的环境与性格——形象本身的逻辑发展，所以作品仍然只是比较巧妙的概念化加自然主义罢了。”① 此前缺乏提炼的自然主义弊病没有消失，图解政策的过度提炼的概念化弊病没有消失，现在又多了“概念化加自然主义”的综合弊病，新人剧作的艺术问题对于话剧批评者来说是旧愁未去、新愁又添。

新人剧作艺术粗糙，老剧作家则因为害怕犯思想错误而辍笔，话剧在走向正规化的过程中所遭遇的困境，在社会主义现实主义成为批评实践的指导原则后不仅没有改善，而且在一个更高的层面以更剧烈的形态呈现。

三、独幕剧的提倡及其问题

话剧批评界必须直面这一惨淡而又紧张的境况，也必须寻求一个具有可行性的解决方案。话剧批评界选择的方案是提倡独幕剧的创作。《剧本》月刊在 1953 年、1954 年、1955 年连续举办独幕剧征稿评奖活动，共收到两千多件来稿。孙芋的《妇女代表》、崔德志的《刘莲英》、何求的《新局长到来之前》等文学新人的优秀作品脱颖而出。李诃的文章《坚持从生活出发》《两年来独幕剧创作

---

① 李诃：《学步集》，新文艺出版社 1957 年版，第 44 页。

的重要收获》分别对1953年、1954年和1955年的获奖剧作进行了热情洋溢的点评，表彰了独幕剧在人物典型化问题上取得的进步。① 在当时的批评家眼中，独幕剧可以及时地反映新的时代，表现新的生活；特别是相对于多幕剧来说，独幕剧创作中所面临的困难和问题可能会少些，因此就特别适合青年作者作为初级训练采用。赵寻在专为文学青年提供指导的刊物《文艺学习》上发表《多写些独幕剧》一文，文中明确指出："独幕剧是一种锐利的艺术武器，它可以很快地配合政治任务，参加政治斗争；它又是戏剧形式里边的轻骑兵，无论从时间、人力、舞台条件上来看，都最适合为数众多的业余剧团上演；同时，它因为形式比较短小，内容比较单纯一些，对年轻的剧作者、业余习作者来说，还是易于掌握的一种形式。"② 赵寻提倡"多写些独幕剧"，主要是基于当下"这种迅速反映现实的独幕剧，是远远赶不上时代的发展和群众的需要"。因而，对于独幕剧的文体定位，带有较为明显的权宜意味：既然意蕴丰厚、质量上乘的多幕剧难以及时地产生，那么就多写些迅速反映现实、配合政治任务的独幕剧吧，而且写独幕剧还可以起到青年作者在写作多幕剧之前的练笔之效。这种对于独幕剧文体的态度，很有些类似于这一时期批评家对于短篇小说文体的态度。

对于赵寻的独幕剧文体定位，许多人特别是有审美经验的人不能认同。因为在这些人的理解中，独幕剧讲求简练集中，在艺术上的要求可能更高一些，因此对青年初学者来说就更困难一些。虽然赵寻对这种流行的见解作了一番批驳，坚持独幕剧"概括和组织起来到底还是比较容易一点"，但还是无法阻止话剧评论家对于独幕剧艺术水准的高度强调。张光年在《谈独幕剧》一文中就指出"我们的独幕剧创作还只是开始活跃起来，其中绝大多数还是青年作家的习作"，并且"希望熟练的作家也能看重独幕剧这一锋利的武器"，"带动青年作者提高写作的水平"，显然，他对青年作者剧作的艺术水准是不满意的，也无法把提高的希望全部寄托在青年作

① 1954年、1955年的评奖结果是在1956年一起公布的。

② 赵寻：《多写些独幕剧》，《文艺学习》1955年第10期。

者身上。关于青年作者独幕剧作的缺点，他批评指出："我们的独幕剧，现在有越来越长的趋势。"他并且分析了原因："有的作者，希望在作品中多装一些东西，使内容全面一些，以为这样可能加强思想的效果，而效果却是适得其反的。那些线索繁复、事件重叠且有了一个以上的所谓'副主题'的剧本，即令在多幕剧中，也很少有收到良好效果的。试想，在一个独幕剧中，装进那样多的东西，等到作者把事件、人物一一介绍清楚，已经费去大部分的篇幅，还哪有时间来描写和发挥呢？"① 但张光年也清醒地意识到"目前还不能对独幕剧创作提出过高的要求"，还是希望初学者"在独幕剧体裁中锻炼自己集中剪裁的能力"，为写作多幕剧做技术上的准备。这就又回到了赵寻所代表的对于独幕剧的定位上来。一方面对独幕剧的艺术精妙深有会心，认为青年作者很难掌握；另一方面却又不得不提倡多写，并认同由独幕剧而多幕剧的学习路径。张光年在这个问题上的犹疑是富有意味的，也是有代表性的，甚至在某种程度上说，赵寻的文章《多写些独幕剧》本身也表露出了这种犹疑。这种犹疑是文体自身美学要求与时代政治要求的悖反。而这种犹疑带给青年作者的则是新的困惑：写多幕剧，"言多必失"，思想和艺术都面临着失误的可能性；写独幕剧，则必须凝炼和集中，而凝炼和集中所要求的剪裁、选择和省略同样面临着失误的风险；为了规避风险，必须修修补补，力求完善，而完善所带来的臃肿又是独幕剧必须戒除的。

独幕剧是话剧批评界最为看重的解决困境的方案，也可以说是最后的方案。这一方案所面临的困境使得话剧批评家开始彻底地、大胆地反思话剧界所存在的问题。这一反思开启了话剧界的百花时代。

① 张光年：《谈独幕剧》，《剧本》1954 年第 5 期。

第五章　批评的抱负与温情的细读

——何其芳《红楼梦》研究的批评史意义

在当代文学批评史中，何其芳无疑是一个重要的人物。作为资深的文艺界领导人，他不可避免地出现在各种关于文艺问题的纷争中；身为文学研究所的所长，他总是对各种争议作一番学理性的探析，试图给出一个稳健妥帖的结论。也因此，在那个运动频繁的非正常的文学年代，作为批评家的何其芳显得有些独特，有些复杂。这种独特性和复杂性，有它不同的表现形态，在他的《红楼梦》研究中，便呈现为一种批评的抱负和温情。限于学力和研究的目的，本章不拟对何其芳红学研究的内容和价值进行评述，只是从文学批评史的角度考察何其芳批评的风格和意义，力图有所发现，对当代文学批评建设有所助益。

一、《红楼梦》研究与文学批评新范式的创立

今天的国人，鲜有不知《红楼梦》者。即便是中小学生，也知道《红楼梦》是中国四大名著之首，是中国文学乃至中国文化的代表性作品。在文化人的理解中，《红楼梦》更是中华文明的瑰宝，是我们国家对世界文学的杰出贡献，其在世界文学名著之林中毫不逊色。红学的持续繁荣和《红楼梦》的广泛译介确认了人们的这种理解。但在50年前，这样的理解并不是普遍存在的，那时人们对《红楼梦》的认识和评价还停留在众说纷纭的阶段。也就是说，《红楼梦》成为“世界文学经典”的过程，事实上是一个不断被想象和被建构的过程。

《红楼梦》在诞生之初，被人们视为奇书，赢得了文人士大夫

的惊叹和赞赏，所谓“开谈不说红楼梦，读尽诗书也枉然”，也只是文士间的带有潮流性的共识，其中颇不乏风流自况的意味。一代学术大师王国维，基于自身的遭际和受叔本华影响所产生的悲剧主义人生观，写下《红楼梦评论》，视《红楼梦》为中国悲剧文学的先驱，不能不说是一种创造性的误读。和许多小说的命运一样，《红楼梦》被很多人视为影射文学的代表，索隐派红学便由此而生，并且代不乏人，至今仍势头强劲。新红学的开创者胡适，利用他从美国舶来的实验主义的学术理念，对《红楼梦》进行了“大胆假设、小心考证”，得出的结论对索隐派红学形成了巨大冲击，然而其《〈红楼梦〉考证》中关于这篇小说的定位则是一部“平淡无奇”的“自然主义的杰作”，① 不过描绘了一个普通的封建大官僚家庭由兴转衰的故事。鲁迅先生的《中国小说史略》把《红楼梦》视作清代人情小说的代表，对其价值着墨甚少，在其《中国小说的历史的变迁》一文中，鲁迅先生说“自有《红楼梦》出现以后，传统的思想和写法都打破了”，② 强调的也只是艺术思想和手法上的创新价值。也就是说，中华人民共和国成立以前的《红楼梦》研究，在《红楼梦》的价值定位上并没有出现一种任何意义上的共识，而且在很多时候，这种价值定位的意识并不自觉。

中华人民共和国成立后的 1954 年，作为胡适学术思想批判运动的先声，俞平伯的《红楼梦》研究遭到批判。一时间，国内学术文化界对《红楼梦》的评论和研究蔚为风潮。李希凡、蓝翎作为这场运动的引发者和毛泽东称赞的“小人物”，领尽风骚。但同时，李、蓝影响下的《红楼梦》研究引起了学界的广泛争议。何其芳正是在这一背景下介入《红楼梦》研究的。作为中国文学研究权威机构文学所的领导人，著名学者俞平伯的同事，何其芳的介入在所难免。事实上，进入文学所后的何其芳早已开启了他人生中的新的研究领域——古典文学研究，而且他的研究总是针对有争议

① 姜义华主编：《胡适学术文集·中国文学史》，中华书局 1998 年版，第 802 页。

② 鲁迅：《中国小说史略》，人民文学出版社 2006 年版，第 346 页。

的问题而发，力图得出一个具有说服力的结论，进而倡导一种实事求是的学风。作为文学研究所专刊之一出版的论文集《论〈红楼梦〉》中，收录的多是这样的文章，《〈琵琶记〉的评价问题》《关于李煜词的讨论》等文，给当时的学术界留下了鲜明的印象。对于万众瞩目的《红楼梦》，何其芳格外用心探研：

> 《论〈红楼梦〉》是我写议论文字以来准备最久，也写得最长的一篇。从阅读材料到写成论文，约有一年之久。①

在以后的岁月中，何其芳一直坚持对《红楼梦》做后续的研究，《曹雪芹的贡献》等文显示了何其芳的殷勤探红之心。可以说，在他的古典文学研究中，《红楼梦》是一个重点，也代表了其不寻常的研究风格。

在《红楼梦》研究中，何其芳给人印象最为深刻的是他实事求是的研究态度。他首先将《红楼梦》视为一部带有浪漫色彩的现实主义长篇小说，认为“贾宝玉和林黛玉的爱情悲剧是《红楼梦》的中心故事”，“它的内容也不限于只是反对和暴露了某些个别的封建制度，而是巨大到几乎批判了整个封建社会的上层建筑和整个封建统治阶级，并且提出一些关于人的合理的幸福的生活的梦想”。② 因此，他反对旧的牵强附会，批驳了索隐派红学的荒诞无稽和胡适的自传式解读，认为“所有这一类无稽之谈都说明了这些人根本不了解文学”；③ 同时他也反对新的牵强附会，对于流行的阶级政治斗争文本说和明清市民思想文本说同样深恶痛绝。他强调《红楼梦》的文学属性，坚持用文学的理论和方法分析文本，把《红楼梦》视为一个文学有机体。他描述了《红楼梦》的产生背景和历史继承，解释了文本中体现的作家的理想和观念，分析了典型的人物形象，阐发了作品的艺术魅力。这些工作在今天看来，

① 《何其芳全集》第 3 卷，河北人民出版社 2000 年版，第 211 页。
② 《何其芳全集》第 3 卷，河北人民出版社 2000 年版，第 295 页。
③ 《何其芳全集》第 3 卷，河北人民出版社 2000 年版，第 294 页。

完全是稀松平常的事情，但在学术思想较为混乱的20世纪50年代，却是难得的清醒之音。

正是因为把《红楼梦》的性质视为一幕爱情悲剧、一首关于美好理想的抒情诗、一曲反封建礼教专制的颂歌，何其芳没有把他的注意力集中在一些文本的细枝末节方面，比如文本的缝隙，比如其中的色空思想，等等，何其芳都没有花费笔墨去进行详细辨析。对于聚讼纷纭的作者问题，他也没有过多的纠缠，只是在文章的最后一节谈了后四十回的问题，主要着眼点还是思想内容和表达艺术。在何其芳看来，对于一部小说而言，小说作者的暂时阙如并不妨碍文本解读的顺利进行，一个文艺批评家主要的工作乃是从文本中理出思想，依据文本阐发艺术。

针对《红楼梦》研究中出现的众多分歧，何其芳作了深入的观察和思考，他的关于《红楼梦》的评论文章既然是从分歧中来，那么就必然要到分歧中去。在《论〈红楼梦〉》中，他不时引用已有的研究文章及其观点进行辨析和评说。在这一长篇论文的第十一、十二节，更是集中笔墨对盛行的“市民说”和“农民说”进行驳议。他反对无原则的比附，反对僵化理解和教条式地运用马列主义文学理论，更反对断章取义、横加歪曲地引用别人的言论，文章的字里行间流泻着对于学风问题的关注。

倡导一种新的研究风气，建立一种新的研究范式，是何其芳自觉的追求。这和他所处的文学所所长的地位有关，也和他作为一位马克思主义批评家的责任有关。这种地位和责任决定了他不能随意地表达自己的喜好，也不能“语不惊人死不休”地轻率发言，因而着眼长远、深思熟虑、结论稳妥就成为其批评文章的一个显著特点。在一些有个性的批评家的眼里，这种“作结论”的追求好像“在工作风气上”产生了一种教条主义的影响，① 但是，认真地阅读何其芳的文章，尤其是和当时那些应景式的急就章对读，就会发

① 《何其芳全集》第3卷，河北人民出版社2000年版，第217页。当时，林庚、吴组缃等人对何其芳“上下古今都要去谈”、追求“作结论”的做法不以为然，曾撰文提出批评。

现何其芳的难能可贵之处。所谓“教条主义”，大概是不满于何其芳引领批评界风气的那种领导架势和腔调。其实，这种架势和腔调正是何其芳建立一个新范式的抱负的形象体现。说到新范式的建立，不能不提及著名学者余英时的一篇文章《近代红学的发展与红学革命》。在这篇文章中，余英时创造性地引述科学史研究中的范式理论对红学史进行描述，他指出一种研究范式出现了危机，就需要一种新的范式来推进学术的超越性的发展。红学也是如此。索隐派红学和考证派红学先后遭遇危机，都是因为它们“所能解决的问题远比它所不能解决的问题为少”。① 李希凡所代表的“阶级斗争论”红学“虽可称之为革命的红学，却不能构成红学的革命”，“在‘解决难题’的常态学术工作方面无法起示范的作用”。② 余英时所期待的新的研究范式是“把红学研究的重心放在《红楼梦》这部小说的创造意图和内在结构的有机关系上”，重视小说所包含的“理想性与虚构性”，强调作家本意和小说内在结构的“有机性”。③ 也就是说，把《红楼梦》完完全全看作一部文学作品，发掘它的文学性，从文本结构内部分析作家的思想和艺术。这样的观点来自于他对红学史的考察，却和何其芳的观点异曲同工。但是，何其芳的观点为什么遭到余英时的忽视呢？余氏此文，虽然颇多洞见，但对于红学史的考察并未深入，对于其间各家观点的辨析也失之笼统，这诚然与余氏的大关怀、大视角有关，也与其特殊的政治立场不无关系。在余英时的眼里，何其芳作为马克思主义的正统批评家，和李希凡等人的论调并无明显的区别，因而也就不能体会何其芳文章的良苦用心。事实上，对于研究范式和理路的确立，何其芳具有明确的意识。他反对索隐派的政治化解读，反对胡适的自然主义反映论的解读，反对俞平伯的趣味主义解读，也反

---

① 余英时：《中国思想传统的现代诠释》，江苏人民出版社 2003 年版，第 242 页。

② 余英时：《中国思想传统的现代诠释》，江苏人民出版社 2003 年版，第 244 页。

③ 余英时：《中国思想传统的现代诠释》，江苏人民出版社 2003 年版，第 245、246 页。

对李希凡、蓝翎的阶级斗争化解读，他所营求的研究范式实质上也正是余英时所希望的实事求是、本色当行的文学化解读。

二、《红楼梦》作为“世界文学经典”之建构

把《红楼梦》定位为一部高水平的文学作品，从而把它与历史文本、政治思想文本严格区分开来，本应当是现代学科制度培养出来的知识分子的自觉行为。不过，面对政治化的“红学热”，面对被种种学说缠绕的《红楼梦》，这种观点的生存空间实在逼仄。和那些有限的“纯文学”的解读者不同的是，何其芳对自己观点的坚持，既有他挥之不去的诗人之心的潜在影响，又有着深远的文化关怀。关于前者，后文将会涉及。后者则是何其芳批评抱负的另一种显现。

何其芳在他的《论〈红楼梦〉》里，常常把《红楼梦》与世界名著相提并论，有时直接提出意见，认为《红楼梦》是“我国古典小说艺术成就的最高峰”,① 是“整个世界文学史上也为数不多的伟大的作品”。② 何其芳作此论断，是有充分的历史依据的。他把《红楼梦》放在世界长篇小说的发展历程中去衡量估价，认为《红楼梦》在结构艺术、日常生活细节描写方面，具有世界上最优秀的长篇小说的品质，“正如托尔斯泰的《战争与和平》和《安娜·卡列尼娜》一样，《红楼梦》最大限度地发挥了小说这一形式的性能和长处”。也是从世界文学理论中类型学的意义上，何其芳称《红楼梦》是“一部用散文写成的伟大的史诗”。③ “史诗”是一个来自西方的具有现代性色彩的文学名词，此时在世界文学谱系中多用来指称表现广阔而又复杂的社会生活的现代长篇小说。按照当时流行的世界文学史叙事，《红楼梦》以及其他中国古典小说

① 《何其芳全集》第3卷，河北人民出版社2000年版，第287页。

② 《何其芳全集》第3卷，河北人民出版社2000年版，第289页。在此卷的第341页也可见到相似的论述。

③ 《何其芳全集》第3卷，河北人民出版社2000年版，第352页。

是处于现代长篇小说发展进程之外的。但何其芳显然不同意这种理解，尽管他在文章中没有明确表达自己的这种理解。但是，何其芳在《论〈红楼梦〉》中尤其是第八节中多次使用“史诗”一词，来描述《红楼梦》所取得的非凡成就。何其芳指出：

> 史诗类的文学作品都是用文字来描写生活、描写人物。由于这个共同点，中国和外国的伟大的作家就不谋而合地把小说艺术发展到如此惊人的高度。它能够容纳很广阔很复杂的生活。它能够把生活细节和大事件都描写得十分真实，十分生动，从而写出了巨大的典型环境和众多的典型人物。在这些根本的地方竟是这样一致。①

从寻找“共同点”和“根本地方”的“一致性”入手，何其芳在理论上为《红楼梦》跻入世界文学经典之列奠定了基础。

有时候，在与世界文学名著的比较中，何其芳的民族自豪感油然而生：

> 我们曾以《红楼梦》和托尔斯泰的长篇小说相比。托尔斯泰写作于19世纪的后半期，他继承了俄国和欧洲的经过了长期发展的小说艺术的传统，因而在某些细节的描写上他是更为精致的。但在人物的塑造上，或许因为我们是本国人吧，我们觉得《红楼梦》里面写的使人永远不能忘记的人物，好像比较《战争与和平》或者《安娜·卡列尼娜》还要多一些。②

在当时的文化界，人们对世界文学经典及其作家的膜拜仍然是普遍存在的。作为俄苏进步文学伟大先驱者的托尔斯泰，其对中国文化界的影响力是无法估量的。因此，何其芳拿《红楼梦》和托尔斯泰的作品相比较，本身就是一种态度。他在向人们昭示：我们

---

① 《何其芳全集》第3卷，河北人民出版社2000年版，第354页。
② 《何其芳全集》第3卷，河北人民出版社2000年版，第359页。

中国也有世界文学经典作品。现在，我们很难说何其芳是第一个提出来“《红楼梦》是一部世界文学经典”的人，但毫无疑问的是，何其芳是《红楼梦》世界文学经典地位的重要确立者。在这一经典建构过程中，何其芳的建构意识最为明确，倡导最为有力，影响最大，遭逢的时代也最为适宜。如前所述，1949 年之前人们对于《红楼梦》的价值定位十分模糊，1949 年之后的俞平伯虽然对其旧作进行修订，对“《红楼梦》的独创性”作出了一些论述，但他关于《红楼梦》的艺术评价主要囿于古典文学境域，对于《红楼梦》的价值判断，依然根据他旧有的世界文学想象，认为“《红楼梦》在世界文学中的位置是不很高的”，“不得入于近代文学之林”。① 在这样的语境中，何其芳的文化建构的努力就非同寻常了。实际上，何其芳对《红楼梦》“世界文学经典”的建构属于整个社会主义文化建构的一个部分，只不过何其芳对这一文化战略更为敏感和富有责任心罢了。中国的社会主义文化建构，既需要对文化遗产作一个批判和继承，同时也强调世界眼光和现代意识。在 20 世纪 50、60 年代，中国文化走向世界的努力始终没有停止过。只不过限于当时的国际局势，当时的“世界”主要是也只能是指以苏联为首的社会主义阵营以及同情无产阶级革命的国际组织。一个不容忽视的事实是，古代作家屈原、关汉卿、杜甫分别在 1953 年、1958 年、1962 年被世界和平理事会推选为“世界文化名人”，与他们名字并列的是莎士比亚之类的人物。作为一个真诚的爱国者，何其芳不能不感受到这种“走向世界”的激情。也是因为何其芳的执着和热忱，在 1962 年筹备曹雪芹逝世两百周年纪念会时，何其芳被茅盾等人指定为大会发言人选。在纪念文章《曹雪芹的贡献》一文中，何其芳再一次确认《红楼梦》“在我国和世界的文学史上它都居于最高成就之列”。② 何其芳的这一价值认定在这次纪念活动中开始成为人们的共识。这次纪念活动，和世界名人纪念活动一样，都带有鲜明的意识形态建构性质，即推出一部能够代表中

① 俞平伯：《红楼梦辨》，人民文学出版社 1973 年版，第 95、96 页。

② 《何其芳全集》第 7 卷，河北人民出版社 2000 年版，第 103 页。

国文学成就的作品，并使之屹立于世界名著之林。而何其芳在此之前，早已高瞻远瞩地作出这一具有历史意义的论断。言及此，也有必要对 1954 年的《红楼梦》批判运动的现代性作出一番说明。在那场运动中，俞平伯之所以成为众矢之的，就是因为他的《红楼梦》研究在历史态度上的模糊和价值评判上的暧昧，所谓“色空思想”，所谓“情场忏悔之作”，带给人们的只是历史循环论之下的人生如梦般的空虚和无聊，而这种态度和现代性叙事格格不入。热衷于破旧立新的文化界需要的是对于历史的一个明确的清理，进而在此基础上建构自己的世界文学观和文学经典。这同样也是现代民族国家文学自尊和文化自觉的必然要求。在这一现代性视角下，何其芳的抱负才显得耐人寻味。

致力于世界文学经典的建构，就必然要求批评者具备世界文学视野，世界文学的普遍性质素必然潜在地制约批评者的理路。何其芳也是这样。他早年所接受的世界文学，对他的艺术判断力和批评视角具有不可忽视的影响力。在《论〈红楼梦〉》中，何其芳的来自欧美经典作家的现实主义趣味不时显现。更为重要的是，他根据自己所认识的世界文学史规律，认为《红楼梦》塑造了跨越时代和地域的典型人物形象——“共名”。何其芳具体论述说：

> 特别是那些成功的典型人物，它们那样容易为人们所记住，并在生活中广泛地流行，正是由于它们不仅概括性很高，不仅概括了一定阶级的人物的特征以至某些不同阶级的人物的某些共同的东西，而且总是个性和特点异常鲜明，异常突出，而且这两者总是异常紧密地结合在一起。同中国的和世界的许多著名的典型一样，贾宝玉这个名字一直流行在生活中，成为了一个共名。①

也就是说，共名是世界文学经典的普遍质素，也是一部文学作

① 《何其芳全集》第 3 卷，河北人民出版社 2000 年版，第 306 页。

品成为世界文学名著的主要因素。《红楼梦》正因为塑造了“共名”，所以才成其为世界文学经典。何其芳的世界文学眼光投射到《红楼梦》中，便发现了《红楼梦》的超越性和普遍性，从而顺理成章地进行“世界文学经典”的建构。① 除了《红楼梦》外，何其芳在很多问题上，都表现出了他由世界文学视野所折射出的民族文化关怀。比如他提出建立现代格律诗的主张，就是因为他对世界各国民族诗歌进行观察，从而认为：“一个国家，如果没有适合它的现代语言的规律的格律诗，我觉得这是一种不健全的现象，偏枯的现象。”②

应该指出，所谓“世界文学”，并不是一个固定的所指，每个人心目中的“世界”和“世界文学”并不完全相同。因此，何其芳的相关论断引起广泛争议是在所难免的。但无论如何，世界文学扩大了他的批评视野，促使了他民族文化关怀的自觉，也激发了他批评的抱负。

三、“最重要的还是要去分析作品”：文本的细读与批评的温情

毛泽东曾说何其芳是一个柳树性多于松树性的同志，这是指何其芳温情脉脉的为人和为文的风格。③ 在《红楼梦》研究中，何其芳批评的温情也充溢于字里行间。人们常常在何其芳的批评文章里发现他被掩抑已久的诗情。在《论〈红楼梦〉》里，这种诗情借由诗性文本《红楼梦》的触发，变得更加浓郁和奔放。这里借用通行的美国文论家艾布拉姆斯的理论，来试着分析何其芳批评温

---

① 张炯先生在《何其芳全集》的序言里曾提及，何其芳请他注意不要随便拿中国的作品和世界文学经典相比较，要对世界文学经典有判断力。可见，何其芳文章中对于世界文学经典的引介，是有充分的自觉意识的，不是随意之举。

② 《何其芳全集》第 4 卷，河北人民出版社 2000 年版，第 292 页。

③ 见《何其芳全集》的序言，河北人民出版社 2000 年版。

情的表现。艾氏在《镜与灯》① 中提出构成文学活动的四个要素，即生活世界、作家、文本和读者。何其芳虽然没有也不可能接触到艾氏的理论，但在其文章中却对这四个要素给予了充分的关注和体贴，这在当时也是引人瞩目的。

先说作家和文本。《红楼梦》的作者一直是一个众说纷纭、莫衷一是的问题。对于这个问题，何其芳采用了通行的曹雪芹前八十回、高鹗后四十回的说法，这是他的审慎之处。更值得注意的是，何其芳不纠缠于这些一时无法弄清楚的考证中，而是重视文本中呈现出的作者的形象、声音和思想。这样，不管作者具体落实到哪一个具体的人，作者的文本形象总是不变的，也不会影响到我们对文本的阅读。实际上，文本所表现出来的作者形象最接近作者的实际，特别是作者心灵状态的实际，这对于文学批评家来说恐怕是最重要的。正是意识到这一点，何其芳才致力于文本的寻觅和发现，这是他走近作者的最佳途径。在《论〈红楼梦〉》中，何其芳常常表达他对作者的欣赏和赞叹，有时候知音之感溢于言表。对于《红楼梦》的作者抱着一番温情和敬意，进而顺着作者的构思进行解读，对作者的文心进行深入探访，这是何其芳文章的一个独异之处。在那场红学大讨论中，何其芳的文章既不像一些批判家那样，对曹雪芹的历史局限性横加指责，也不愿意像一些历史学者那样，把曹雪芹视为明清资本主义萌芽时期市民思想的代表。他主张通过分析《红楼梦》来辨别曹雪芹思想本身的复杂性。对于曹雪芹受明清思想家影响的说法，他说：

> 如果小说本身真是明显反映了当时的市民的观点和要求，我们不能以这些思想家并不代表市民来否定；反过来，如果小说本身没有这样的内容，这些思想家就是代表市民也不能用来证明这部小说是市民文学。因此，最重要的还是要去分析

---

① ［美］艾布拉姆斯著，郦稚牛译：《镜与灯》，北京大学出版社 2004 年版。

作品。①

“最重要的还是要去分析作品”，这是何其芳的原则。在他的《论〈红楼梦〉》中，细腻而又辩证的文本分析能力得到了淋漓尽致的展现。何其芳的论证文字多是描述性的，很少进行理论的概括和判断，追求的是一种贴近文本实际、进行具体批评的文风，娓娓道来、从容不迫。也因此，他的文章往往很长，中心也似乎不太明显。《论〈红楼梦〉》共13节，七万余字，每一节都没有标题。但即令如此，并不令人感觉其中的散漫和纷乱，倒是让人常常为其中细腻而又精妙的分析而拍案。比如，对于贾宝玉形象，何其芳不同意“恋爱观和恋爱生活方式不好”“爱情不专一”“污浊和颓废”的评价，而是从作品中贾母等人的疑惑出发，认为贾宝玉性格中的这一特征其实是对“纯洁可爱的少女的欣赏和爱悦”，是一种对于美好人性、美好生命状态的无功利的“欣赏和爱悦”，不涉男女之事，体现的是对于女性的尊重。这一见解的产生，大概一部分是由于何其芳内心深处召唤起早年因耽于唯美主义而对女性美的体验，一部分则缘于何其芳细致的阅读。何其芳指出：“把这种复杂的对于少女们的情感都说成是消极的不好的东西，那是还不如贾母的观察客观和细致的。”② 何其芳在文中几乎是一个个地分析《红楼梦》中具有性格的女性形象，既善于辨别同中之异，又善于认识异中之同。他举薛宝钗教训林黛玉行酒令时引《西厢记》和《牡丹亭》中句子一事后分析道：“这一段文字写出了黛玉并不像现在有些人所说的那样‘具有浓厚解放思想’。她对封建正统思想的排斥没有宝玉那样严格。由于这种原因以及其他原因，她对薛宝钗这段话不但不反感，而且当作关怀和温暖来接受。同时我们从这段文字也可以看到作者是有意识地写出薛宝钗的这种思想倾向。”③ 何其芳重视《红楼梦》中日常生活的描写，认为：“这些描写能够

① 《何其芳全集》第3卷，河北人民出版社2000年版，第386页。
② 《何其芳全集》第3卷，河北人民出版社2000年版，第309页。
③ 《何其芳全集》第3卷，河北人民出版社2000年版，第327页。

吸引我们，不觉得厌倦，还不仅仅因为它们写得细腻、逼真，而人总是对于各种各样的生活都有兴趣的；这里还有一个秘密，就是通过这些描写，故事正在进行，人物的性格正在显现。”他还批评“说《红楼梦》老是细细描写吃饭一类的事情实在讨厌”的人是“不能够欣赏文学作品的人”。① 在对日常生活细节的分析中，何其芳注重挖掘细节中蕴含的生活的秘密，透视细节和大事件、大波澜之间的关系，较好地呈现了《红楼梦》“琐碎处有无限烟波”的结构艺术。也正是从日常生活描写的艺术性上的考究，何其芳强化了后四十回为高鹗所作的认识，何其芳指出：“在这一点上高鹗的续书刚好相反”，“除了有些片段还写得较好或可以过得去而外，绝大部分都经不住细读”。② “细读”不仅给何其芳带来了新的文本发现，而且作为一种批评方式，使得批评家的兴奋点和注意力全部灌注在作品本身，从而有效地遏制了那种依凭外在的政治条文寻章摘句的批评思维。何其芳应当说是颇为享受这种“细读”的批评方式的，这可以从其行文的从容婉转见出。擅长分析而不擅长概括，大概是何其芳文章给人的较为鲜明的印象。在一些以理论自胜的批评家看来，何其芳的文章冗长不堪，缺乏高屋建瓴的气度。但在那样一个大批判的时代，平心说理的空气实在微薄，许多批评文章的交锋没有实质上的论辩意义，要么是高谈阔论、言之无物，要么是断章取义、故意歪曲对手的观点，无实事求是之心，有哗众取宠之欲。翻一翻当年的《〈红楼梦〉问题讨论集》，就会发现，一种脱离文本的教条主义式的批评风气正在形成。这种新的政治化语境中的“束书不观、游谈无根”的风气正是何其芳所极力反对的。在《论〈红楼梦〉》中，他花了极大气力对这种批评风气及相应的观点尤其是市民说和农民说进行了深入的批评。

即使在超越当时情势的今天，我们也很难说何其芳的这种批评方式有什么缺点。我们知道西方现代文论中的新批评学派十分重视

① 《何其芳全集》第3卷，河北人民出版社2000年版，第349页。

② 《何其芳全集》第3卷，河北人民出版社2000年版，第407、410页。

对文本的分析，把立论的所有依据建立在对文本的细读中。意大利著名作家兼批评家艾柯在他的《诠释与过度诠释》中提出“文本意图”这个概念，目的就是要确立文本的中心地位，从而牵制一些无原则的漫无边际的解读。他认为：尽管我们不能确认一种解读是最好的最接近文本意图的解读，但是我们可以确认一种解读是不好的不符合文本意图的解读。① 何其芳对《红楼梦》文本的细细品味，孜孜以求的正是对于其文本意图的接近。相对于何其芳的《论〈红楼梦〉》，那些动辄就下断语的批评文章，其所展现的实际上是一种批评的暴力，这种文章多的是理论的铺张和升华，多的是对文本文意的肢解和歪曲，却难以发现贴切的描述和分析，至于对作家和文本的“知音”式探询，更是渺不可闻了。因而，在那个硝烟弥漫的批评话语场，擅长文本分析的何其芳的文章就给人一种清新之感，这大概是温情的另一种质地。

再说生活和读者。“生活”在十七年时期的批评文章里是一个活跃的词汇，以至于人们常常把它当作一个批评术语来看。在批评家的眼里，不同的生活具有不同的意义和性质，个人生活和整体生活的关系是一个需要辨析的问题。对于生活尤其是生活本质的不同理解，导致了批评家之间的分歧。不过，何其芳对于“生活”这个名词的复杂性不太敏感。在他的文章里，生活仍然停留于自然的概念，没有质的规定性。《论〈红楼梦〉》开篇第一节便把《红楼梦》的魅力和人们的生活联系在一起讨论，文章的笔墨饱含感情。在这一节里，何其芳情不自禁地回忆起自己的成长经历和文学记忆，同时又吸引读者共同参与到对文学生活的感悟中去，从而建立起普遍的生活认同。正是在生活认同的情感基础上，何其芳亲切自然地使用起“我们”来展开他的论证。他在典型问题上提出“共名说”，其论证的策略就是运用人们的生活认同：

> 我们还是看在生活中，人们是怎样用林黛玉这样一个共名

---

① 此处据［意］艾柯著，王宇根译：《诠释与过度诠释》一书概括而得，三联书店 1997 年版。

吧。人们叫那种身体瘦弱、多愁善感、容易流泪的女孩子为林黛玉。这种理解虽然是简单的，不完全的，或者说比较表面的，但也并不是没有根据。这也是林黛玉这个典型的最突出的特点在发生作用。《红楼梦》也是反复地描写了这个特点的。①

对于贾宝玉这个共名形象，何其芳在这段话之前几乎用了同样的文字进行解释。在这样的论述中，我们可以看到，何其芳是充分调动自己的生活经验进行分析，结论来自于生活又回到生活，唤起人们的生活认同。何其芳认为，不管时光如何流转，个性品质的多样化总是存在的，贾宝玉、林黛玉这样的“共名”人物还是存在的。也就是说，何其芳更注重生活的持续性而不是生活的断裂性，更注重生活的现象层面而不是本质层面，尽管这种注重或是有意或是无意。而实际上，这种注重在那场大讨论中很容易被视为一个值得详细批判的原则性问题。李希凡等人正是在这个问题上和何其芳展开了无休止的论争。李希凡明确指出，不同时代的生活具有不同的历史本质和意义，而典型正是对时代生活本质的反映，因而不是普遍的。何其芳把宝黛二人看作超越时代的共名形象，具有普遍人性论的嫌疑，而把今天生活在社会主义社会的新青年视为贾宝玉和林黛玉，无疑是一种侮辱，是对社会主义生活本质的无视和亵渎。应该说，李希凡的批判是强有力的，以至于何其芳后来也不得不屈服。② 今天看来，生活的现象和本质、持续性和断裂性、破碎性与整体性仍然是一个值得讨论的问题，也往往牵涉到我们的哲学认知。何其芳对于生活经验不加辨析地引用，的确会导致一种暧昧的温情，从而对一些严肃的理论问题丧失敏感，削弱文学批评的穿透力。但是，对于实际的文学批评而言，忽略了大量的生活事实，不尊重生活现象，只从理论上对之进行界定，理论概念满天飞，往往

① 《何其芳全集》第 3 卷，河北人民出版社 2000 年版，第 311 页。

② 参见《何其芳全集》第 8 卷，河北人民出版社 2000 年版，第 177、178 页。

导致对生活的歪曲，更谈不上本质理解方面的共识，十七年文学批评方面的纷争很大程度上是生活本质认定方面的混乱。在这种情况下，何其芳对于生活的深入观察和深切体会，就具有正本清源的意义；在实际操作中，也会增强批评的针对性和具体性，避免那种本质悬空、理论悬浮的批评。

和“生活”一样，“读者”也是十七年时期一个活跃的批评词汇。在历次文学论争中，总有或敏感或迟钝或激进或保守的读者以“来信”的方式向文坛表达奇异的意见，这些“读者来信”往往具有重要的利用价值，以至于文坛的策略家常常虚构出一些“读者”和“来信”来。平心而论，和作家写作一样，每一个批评家进行批评的时候，都有一个拟想的读者或读者群。在批评家的写作中，这些理想的读者也参与进去，成为“我们”的具体内容。在何其芳的文章中，“读者”和“我们”也是一个常见的用语，可见何其芳也是重视读者的接受反应的，也十分善于利用读者的审美共同性来增强文章的说服力。但是，何其芳拟想中的读者和他所理解的“生活”一样，处于一种自然状态，具有的也多是文化共同体中审美的惯性。何其芳在分析作品时也常常有意无意地与读者建立起“同感”。在分析晴雯形象时，何其芳甚至调动起自己与相似的读者少年时期的审美经验：“读者们也曾有过这样的经验吗，当我们还是少年的时候，和我们的同学或者朋友一起读完了这部书，我们争论着它里面的人物我们最喜欢谁，最后终于一致了，我们最喜欢的不是探春，不是史湘云，甚至也不是林黛玉，而是晴雯。我想我们少年时候的选择和偏爱是有道理的。”① 在评论文章中回忆起年少时的审美体验，自然充满坦率、亲切之感，也不会有那些辞气凌厉的语言了。因为何其芳拟想中的读者，其身份像是自己志同道合的朋友，彼此谈笑风生，不觉得有什么隔膜。因而，何其芳的文章往往有一种“谈话风”，随意点染、涉笔成趣，读之如沐春风、不觉终日。

---

① 《何其芳全集》第3卷，河北人民出版社2000年版，第315页。

对于一些具体的特别的读者，何其芳也展示了批评的温情。对于各种各样奇怪的读者，何其芳力图建立新的文学阅读和批评范式，进行引导；对于一些以理论和历史对《红楼梦》进行附会的专家式读者，进行批驳；这些已如前述，此不赘论。比较值得一提的，是他对于俞平伯、蒋和森、李希凡三位红学家的态度。对处在风口浪尖的俞平伯，他多有回护，对俞氏的批判仅限于学理，而且大胆肯定俞氏的学术贡献和历史进步；对后起之秀蒋和森，善加奖掖、呵护备至，促成其学术成就；① 对于炙手可热且与之观点对立的李希凡，他认真对待，及时反思，并没有对之表示反感，同时对于李盛气凌人的文风不以为然，敢于指出，敢于批评。在"文革"中的1972年《致人民文学出版社负责同志》一信中，何其芳严正提出："李希凡同志在批评别人的错误时，似应对自己也曾经有过的类似的错误有几句话交代一下，不写在正文中，也应加个小注声明一下。"② 对李希凡如此，对自己也一样，事实上何其芳也是这样做的。批评别人的同时检讨自己，减轻被批评者的压力，营造一种平等的氛围，这是典型的何其芳的温情。

在十七年的文坛，何其芳是一个老辈。他经历了现代文学的波折，对于正常文化建设的期待格外迫切。在被赋予文化建设领导权之后，他的责任心更加强烈。也因此，他的文学批评总是着眼于大局，其批评的抱负也就非寻常之人所能比。如果说何其芳的地位决定了何其芳的批评抱负的话，那自然是有道理的。不过，也不尽然。因为当时和何其芳地位相当的人颇有不少，但不是每个人都具有类似的抱负、胸怀和眼光，更遑论与之相应的批评的温情了。在这个意义上，何其芳是一个传奇。很多人把何其芳批评的温情归结为他的"柳树性"，他的平和婉约、美丽浪漫的"诗性人格"，他对"爱与美"的敏感和流连。但在我看来，何其芳的批评抱负才

---

① 参见蒋和森《红楼梦论稿》（人民文学出版社1981年版）一书的再版后记。

② 《何其芳全集》第8卷，河北人民出版社2000年版，第180页。

是其批评温情的决定性因素。因为要进行正常的文学建设，进行面向世界的社会主义文化建构，所以何其芳致力于寻觅和发掘正面的建设性的因素，提倡一种健康的批评风气，而不大可能为了个人的权欲名利去疾言厉色地批判别人，做一些只破不立的工作。何其芳的批评的温情，归根结底是其批评的抱负及其背后的高远的文化关怀。

第六章　《夜读偶记》与《燕山夜话》：20世纪五六十年代革命知识分子的夜

在文学作品中，夜常常是受青睐的时段。夜的隐秘使它蕴含了无数的可能性，“夜长梦多”，于是，许多故事和传奇在黑夜里发生，许多幽暗的意识在黑夜里异常活跃。夜压抑了人的视觉，压抑了人的常规活动，却开拓出另一番天地，让人心旌摇动，神往不已。20世纪五六十年代中国的夜，相对于白日的轰轰烈烈而言，不免显得平静了些，而这平静的夜却也常常生发出让人无法平静的思想。对于探询这一时期的文学想象而言，夜也是一个微妙得令人着迷的角度。本章便尝试着以两个文本为例，来寻访一个意味深长的夜。本章选取的文本是《夜读偶记》和《燕山夜话》，两个文本各含一个“夜”字，而且作者茅盾和邓拓都是革命知识分子，这是我选择它们的最直接的原因，而下面的论述也许能说明本章的兴趣所在。

一、“雪夜闭门读禁书”

“雪夜闭门读禁书”，这是古代文人的一大快事，对于现代知识分子而言，这种快乐也同样弥足珍贵。中华人民共和国成立后的知识分子，虽然进行着痛苦的思想改造，但读书的兴致却丝毫不减。主流意识形态宣传虽然紧锣密鼓，但文化统制并不像后人想象的那般严苛，一些被大加批判的书照样可以买来、读到。而对中外文化的推介，规模和质量都相当客观，中宣部、文化部的领导者一度相当开明，可见社会主义秩序带来的文化场域并不是那么单一。

只不过，提供给接受者的文化视野要随接受者的身份、地位而定，所谓“内部资料”“参考资料”便是只提供给思想政治上成熟可靠、有一定分辨抵御能力的人看的，而事实上这些人大多是具有较高级别的干部。作为文化部长的茅盾和作为《人民日报》社社长、北京文教书记的邓拓自然位居其中，他们是能体会到“读禁书”的乐趣的。

茅盾在1949年前就是一个闻名文坛的作家、批评家和学者，他兴趣广泛、学识渊博，他有大量的藏书，著述也极为宏富，除了《子夜》等名作外，茅盾还有《神话研究》等严谨的学术著作以及大量的文学论文。这些论文极为关注世界文坛的动向，尤其是对西方最新文艺思潮的评介，有时竟达到与西方同步的程度。1949年后的茅盾虽然就任文化部长，但并不主持工作，除了出席会议、应往酬来之外，还有很多时间可用来读书与思考。1953年，茅盾又亲自主持了《译文》的创刊并任主编，此后他不断翻译出一些文字来，刊登在《译文》上。种种现象表明，中华人民共和国成立后的茅盾在阅读方面所受的影响并不大，很多别人闻所未闻的书，茅盾都能读到。这种状态对于茅盾思考文艺思想问题来说应当是较为理想的。也正是在这样的情况下，茅盾写出了令人赞赏不已的《夜读偶记》。茅盾写作《夜读偶记》的直接动机是参与关于“社会主义现实主义创作方法”的讨论。茅盾说：

> 我利用了晚上的时间，把这些论文（约有50万字罢）陆续都读过了；读时偶有所感，便记在纸上。现在整理出来，写成这篇文章，还是“偶记”和“漫谈”的性质，而且涉及的范围相当广泛，故题名为《夜读偶记》。①

《夜读偶记》长达67000多字，连载于《文艺报》1958年第1、

① 《夜读偶记》一书扉页的前记，本章参考的《夜读偶记》是单行本，百花文艺出版社1958年版。所用的《燕山夜话》的版本为中国社会科学出版社1997年版。

2、8、9、10期，文章始写于1957年9月，完成于1958年4月，同年8月天津百花文艺出版社出版单行本。《夜读偶记》内容丰富，从文章来看，茅盾的论述并没有局限于所看过的30多篇论文，而是荡开笔墨、漫议纵论，显示了大家风范。文中涉及的人物、事件、作品、思潮极为繁多，特别是对于西方文艺思潮的详尽评述，没有相当的阅读积累是绝不可能达到的。这些大概是夜晚的馈赠。

和茅盾相似的是，邓拓也少负文名。他家学极好，酷爱诗词创作和研究。青年时期开始进行历史研究，积极参与当时学界的论争。20世纪30年代中期，邓拓就读于河南大学，此时他开始发表有分量的历史论文。他的毕业论文《中国救荒史》当时即被商务印书馆列入中国历史研究名著丛书出版。和茅盾不一样的是，中华人民共和国成立后，邓拓的工作一直极为繁忙，而且他的身上一直保存着职业革命家的本色——把写文章当作任务来完成。不过到了1959年，情况似乎有了变化。这一年的邓拓辞去了令他心力交瘁的《人民日报》社社长职务，担任北京市委书记处书记，负责领导文化教育方面的工作。这个职务较之以前是轻松多了。不久，他担任中国科学院哲学社会科学部古籍整理和出版规划小组成员、中国历史博物馆建馆领导小组组长，所从事的工作主要是指导古籍整理、鉴定文物等，这对于博学多才的邓拓来说，可谓是如鱼得水。这一时期，邓拓还把自己的旧作《中国救荒史》由文言文改写为语体文出版，并且把自己的9篇历史论文整理成《论中国历史的几个问题》一书出版。邓拓此时的心际格外的平静，读书鉴画既是赏心乐事，也是分内的工作。这样的日子持续到1961年3月时，他应邀在《北京晚报》副刊《五色土》上开辟《燕山夜话》专栏，笔名为“马南邨”。他向编辑解释说：

> 燕山，是北京的一条主要山脉；夜话是夜晚谈心的意思。马兰村原是我们办晋察冀日报所在的一个小村子，我对它一直很怀念。①

① 顾行、成美编著：《邓拓传》，山西教育出版社1991年版，第310页。本书的作者之一顾行系当年向邓拓约写《燕山夜话》的编辑，上述话语系顾行回忆。

“夜话”刊在晚报上，无疑是较为适宜的，而邓拓的这些文字也大多是在夜晚写成，可谓名副其实。①

《燕山夜话》也是漫谈式的行文，文章给人最大的印象是其引书的丰富，史传笔记、诗词文赋，凡是与所论话题相关的材料，邓拓都随意自然地引来，充实内容、增加趣味。读者读《燕山夜话》，常常惊叹作者的学识之渊博。和《夜读偶记》以西方文学文化知识见长相比，《燕山夜话》涉及的知识大多属中国古代文史范围，这也是邓拓个人修养使然。

二、科学：不曾中断的启蒙

自“五四”以来，民主与科学成为现代中国知识分子的两大历史使命。半个多世纪以来，知识分子孜孜以求地寻求中国现代化的方案，也当仁不让地扮演了启蒙者的角色。中华人民共和国的成立使得两大使命都有了可靠的归宿，国家的领导者也由此将面对一个任务，即调适与民主革命同路人的关系，特别是与资产阶级知识分子的关系。从某种意义上说，这种关系的内在紧张导致了国家建设的理路的改变，从而也引起了一系列在现代性诉求方面的冲突。这些冲突较多地集中于民主问题。由于中国共产党的领导地位以及被现代历史所证明的权威，这些冲突毫无疑问以中国共产党获胜而告终。

作为革命的知识分子，茅盾和邓拓是衷心服膺人民民主专政的社会主义政权的，而且这正是他们为之终生奋斗的事业。因之，关于民主的启蒙，他们显然以为是没有必要了。他们所焦虑的，其实是如何在具体层面建设社会主义的诸多问题，就他们的身份而言，关注的则是社会主义文化的建构问题。在这个问题上，科学，这一未完成的启蒙便逐渐浮出水面。茅盾和邓拓显然又担当起了这一启蒙角色，不论他们是否自觉意识到。

① 顾行、成美编著：《邓拓传》，山西教育出版社 1991 年版，第 126 页。

茅盾的《夜读偶记》副题为“关于社会主义现实主义及其他”，如题所言，这篇长文的目的是为了参与当时创作方法的讨论、阐发社会主义现实主义的理论内涵。文章洋洋洒洒，从容有致，细致地梳理了中外文学发展历程中的典型现象，有力地论证了社会主义现实主义的必然性与先进性。他的许多论述虽然带有当时意识形态评判的痕迹，但其中的一些观点直到今天仍有其深刻之处。在文章中，茅盾指出：社会主义现实主义首先要求作家有先进的科学的世界观，也就是辩证唯物主义，然后深入生活，使个人体验与世界观融合起来，摆脱经验主义与教条主义。这种创作方法“体验着理想和现实的结合，也体验着革命浪漫主义和现实主义的结合”，是世界文学史上一种全新的、空前的创作方法。

《夜读偶记》给人印象最深的是作者对于中外文学史的熟悉，这在当时可谓是文坛独步。在当时参与讨论的文章中，很多人没有多少系统的文学知识，于是只能凭借所得的印象以及热忱的信仰来发言。有的发言歪曲了文学史事实，片面强调问题的某一方面，从而得出较为荒谬的结论；有的发言面对文学史实，得不出确切的结论，从而认为历史充满偶然，对历史作不可知论的理解，进而非难社会主义现实主义的合理性。夜晚的茅盾在阅读这些纷乱的文章时，忧虑是深广的。而对于文章中的论据，茅盾也随之浮想联翩。他博览群书，时时查对，从而得出一个个可靠的结论。因而，在《夜读偶记》中，那些经过文学史描述分析而得出的结论，无疑是极具说服力和科学性的。

值得注意的是，茅盾在《夜读偶记》当中为读者提供了大量的文学史知识，古今中外，包罗甚广。特别是对西方现代主义文学思潮的评述，即便对于学术界也是颇为新鲜的。这里，有必要申述一下知识的意义。知识和科学是相辅相成的，科学观念诞生以前，没有具有普适性的认识，从而没有知识，有的只是分裂的信仰。从这个意义来说，知识是和信仰相对的，它不像信仰那样，较多地诉诸主体、依赖主体。知识甚至可以解构信仰，它追问信仰之为信仰的缘由，人又为什么接受信仰，信仰生成的地方恰恰是知识萌发的地方。所以，在《夜读偶记》里焕发出来的知识的力量，必然要盖过由顽强的理念（或可称之为“信仰”）所支撑的满腔热情的叫喊。茅盾依赖丰厚的知识，对文学史作了一番解析。由此，茅盾强调：现实主义的形态和特质是随历史发展而变化的，也是逐步向更高的阶段迈进的。现实主义虽然排斥形式主义，但也不等于写真实，它掌握了科学的世界观，在美学上是富于乐观精神的，是具有不屈不挠、生生不息的格调的。在文章中，茅盾剖析了西方文学思潮的时代背景和意识形态背景，揭示了貌似先进的现代主义背后的颓废情结和怯懦本性。现代主义的反抗姿态一旦有了影响，流行开来，往往被商业资本家所利用，成为消费主义意识形态的一部分。而其作品也沦落为资产阶级的玩物，作家也起了“帮闲”的作用。因此，他们的反抗显得十分荒谬，也同样是没有前途的。同样，茅盾也揭示了“创作自由”这一神话背后的意识形态策略，认为所谓的自由，和其他神圣的观念一样，只不过是特定历史时期，资产阶级为获取利益而建构起来的一个观念，并不具有天然的合理性，也同样不具有永恒的意义。

茅盾在论述现实主义与反现实主义的斗争时，并不采用绝对的二分法。他强调在现实主义和反现实主义的文学之外，还有非现实主义的文学存在，这些对现实主义文学的发展也起到了重要的促进作用。这是茅盾的历史观察所得，在当时二元对立思维方式盛行的文坛，无疑是难能可贵的。

作为从“五四”以来一直积极参与中国文艺活动的人，茅盾在中华人民共和国成立后时常反省自己，相当真诚，也相当深刻。这在《夜读偶记》当中也明显地流露出来。文章开篇便是对一个公式的探讨：

> 我们，过了60岁的人，大概多少总读过一些这样的书，而且也相信这样一些“理论”，这就是说，世界的（其实只限于欧洲，因为包含这些“理论”的这些书是欧洲学者们以“欧洲即世界”的观点来写的）文艺思潮是依着这样的程序发展的：古典主义、浪漫主义、现实主义、新浪漫主义。（最后的这个术语，后来就不被采用，代之而起的，是各种名目的

“新”的主义。)①

这段话，也可看作茅盾写这篇文章的一种缘起。这缘起便是对“我们”这一代人的反思。反思些什么呢？从文中看来，反思的即是对西方的信仰以及由此而生的至今尚存的蒙昧。“五四”以来的现代中国文学，向西方学习的观念不断地得到强化。西方文学思潮，从人道主义到现代主义，都对中国现代作家产生了极大影响。长此以往，“欧洲即世界”“西方的就是现代的”也逐渐成了一种信仰，而欧洲最新的思潮也被认为是最有希望和前途的思潮。“我们”从来不曾认真地面对祖国和人民，面对日益发展中的中国现实，以及设想中光明的未来。从现代性角度而言，也只认为只有一种现代性，即西方世界所规划的现代性，而文学关于现代性的想象也只能对西方趋之若鹜。此时的茅盾先生，则开始跳出这一现代性的环链，认同另一种现代性，即社会主义现代性。相应地，对于文学思想而言，则必然是社会主义现实主义。

对于这一公式的探讨，茅盾使用的实质上是一种类似解构主义的方法，将之历史化，指出其暂时性和局限性，进而祛除其权威的光魅。如上所述，茅盾的论述得益于他的文学史知识，而知识背后则是寻求真理、打破蒙昧的科学意识。茅盾的论述，对于自己而言，有反思和检讨的意味，而对于和他一道走来，却还在迷恋以往思想、崇尚西方世界的知识分子来说，便是一种启蒙了。不过，对于以启蒙他者为己任的知识分子来说，接受来自别人的启蒙，无疑是太艰难了。

由于邓拓的身份，《燕山夜话》的写作对于现实生活中的问题有着更多的关怀。从写作的时间和具体文本内容来看，《燕山夜话》对当时的党的政策和社会状况是有几分担忧的。特别是20世纪五六十年代之交的三年困难时期，成为邓拓心头隐隐的痛。他曾在《中国救荒史》中对灾难的原因作了深刻的总结：

---

① 《夜读偶记》，百花文艺出版社1958年版，第1页。

> 所谓“灾荒”乃是由于自然界的破坏力对人类生活的打击超过了人类的抵抗力而引起的损害；而在阶级社会里，灾荒基本上是由于人和人的社会关系失调而引起的人对于自然条件控制的失败所招致的社会物质生活上的损害与破坏。①

在《燕山夜话》中，我们不难听到这种声音的回响。《爱护劳动力的学说》《围田的教训》《一个鸡蛋的家当》《伟大的空话》等文章便是对当时的流行论调进行提醒，体现出实事求是的科学精神。更多的文章则是从琐碎的事情谈起，告诉大家大量的科学文化知识，进而指出正确的思想方法。如前所述，知识的意义在于冲淡蒙昧的热情。邓拓对知识的热衷同样是深刻意识到人们科学意识的贫乏，特别是在激情燃烧的岁月里。

《燕山夜话》的论题大多十分微小，而且多集中在科学文化方面。诸如《谈“养生学”》《航海与造船》《养牛好处多》《大豆是个宝》《讲点书法》《长发的奇迹》《雪花六出》《贾岛的创作态度》《中国古代的妇女节》等，不一而足。在这些文章中，邓拓常常以古论今，赞叹社会主义的优越性，赞叹中国劳动人民的美德，进而激励人民建设新生活的勇气。在这些平实流畅的文字背后，我们可以感受到邓拓对一个新世界的期冀。百废待兴的中国太需要一种秩序了，而统领这个秩序的，除了政治上的人民民主专政以外，还需要一种科学的精神。《燕山夜话》一直贯穿着科学精神，这不能不说是难能可贵的。

还需要指出的是，邓拓是一个历史学家，其文章的论据很多取自于历史故事，从而具有较强的历史感。他也常常在文中提倡借鉴历史，正确对待事物的历史联系，做出更加科学的决策来。《广阳学派》《北京的古海港》《宛平大小米》等对于首都北京的文化、城市建设提出了直接的建议，显示了历史科学的实践价值。

同样，邓拓作为一个报人、作家，他对读书方法的介绍、对创作规律的分析也给人们留下了深刻的印象。《三分诗七分读》讨论

① 邓云特（即邓拓）：《中国救荒史》，上海书店 1984 年版，第 5 页。

了诗的诗意与格律问题，指出旧体诗词格律的合理性，提倡有韵味有声情的诗歌；《不要秘诀的秘诀》提倡勤奋刻苦的读书态度和“能入能出”、批判继承的读书方法；《创作要不要灵感》说明灵感来自于现实生活在大脑中的蕴藏和积淀；《“一无所有”的“艺术”》揭示了西方现代派行为艺术的荒谬以及背后的绝望心态；这些有理有据，启人深思。

毫无疑问，邓拓的工作可以被视为启蒙，凭借历史文化知识的关于科学意识的启蒙。他的启蒙对象相当广泛，也难以确定身份，总之文章所及，闻者足戒。而事实上，邓拓的启蒙入理入心，很受广大人民的欢迎。《燕山夜话》也先后发行百万册，至于后来的被批判则是另一番事件了。① 关于科学，当时的领导人自然是重视的，“向科学进军”的口号也一度响彻中华大地。然而，“科学意识”却飘荡无根，未能深入人心。过分发挥人的主观能动性会压抑科学意识，而过于强调阶级斗争、思想方向也必然忽略科学意识。20世纪五六十年代中国的“科学意识”虽然步履匆匆，但终究形单影只、寂寂寥寥。也因此，邓拓的《燕山夜话》在那个苍白的年代里涂上了浓重的一笔。

20世纪五六十年代的城市，娱乐场所被大规模地清除了。人民剧院、工人俱乐部的建立并没有重新带给人一番华丽的景象。因而，夜晚也并不绚烂。相对于白天忙碌的热潮，夜晚便真是归于平淡。革命知识分子在夜间并没有休息下来，而是读书思考，关注未来的规划与建设。不过，夜晚带给这种思考的，更多的是从容，从容里面包含着反省的意味，翻来覆去、上下求索，不像白天工作中那么坚决，那么义无反顾了。茅盾和邓拓的夜便是典型的革命知识分子的夜，他们的夜晚睿思产生了弥足珍贵的思想财富。

---

① 邓拓被批判的原因主要是与吴晗、廖沫沙合写《三家村札记》，并最早为写《海瑞罢官》的吴晗辩护。《燕山夜话》被列为“毒草”是连带性事件。

三、时代与文体

"文变染乎世情，兴废系乎时序"。[①] 中华人民共和国成立后的当代文坛，一片革故鼎新的气象。很多不能适应新时代的作家，不得已搁下了笔，遁入历史深处。对于依然积极参与新生活的作家而言，创造新的话语方式成为隐在的焦虑。

茅盾在中华人民共和国成立后任文化部长，官样的文章自然是要做的，大批判、讲话、祝辞、贺信，茅盾都本分地写了。对于一直想辞官创作的茅盾来说，这多多少少有些勉为其难。偶尔所写的评论文章，也远不如中华人民共和国成立前那么精彩。1956 年，茅盾开始投入极大的精力关注现实主义创作方法的讨论，并于 1957 年 9 月开始《夜读偶记》的写作。这一次，茅盾似乎是找到了感觉。

《夜读偶记》的取名带有古典的色彩，很像一部宋人笔记。其评述也是采用漫谈和笔记的方式，娓娓道来，优游不迫。茅盾在文章中又回到他所感兴趣的文学史中，爬梳、分辨、整理的过程同时也是一个欣赏的过程。不过这种欣赏的趣味不足为外人道也，于是便压在纸背。当然，茅盾有着严肃的理论诉求，这种欣赏与理论诉求并不呈分裂的状态。历史主义的眼光可以使茅盾以宽容的眼光来欣赏那些仍具魅力的遗产，即使欣赏过程中有微妙的感受出现。但无论如何，茅盾的这次阅读写作之旅相当的愉快。这种心情体现在文章中，便是文风的流畅、文脉的清晰，丝毫没有装腔作势、强词夺理，也没有那种苦心孤诣、声嘶力竭的迹象。茅盾的文章没有明显的段落区分，也没有小标题，除了在总结处点出几个条目来，大部分的论述"随物赋形"，任意点染，收放自如，体现了较高的驾驭文章的艺术，也证明了写作时较为自由的思维状态。茅盾在文末说：

---

① 刘勰著，周振甫注释：《文心雕龙注释》，人民文学出版社 1981 年版，第 479 页。

本来不打算写得这样长，但因采取了漫谈的方式，信笔所之，常如脱缰之马，离题颇远，然后再收回，这就冗长而噜嗦，而全篇结构也就松弛，且有重复之处。就文风而论，这都是不足取的。

写论文的重要原则应当是结构谨严，不枝不蔓，我这篇文章没有能够遵守这个原则，是不足为法的。①

不可否认，茅盾的话中确有自我批评的成分。而“明知故犯”也是有一番良苦用心在的。茅盾在这里有意摆脱那种谨严刻板有余、活泼灵动不足的文学批评，也是一种纠正不良风气的努力。

茅盾在《夜读偶记》的前记中说：

对于那 30 多篇文章的论点，我有同意的，也有不同意的；为了省事，《偶记》中既不引用原文，也不注明何人在何文曾有此说，而只是对于所提出的问题表示了我的意见。②

茅盾此语以“省事”为名，却也真正做到了对事不对人的理论探讨。这与当时流行的把文章和人的背景相附会，从而上纲上线的大批判文风，真是判然两分，也让人们领略了一代大师“重压之下的风度”。

如果说《夜读偶记》作为理论文章不是太引人注目的话，那么《燕山夜话》便是 20 世纪中国散文史上一部别开生面的著作。这必须从当时的文坛状况说起。中华人民共和国成立后的散文创作虽然堪称繁荣，并涌现出了杨朔、秦牧、刘白羽等无愧于时代的散文家，但格调总体上显得单一。中国现代散文的两大传统——闲话和独语，在进入当代后，都不可避免地遭受着压抑。而《燕山夜话》的出现从某种程度上意味着对“闲话风”的回归。“燕山夜

① 《夜读偶记》，百花文艺出版社 1958 年版，第 109 页。

② 《夜读偶记》（百花文艺出版社 1958 年版）一书扉页的前记。

话”，顾名思义，即是谈话的意思。而事实上，作者邓拓与读者的交流一直是通畅的。在结集出版的五册《燕山夜话》的前记中，他都提到并感谢读者来信对他的帮助，并希望读者继续来信提出更多更好的问题来。其中相当一部分篇目，如《共通的门径》《地下水和地上水》等，就是为回答读者的问题而写的。《燕山夜话》中的所有文章几乎都设定了一个读者，因而文章如谈心一般，春风化雨，亲切自然。《燕山夜话》具有极强的知识性和趣味性，这也是闲话风的主要特征。特别是作者在书中对古代典籍的大段引用，很容易让人想起现代散文大家周作人的“文抄公体”，虽然两者为文的格调截然不同。

当然，邓拓的散文和现代的“闲话风”散文也有着巨大的差别，而且这不仅表现在思想格调上。相对于现代散文而言，《燕山夜话》的最大特质便是“闲话不闲”。在现代散文史上，周作人可谓是“闲话风”的代表人物，他在散文《北京的茶食》里的一句话可以拿来作为其散文观的表达：“我们于日用必需的东西以外，必须还有一点无用的游戏和享乐，生活才觉得有意思。”① 而对于邓拓来说，这样的情调是他所深恶痛绝的。与之相反，《燕山夜话》充满了科学实用的气息。《燕山夜话》的每一篇文章都有其现实的归着点，都对日常生活有着具体的指导作用。在每篇文章的结尾，邓拓都要展开一番正面的议论，观点明确、态度也不含糊。从启蒙的立场来看，这自然是必要的；而从文章的角度而言，这样就少了许多韵味，许多情调。时代之于文章，影响竟是如此之强烈。

《夜读偶记》与 1949 年前茅盾的评论文章相比，少了许多妙悟和精致；《燕山夜话》和周作人的文章相比，少了许多意蕴和曲折。这不能不说是时代使然。而这两本书在 20 世纪五六十年代却又是那么卓然不群，这就很值得琢磨了。这里，不能不提到他们的写作时间——夜。如前所述，深夜扪心，革命知识分子的思考不免出现反复。“静夜起徘徊”，化为文字，也必然温和许多，不大具有真理在手般的凌厉的气势了。静夜的读书使他们进入另一个世

① 周作人：《雨天的书》，河北教育出版社 2002 年版，第 52 页。

界，而对现实又不能忘却、时时反顾，两个世界的交相诘问，使得他们的思维异常活跃，思虑也更加深广。即使是得出成熟的结论来，言语之间也带有几分理解之同情。两部书里，作者都相当程度地扮演了史学家的身份，背靠历史，面对现实，他们对国家人民尽管充满关怀，但也不大愿意采取“大鸣大放”的方式，而更乐于“随风潜入夜、润物细无声”。

夜晚相对于白天而言，是居于第二位的时段。日落而息，夜晚对于一般人来说，常常是无所作为的时段。也因此，在激进昂扬的时代里，夜有意无意地成为时代的缝隙，一些不能见容于白天的思想与态度都会渗透出来，去丰富时代的内容。在 20 世纪五六十年代，夜虽然沉寂了些，却也别有一番滋味。于是，郭小川写了《望星空》,① 茅盾写了《夜读偶记》，邓拓写了《燕山夜话》。

① 郭小川的《望星空》因表现了个人面对宇宙历史的渺小感而受到批判，但限于本章的研究兴趣与诉求，在此不做讨论。

第七章　批评论争事件中的文学场

——重审十七年文坛关于《达吉和她的父亲》的讨论

20 世纪 60 年代初，文坛上发生了一场关于小说《达吉和她的父亲》和同名电影的批评论争。这场论争影响广泛、颇具规模，但并没有演化为十七年时期常见的政治批判事件，论争中的批评文章大多是分析说理的。因而，这场论争当时就被认为是体现了“百花齐放、百家争鸣”精神的一次讨论，现在也被文学史家确认为是一次正常的批评论争事件。不过，这场论争还是有它的特殊性。论争的对象是关于少数民族生活题材的小说和电影，论争引起了国家高层领导人周恩来的关注和参与，论争也呈现了中央和地方文艺界、专业批评家与业余批评者的关系。这些多元的因素事实上构建了一个复杂的文学场域。分析这一文学场域中诸多元素的设置和流动，对于窥测十七年文学批评的复杂性，将会是有意义的。

一、论争的缘起

小说《达吉和她的父亲》是四川作家高缨深入凉山彝族人民生活区域体验生活后创作的，讲述的也是关于民族团结的故事。故事讲述的是：1957 年李云去凉山开展调查工作，遇到了汉族老人和彝族老人争女儿的事。达吉是汉人的女儿，小时候被侵袭汉人村庄的彝族奴隶主掠走作为奴隶，在奴隶主的虐待和压迫下从事繁重的劳动。在苦难的日子里，年长的奴隶马赫尔哈（简称马赫）多次在危难之际解救达吉，在日常生活中一直关心帮助达吉，两人在相依为命的生活中结下了父女般的感情，凉山民主改革后，马赫和达吉就结为父女，生活在一起。中华人民共和国成立后，达吉的生父汉人任秉清生活得到改善并获知奴隶制被推翻，便到彝区去寻找女儿，他在县城意外遇见达吉随后逐步确认达吉是自己女儿，于是就向当地政府提出带走达吉。马赫和任秉清两个老人都想拥有达吉这个女儿，便发生了严重的争执。争执中，两个老人都调动了内心中旧有的对于异族的敌意和偏见，产生了一些损害民族团结的言行。最终，两个老人在沙马社长等人的劝说下冰释前嫌，有了互让女儿的举动。处于两难困境中的达吉也笑逐颜开。小说采用的是书信体加日记体的叙述形式，记日记的汉族干部李云，是作者设置的故事叙述人。小说不仅在叙述形式上别出心裁，而且具有浓郁的情感氛围。对于人物的塑造，尤其是彝族老人马赫的塑造，作者十分用心，试图通过马赫写出独特的“大凉山性格”①，应该说，作者的努力是有效果的，马赫给人的印象确实较为深刻。今天看来，作者高缨对于两个老人尤其是马赫的描写，是很接近胡风所提倡的那种书写人物内心因受毒害而留下创伤的文学主张的，马赫的形象也与路翎笔下“饥饿的郭素娥”形象一样，属于那种内心蓄满了孤苦愤懑的生命力量的人物。尽管，到现在也没有直接证据表明，高缨与胡风、与胡风派文人作家有思想及组织上的联系。高缨对“大凉山性格”的呈现如此留心，大概也是意识到边地书写的差异性能够“促使文化文学生产机制的自我刷新和认识论的转型”②，以此来在概念化、简单化的图解式写作盛行的文坛中崭露头角。

小说发表在《红岩》杂志 1958 年 3 月号上。作者说他是“含着热泪写这篇小说的，几乎是一挥而就”，但最初“除了几位熟悉的朋友给予鼓励外，几乎没什么反响”。③ 不久，著名评论家、《新观察》杂志主编陈笑雨注意到了这篇小说，他不仅安排《新观察》杂志在 1959 年第 16 期全文转载这篇小说，而且化名樵渔撰写

① 作者在小说中描写马赫与任秉清争执时的暴怒情景时写道：“我虽然知道所谓‘大凉山性格’的猛烈，却从未见过老马赫如此暴躁。”

② 刘大先：《从民族和边地发现新的活力》，《人民日报》2016 年 7 月 29 日。

③ 高缨：《不熄的篝火——凉山民主改革与我的创作》，《当代文坛》1991 年第 6 期。

评论文章《一篇引人入胜之作》在同期发表。这篇文章开篇便作出判断：“《达吉和她的父亲》是一篇富有诗意、激动人心的好作品。”① 陈笑雨在这篇简短的文章中热情洋溢地称赞了小说情节的戏剧性、主题的高度，在文末，陈笑雨写道：“清新流畅，引人入胜，在这人生的一场离合悲欢中，读者和达吉、马赫、任老汉们一同烦恼，一同欢乐，你要懂得什么是艺术魔力吗？这就是。”不仅如此，陈笑雨还在由《新观察》编辑部编选、作家出版社 1959 年 11 月出版的《1958 年散文特写选》中选录了这篇小说。小说被选进了散文特写选，一方面是由于当时“特写”概念的外延变大，另一方面也说明了陈笑雨对于这篇小说的极度推崇。陈笑雨的推荐是有力的，《新观察》杂志和《1958 年散文特写选》的影响力也是非同寻常的。小说很快得到广泛注意，“大学生们把它改编成话剧，画家把它改编成连环画”②。

在这种情况下，1960 年年初，峨眉电影制片厂和长春电影制片厂决定联合拍摄电影《达吉和她的父亲》，并邀请高缨改编剧本。在导演张波、王家乙等人的协助下，高缨改编的剧本《达吉和她的父亲》较快完成，并发表在《电影文学》1960 年 10 月号上。剧本相对于小说来说，变动很大，除了主要情节架构外，剧本和小说很少有相似之处。在剧本中，故事发生的背景则是“大跃进”热潮时期，任秉清成了来彝区进行水电工程建设的技术员，马赫成为合作社的社长，而达吉则成了大方开朗、积极向上的青年先锋。任秉清在与达吉的接触中确认了达吉是自己的女儿，为了维护民族团结而没有吐露真情，马赫通过木呷书记了解到这一事实，真诚地与任秉清商谈，两个人都想成全对方，把达吉让给对方，最后任秉清被上级安排留在彝区。这一矛盾得以圆满解决，达吉也没有了内心的烦忧，最后，凉山彝区的劳动竞赛如火如荼地开展，“大跃进”的成果令人欢欣鼓舞。剧本的主题是呈现新时代民族团结形势下彝、汉人民的新的精神风貌，矛盾的冲突由小说中的互争

① 樵渔（陈笑雨）：《一篇引人入胜之作》，《新观察》1959 年第 16 期。

② 高缨：《不熄的篝火——凉山民主改革与我的创作》，《当代文坛》1991 年第 6 期。

改为剧本中的互让，冲突的性质是友善的，程度是和缓的，解决的方式也是喜剧化的。在电影摄制中，由于导演处理和演员表演上的倾向，乐观昂扬的情感基调还有所加强。对于这种改编上的重大变化，高缨在回忆文章中解释说："当时，全国范围内正在批判巴人的'人性论'和徐怀中的《无情的情人》。我和导演王家乙都有些紧张和顾虑，总觉得这个作品是'走在刀刃上'。"① 高缨的解释是符合历史实际的。巴人的《论人情》、王淑明的《论人情与人性》等被视为提倡资产阶级人性论的文章虽然发表在1957年而且当年即遭到批判，但在1960年兴起的"反修"思潮中又重新被拎出来大加批判；而徐怀中发表在《电影创作》1959年第11期的电影文学剧本《无情的情人》则是这一时期修正主义"人性论"在创作上的一个代表。小说《达吉和她的父亲》有大量的关于父女之爱的描写，在当时是难免被人解读为渲染人性或具有人性论倾向的作品的，而对《无情的情人》的批判又刚刚发生在电影界，高缨、王家乙等人的谨慎乃至畏怯是完全可以理解的。

电影上映后受到观众的热烈欢迎，这很大程度上是由于电影的轻喜剧风格以及演员们的卓越表演。但对于看过电影又读过小说《达吉和她的父亲》的人而言，比较小说和电影的异同，是一件自然的事情。经过比较，他们会发现有很多话要说。论争的引发以及论争引起的持续性广泛关注就成为一件顺理成章的事。

二、最先出现的两篇评论文章

小说《达吉和她的父亲》被改编成电影剧本尤其是电影上映后，关注度得到极大提高。关于小说与电影剧本及电影的论争开始出现。引发论争的文章是发表在《电影文学》1961年2月号上的李厚基的《更上一层楼——杂谈〈达吉和他的父亲〉从小说到电影剧本的改编》。该文认为："必须承认作者是有一定的艺术修养的，小说写得很集中，很精炼，人物刻画得很细腻，也善于布置环

① 高缨：《不熄的篝火——凉山民主改革与我的创作》，《当代文坛》1991年第6期。

境，渲染气氛，而笔调常带感情，有着浓厚的抒情色彩。为此，小说的艺术性是较高的。但一部作品的成败看它反映出什么样的生活和如何反映生活，看它的社会教育意义有多大。小说对生活的反映是不真实的，虽说它的基本冲突是尖锐而富有戏剧性的，但只是个人喜怒哀乐的命运戏剧，而不是社会戏剧。任秉清与马赫的思想性格是非典型的，他们的冲突是偶然的。因而他们所碰击出来的火花，一闪即逝，不能照亮读者的心灵。”① 对于电影剧本，该文则作了高度评价，认为剧本“不再醉心于作品的‘复杂性’，不把自己的情趣放在离奇曲折的情节和难以捉摸的人物性格上”，而是“真正地接触了我们生活的本质”，“原来渺小卑微的人物，变成了有伟大理想、有崇高的精神面貌的高大的形象”，“在风格上一变过去突兀、峭险而为俊逸、秀丽”。尽管该文指出了电影剧本“独白较多”“结构松散”等不足之处，但该文肯定电影剧本而贬低小说原作的态度是分明的。该文的作者李厚基毕业于北京大学中文系研究生班，文章也显示了其较为丰厚的学养以及善于说理的学风，文章理解小说创作的意图，没有去厉声斥责小说体现出来的错误思想，而是立足于文本进行体验和分析。今天看来，李厚基的立论当然有些简单化，但很多分析却是有道理的，尤其是作者对于小说文本的体验是敏锐、准确的，尽管对这种体验的判断今天看来是不恰当的。比如文中谈及小说的人物塑造时曾说：“形象所诉之于我们的，是无数的复杂：性格是复杂的，内心世界是复杂的，思想意义也是复杂的。……（马赫）这样的性格，作者把他看成是所谓‘大凉山性格’，这又是更‘复杂’的问题。总之作者热心于描绘这些人为的复杂性，实际上是描绘内心世界的分裂症状，这就给整个作品罩上了阴沉、灰色的基调，染成了冷色的调子。”如此的对小说复杂性以及情感基调的敏感，是当时文坛较为专业的批评者才能做到的，尽管此类敏感常常被政治化的文学批判所利用而演化为一种灵敏的政治嗅觉。但在李厚基的文章这里，“演化”并没有发生。文章观念虽然失之偏颇，但言之成理、论必有据，这也使得在随后的论争中，此文的分析常常被其他文章所引用。

① 李厚基：《更上一层楼》，《电影文学》1961 年 2 月号。

李厚基写作此文时，不知是否注意到此前《新观察》上樵渔的热情赞扬小说《达吉和她的父亲》的文章。但可以推想的是，即便面对文坛具有较高地位的批评家，一般的评论者仍旧是可以发表意见的。李厚基在文中表达了对小说艺术性的肯定，这或许可以理解为对樵渔文章的一种呼应；而李厚基发表否定性意见的依据——小说主题思想以及社会教育意义，则是谁也不能否定的、放之四海而皆准的真理，这也是李厚基自信的来源。

李厚基的文章发表不久，时任《文艺报》副主编的著名批评家冯牧撰写了文章《〈达吉和她的父亲〉——从小说到电影》参与讨论。冯牧是在看过了影片之后写这篇文章的，比较也主要是在小说和影片之间展开。冯牧在文中说："尽管这是一部值得向观众推荐的影片，它却并不是我所想象的那部从小说《达吉和她的父亲》改编而成的影片。而且与其说这是一部由同名小说改编而成的作品，还不如说它是一部全新的、重新创作的作品。"① 对于小说，冯牧反驳了以李厚基为代表的否定性意见，认为小说书写的不是缺乏教育意义的"个人戏剧"，而是"一个具有更大社会意义的问题——民族团结和阶级友爱问题"，小说的心理描写是"整个作品里描写得最为淋漓尽致和最为激动人心的部分"，呈现了"只有劳动人民才具有的那种淳朴的人性美和人情美"；对于电影，冯牧在肯定了其成功之外，也指出了影片令人惋惜的地方："那个作为小说的主体并以此感动了千万读者的矛盾冲突，即围绕着达吉的归属问题，在两个父亲之间展开的性格冲突，几乎是整个地彻底地被抽掉了。和这同时，那些在原作中是那样地动人心弦的关于父亲和女儿之间，以及两个父亲之间的阶级情感的交流和激荡，在影片里也几乎找不到多少痕迹了。"作为文艺界的领导人和具有一定权威性的批评家，冯牧还在文中结合对《达吉和她的父亲》改编得失的分析批评了这样一种现象："这种主要是从主观的理论或概念上的要求出发，而不是从作品所反映的生活实际出发的做法，总是不但

① 冯牧：《〈达吉和她的父亲〉——从小说到电影》，《文艺报》1961年第7期。《文艺报》在1961年被改为月刊，冯牧文章发表出来的时候应为1961年7月。

不能促使作品思想性和艺术性的提高与丰富，常常反而会把作品导向简单化和概念化的道路上去的。”对于文坛上刚刚批判过的“人性论”以及小说中的人情书写问题，冯牧也大胆质问：“难道在反对了资产阶级的虚假的人性论之后，我们也得把无产阶级的人性和人情排除在阶级感情之外么？值得注意的是，直到现在我们还不难听到那种自觉或不自觉地把革命的阶级感情和无产阶级的人性与人情对立起来的论调。”冯牧写作此文时，文艺界和全国其他战线一样，已经开始着手进行调整，酝酿着一系列改进文艺工作的政策。冯牧此时担任《文艺报》副主编，应该是比较早地获知文艺调整的相关信息，所以写作此文时，底气是较为充足的，也大胆地说出了一般批评者不大敢说的话。需要说明的是，冯牧仗义执言，并非完全是出于迎合时势之需。冯牧此前曾经长期在西南部队工作，对西南地区的青年作家关爱有加并因此在文坛颇有名望。在此次讨论中，冯牧义正词严地为小说辩护，正面阐发小说的艺术魅力，也符合其一贯的为人为文风格。

三、论争中的文学场观察之一：中央文艺界和地方文艺界的关系

李厚基和冯牧的文章观点迥异、各执一端，而且都进行了充分的分析说理，因此也就开创了一个较大的讨论空间。后来的讨论者也很容易在这一空间中找到位置。事实也是如此。李厚基、冯牧的文章发表后，参与讨论的文章蜂起，总数达 70 余篇，《文艺报》《电影文学》《四川日报》《四川文学》《人民日报》《重庆日报》《成都晚报》等都曾发表过相关的讨论文章。其中，《文艺报》《四川日报》《四川文学》三家报刊比较集中地发表了多篇讨论文章，可以被视为是这场讨论的重要组织者。① 讨论广泛展开之后，文学

① 1962 年 10 月，四川人民出版社出版了由中国作家协会四川分会和四川人民出版社联合编选的《〈达吉和她的父亲〉讨论集》一书，该书前言中说：“我们从 1962 年 2 月底以前发表的讨论文章中，选出 34 篇，编成了这个集子。文章均以发表时间先后为序。并附录小说原作，以供参考。1962 年 3 月以后的讨论文章，我们将继续编选出版。”后由于形势变化，没有将后来的讨论文章编选出版。此书的编选出版也可见出四川方面在讨论中所发挥的组织作用。

场的诸多要素便开始发挥作用，其复杂性也开始呈现。以场域理论闻名的法国社会学家布迪厄认为：“文学场就是一个遵循自身的运行和变化规律的空间，内部结构就是个体或集团占据的位置之间的客观关系结构，这些个体或集团处于为合法性而竞争的形势下。”①布迪厄的见解对我们分析《达吉和她的父亲》这一批判事件中的文学场是富有启示的，其对于“位置”“关系结构”“合法性”的强调，也切中“十七年”时期文学场的历史情势。我们的分析也不妨循着布迪厄的思路展开。

集中发表评论文章的三家报刊中，《文艺报》是中国作协机关报，是具有权威性的中央报刊，《四川日报》《四川文学》则是四川主流的和专业性的报刊，在四川地区无疑是具有代表性的。小说《达吉和她的父亲》和同名电影反映的都是四川凉山地区的少数民族生活，作者高缨又是四川作家，由四川省的报刊担负组织讨论的任务也符合当时的惯例。因为《达吉和她的父亲》的讨论牵涉到当时文艺界的一些重大问题，《文艺报》参与这场讨论的领导和组织也是正常的。在“十七年”时期，一般来说，《文艺报》是具有权威性的，是代表中央意见的，《文艺报》和地方文艺报刊的互动大多是地方报刊呼应、配合《文艺报》。不过，《文艺报》的观点和导向出现失误进而导致《文艺报》编辑部被改组的事也不只一次发生，这影响了人们对于《文艺报》权威性的稳固信任，也潜在地鼓励了一部分人对于《文艺报》权威性的挑战。

就《达吉和她的父亲》的批评论争而言，冯牧作为《文艺报》副主编的身份及名望、文章发表在《文艺报》上这些权威性因素并没有止息这场讨论。尽管冯牧的意见得到很多人的赞同，但也有一些人继续发表了与之相反的意见。履冰就在《四川文学》上发表文章认为：“小说塑造的三个人物形象，都是比较缺乏时代的真实精神、缺乏典型意义的。以这样三个人构成的社会矛盾以及矛盾

① ［法］皮埃尔·布迪厄著，刘晖译：《艺术的法则：文学场的生成和结构》，中央编译出版社2001年版，第262页。

的解决过程，是不能深刻地反映小说题材所提供的社会意义的。”①余音也在《四川文学》上发表文章，针对冯牧的观点提出：“我觉得‘整个作品里描写得最为淋漓尽致和最为激动人心的部分’，却正是整个作品的弱点表现得最集中最突出的部分；这些‘着重地描写了几个人物的心理和精神活动’的片段，也正是作品不能令人满意地描写了几个人物一些消极感情因素的片段。不能把什么都看成是劳动人民的人性美和人情美。”② 杨田村等人也发表了与冯牧有较大差异的意见。地方文学刊物在讨论中发表几篇与中央刊物上刊载的权威评论家文章商榷的文章，在当时也是正常的。不过，这种正常是有条件的。履冰、余音等人敢于反驳冯牧的意见，一方面是感觉到冯牧的文章不是那种上纲上线的做结论式的批判文章，另一方面是当时文艺界开始呈现出一种宽松活泼的讨论氛围。还有一个甚至是最重要的原因，是冯牧文章所表达的观点在当时的文坛格局中是偏右而不是偏“左”的。而他们反对冯牧观点的文章是偏“左”的，这决定了他们无需承担较大的文责，即便观点出现较大错误和疏失，最多也只能归结为文学修养和理论水平问题，不大可能被归结为阶级立场和思想情感的问题。如果冯牧的文章是严厉地批判小说的思想错误、简单化地称赞电影而整体上明显偏“左”的话，那么地方刊物发表的地方作者的文章是不大可能理直气壮地主张偏右的观点的。

《文艺报》推出冯牧的文章显然是想引领讨论的方向，但引领的效果是不尽如人意的。为了回应讨论中出现的问题，《文艺报》1961 年第 12 期集中发表了 14 篇文章讨论小说《达吉和她的父亲》与同名电影的得失。14 篇文章中，倾向于冯牧观点的有 12 篇，倾向于反对冯牧观点的两篇文章中，论证力量较强的是林志浩的《是迷惑力还是艺术说服力》。该文认为：“作者是被一种激情所感动的，他着意于追求紧张、强烈的戏剧冲突，希图通过人物之间的

① 履冰：《人物形象与时代精神》，《四川文学》1961 年第 9 期。

② 余音：《论小说〈达吉和她的父亲〉及其他》，《四川文学》1961 年第 12 期。

冲突来倾泻和渲染这种激情。问题是作者仿佛陷入了激情的漩涡而不能自拔，他忽视人物性格的丰富性、真实性。因此出现在作品中的人物，虽然也有感情，但天地是狭窄的，单调的，既缺乏时代的光辉，也缺乏理性的亮色。由这些人物所组成的戏剧冲突，虽然也达到了剑拔弩张的程度，但却是表面化的，缺乏深刻的内涵，缺乏真实性的基础。它可能迷惑人于片刻，却很难说服人于永久。"①林志浩的论断虽然不乏自己的分析，但总体上可以视为是对不同意冯牧观点一方的意见的高水平的、概括性的表达。值得注意的是，在《文艺报》发表这组文章之前的 1961 年 6 月，中共中央宣传部和国务院文化部同时在北京新侨饭店召开全国文艺工作座谈会和全国电影故事片创作会议，这次会议史称"新侨会议"，也是 1961 年文艺调整中的一次重要会议。在这次会议上，小说《达吉和她的父亲》与同名电影成为热议的话题，而且得到了出席会议的周恩来总理的关注。周恩来鼓励文艺界关于《达吉和她的父亲》的争鸣，他虽然认为影片加工后比小说好，但强调自己是一家之言，对相反的意见也表示尊重和赞赏，并且态度明确地反对"五子登科"（"套框子、抓辫子、挖根子、戴帽子、打棍子"）式的批评，反对动辄上纲上线指称他人意见为"人性论"的批评。② 在周恩来的感染下，会议上关于《达吉和她的父亲》的讨论异常热烈，而且认为小说艺术性强、电影改编存在问题的意见处于绝对优势。《文艺报》发表的这组文章，即是新侨会议关于《达吉和她的父亲》的讨论的反映。刊出林志浩的文章以及如云的文章《我更喜欢电影》，是为了显示百家争鸣，给反对的意见留一席之地，何况还有总理的"更喜欢电影"的意见存在；而刊发 12 篇赞同冯牧的文章，则是营造主流意见的态势，其中谢晋、黄宗英等电影界人士的意见，则正好印证电影的疏失和小说的成功，而排在最后的文章刘景清的《"拔高主题"的做法只能破坏创作规律》，则是对此次讨论中产生的带有普遍性的问题的一个批评，而批评的前提则是已

① 林志浩：《是迷惑力还是艺术说服力》，《文艺报》1961 年第 12 期。
② 周哲：《周恩来和新侨会议》，《炎黄春秋》1996 年第 10 期。

经把《达吉和她的父亲》电影改编的失误作为一个定论。

此次《文艺报》的引导是有力量的。不久，此场讨论的引发者李厚基在《文艺报》1962年第4期发表文章《重话马赫及其他》。在“重话”中，李厚基承认自己在“看待个性与共性的关系时，只是记住了抽象的‘个别体现一般’的规律，还不能熟练地运用到剖析复杂的艺术现象上”，“使自己的思想成为先验的‘原则’的奴隶”，进而放弃了“两个劳动人民的形神是被夸张了、歪曲了”的观点。尽管李厚基在此文中还是坚持了一些原有的观点，但却表示：“以冯牧同志为代表的肯定小说一派的意见，我大部分是同意的。”① 《文艺报》同期发表的林亚光的文章《与履冰同志商榷》，则是较为明确的对于履冰意见的批评，该文认为：“履冰同志的论点，是经不起典型创造的复杂性的考验的，而且，正是他的那种见解，导向对小说《达吉和她的父亲》中性格冲突的简单化否定。”② 履冰文章的观点，如林文中所述，在反对冯牧观点的意见中“是有代表性的”，而且在他的文章《人物形象与时代精神》遭到谭霈生、谭兴国等人批评后，③ 仍然坚持自己的意见，在《四川文学》1962年第1期发表反批评文章《谈马赫的形象及有关问题》，强调马赫等人物形象应该比现实中更高大一些、精神境界更积极一些，并暗讽批评他的人是“那些过分迷恋过时的一切东西的欣赏者”④。因而，林亚光的文章是对履冰观点的再批评，也是《文艺报》所发表的继谭霈生文章后的再批评文章。紧接着，李希凡在《文艺报》1962年第7期发表文章《是提高还是拔高——读〈达吉和她的父亲〉及其讨论》。李希凡认为“在思想与艺术的统一和完整上，在揭示真实、提出尖锐问题方面，影片要比小说逊色得多”，电影的改编是对主题的拔高而不是提高，原因则

① 李厚基：《重话马赫及其他》，《文艺报》1962年第4期。

② 林亚光：《与履冰同志商榷》，《文艺报》1962年第4期。

③ 这两篇批评履冰的文章为：谭霈生：《性格冲突、思想意义及其他》，《文艺报》1961年第11期；谭兴国：《从马赫的形象谈起》，《四川文学》1962年第12月号。

④ 履冰：《谈马赫的形象及有关问题》，《四川文学》1962年第1期。

是出现了“新的时代生活概括和故事结合的矛盾”与“新的思想意图、新的生活概括和性格改造的矛盾”。应该说，李希凡的分析是具有说服力的，也切中创作的关键环节。对于讨论中出现的问题，李希凡指出：“无论是在艺术创作或作品的改编中，倡导这样一种拔高主题、拔高生活、拔高人物的做法，实际上是不要作家揭露生活矛盾、揭露生活真实。这并不是什么新鲜的理论，它不过是无冲突论的一种新的表现形式。倡导这样一种做法，就必然会危害我们的创作。《达吉和她的父亲》的改编和讨论中反映出来的问题，并不是个别的现象，只不过是一次非常集中的表现而已。”李希凡的这篇文章颇有气势，因为此时的李希凡虽然年轻，但早已是活跃在文坛中心的评论家，对于文艺界氛围的感知无疑是较为敏锐的，他的这篇发表在《文艺报》上的文章除了表明自己的文学判断之外，还代表了当时文艺界的主流倾向。《文艺报》同期还发表了小说作者高缨的《关于〈达吉和她的父亲〉的创作过程》一文。在这篇文章中，高缨介绍了自己创作小说和改编电影剧本的过程以及其中的一些思考，并且对于余音等人“民族团结问题是外壳、爱是内核”① 之类的批评意见表示不能接受。

《文艺报》接连发表李厚基的自我批评文章和李希凡、高缨等人的文章，意在全面纠正讨论中出现的错误意见，给这场讨论做一个圆满的收束。《文艺报》的这种安排显然体现了中央文艺界的意图，对此当时讨论的参与者应该不难意识到。但是，余音、履冰等人仍旧不愿意放弃自己的观点，随后在《四川文学》上发表文章表示异议。尤其是余音，他在《四川文学》1962 年第 11 期发表长文《“劳动人民最崇高和最美好的人性和人情”质疑》，对李希凡等人的意见进行了明确反驳。余音在这篇文章中说：“我很不同意李希凡同志说小说作者因为勇于展示人物的‘悲剧性格’和敢于揭露生活矛盾表现了‘艺术家的勇气’，而给持相反意见的人扣上一顶‘无冲突论’的帽子。”他坚持认为：“小说所企图揭示的劳

① 余音：《论小说〈达吉和她的父亲〉及其他》，《四川文学》1961 年第 12 期。

动人民的精神风貌，我觉得并非完全是真实的劳动人民的精神风貌，也很难说表现了‘劳动人民的人性美和人情美’，更难说表现了‘劳动人民最崇高最美好的人性和人情’”。余音等人的反驳文章发表之后，《文艺报》没有再发表文章进行回应。这场讨论最终以不了了之的方式结束。

一度较为强势的《文艺报》最后没有就余音等人的异议进行回应，这是耐人寻味的。其原因一方面可能是《文艺报》觉得问题已经说清，没有继续讨论下去的必要；另一方面很可能是由于文艺界的形势出现了新的变化。1962 年 9 月，八届十中全会召开，此后文艺界和其他领域一样指导思想急剧转向“左倾”，周恩来领导下的文艺调整也告以终结。在这种形势下，冯牧、李希凡等人的观点明显有些不合时宜，自然也不宜继续批评“无冲突论”等文艺论调了。而在此前，不知《文艺报》和《四川文学》是否有所沟通，即便没有沟通，《四川文学》方面也应该明白《文艺报》的分量，而且也不可能比《文艺报》方面更早地捕捉到文艺动向，也就不可能未卜先知地了解到文艺调整的迅速转向。而《四川文学》之所以在《文艺报》态度倾向较为明确之后继续发表与之相对立的文章，当然不是和《文艺报》叫板，可能是因为《四川文学》不敢表明自己的倾向性，而只能在“百家争鸣”的名义下既发表反对性的文章，也发表呼应性的文章，以获得安全感。但问题是，代表中央的《文艺报》已经发出了明确的信号，而《四川文学》方面为什么仍旧不愿意表现出高度一致的姿态呢？答案只可能是《四川文学》方面不太相信《文艺报》的倾向性能够持续下去。因为此前文坛上已经发生过《文艺报》改组、权威批评家遭难的事情，而这次《文艺报》上权威批评家的观点又显然是不保险的。而余音等人的文章尽管意见偏“左”，但还是要发出来，而且正因为偏“左”，所以发表出来无论对作者还是对刊物编辑部来说都是安全的，相反如果是因为偏“左”而遭到编辑部的拒绝，那么则有可能给编辑部带来灾祸。作为地方文艺界刊物的《四川文学》的谨慎是有道理的，这一点随后即得到事实的证明。由此可见，虽然《文艺报》代表中央的意见并因此享有权威地位，但当时中央的意见常常是存在裂隙并左右摇摆的，就连身处高层的周扬、邵荃麟等人也无法及时掌握，更无法确立一个稳定的常态。所以，《文艺报》的被挑战、地方文艺界的审慎就显得不难理解了。

四、论争中的文学场观察之二：专业批评家和业余批评者的关系

在十七年文学批评界，既有专业批评家活跃的身影，又有业余批评者或者说普通读者的频频亮相。一般说来，专业批评家往往隶属于作协系统或高等院校，评论文章显得具有学理性和深度；而业余批评者则来自于普通读者，评论文章较为粗浅，很多的是流于表态性发言。但也有例外的情况，有些人只是因为身在作协系统或者借职业之便而多次发表文章，进而获得专业批评家的身份，其文学修养和批评认知并不优于一般读者；一般读者中也有文学修养深厚且识见卓异者，其发表的文章中也不乏深入透彻、富有说服力的见解；还有一种情况是专业批评家或者说杂志的编辑出于种种考虑以"普通读者"的名义发表文章、表达见解，有些杂志比如说《文艺报》专门设有"读者来信"栏目，而一些读者来信则是由专业批评家和杂志编辑撰写的。①

专业批评家的批评意见通常是具有优势的，也往往对业余批评家和普通读者起到引导作用。不过，也有很多时候，业余批评家和普通读者敢于站在专业批评家的对立面发表意见，当然也不排除其中的"普通读者"系被制造出来的情况。1954 年批判俞平伯《红楼梦》研究事件中，李希凡、蓝翎两个"小人物"批评权威学者俞平伯，受到毛泽东的关注和支持，很快从普通读者成长为具有全

---

① 今天我们考察十七年文学批评史时，常常会遇到如何辨析专业批评家和业余批评家的问题，专业批评家较为知名的自然可以确认，而地方的专业批评家则需要考究其工作单位和专业状态，这需要大量的考证工作，而且十七年时期也常常发生业余批评者跃升为专业批评家的情况。本书对批评家身份的处理，也遇到这类问题，本书只能根据笔者掌握的情况对批评家的身份进行相对性的确认。

国影响的专业批评家。李希凡、蓝翎的逆袭成功，鼓励了众多普通读者在批评领域的跃跃欲试。而且，相对于创作来说，批评对于那些希望跻身于文坛的普通人来说，似乎更容易些。十七年时期，作家等文学界人士由于社会地位及经济待遇的优厚、工作环境的优越，一直成为青年人羡慕的对象，很多青年希望跻身文坛、成名成家，实现名利双收的理想。尽管这种名利思想受到茅盾、赵树理等人的批评和引导，① 但众多青年人对此潜在的追求一直没有止息。创作毕竟要求艺术技巧，非一日之功，批评则可以凭借绝对的政治正确而相对容易地获得出头的机会。事实上，这些出自普通读者尤其是青年人之手的分析粗浅却盛气凌人的批评文章，很多情况下是刊物编辑们所不敢随意拒绝的。这大概就是十七年文坛充斥繁多的出自普通读者之手的简单化评论文章的原因。布迪厄在分析文学场域时曾精辟地指出："我们可以提出一个普遍法则，即文化生产者越是在场的内部等级中占据低级位置，越是缺乏特定资本，就越倾向于服从外部权力的要求（无论是国家、党派、经济权力或如今天的报纸权力），利用从外部得来的资源，调整内部冲突。就是通过这些被统治者（按照特定的标准）才出现了非自主性。"② 在十七年期间，业余批评者即是"在场的内部等级中占据低级位置"，因而一些善于投机的业余批评者往往借助政治力量，以偏"左"的政治倾向裹挟一切，把浮表的分析与蛮横的政治判断套路化地结合起来，③ 即便出现失误也只能归结于水平问题而非态度问题。于是，文坛出现"非自主性"便是可以理解的事情了。

---

① 具体个案的描述可参见李洁非的《老赵的进城与离城》一文，文章收录在《典型文坛》一书，湖北人民出版社 2008 年版。

② ［法］皮埃尔·布迪厄著，刘晖译：《艺术的法则：文学场的生成和结构》，中央编译出版社 2001 年版，第 339 页。

③ 对于这种批评行为，唐弢先生当时曾作杂文《"言论老生"》予以讽刺："作为'言论老生'的特征，他所发表的总是无法反驳、永远正确的大道理，就只是一点：不联系实际……在高超的'言论'上立于不败之地，一到实际生活里就碰得粉碎，这是对一切教条主义主观主义的教训，也不能不是'言论老生'的悲哀。"此文发表在 1956 年 9 月 13 日的《人民日报》。

在关于《达吉和她的父亲》的讨论中，专业批评家和业余批评家的互动是较为充分的，这种互动也促成了一个积极的成果，那就是对典型问题的认识有所深入。在较为自由的讨论中，那种“一个时代一个阶级只有一个典型”“典型只能是英雄人物”的观念受到了集中批评，冬昕、卢炼、苏恒、陈书泉、李国炯等业余批评者表现出了较强的分析能力，他们对于“典型是历史的具体的”“典型性格的丰富性和典型环境的特殊性”“变化着的典型环境、发展着的典型性格”等意见的强调，贴近文本实际、符合创作规律，促进了一般读者对于典型理论理解的深入，也引发了专业批评家和学者们的关注。① 著名马克思主义美学家蔡仪在论争后期介入了这场讨论。他在《文学评论》1962 年第 6 期发表论文《文学艺术中的典型人物问题》介入了这场讨论，他认为《达吉和她的父亲》中的任秉清和马赫不是典型形象，不是因为他们缺乏普遍性和个别性以及两者的统一，而是因为从典型的要求来看“他们性格的个别性不够鲜明生动，性格的普遍性也表现得不够充分”，“小说《达吉和她的父亲》的艺术魅力主要在于人物之间‘矛盾的典型化’”。蔡仪在文章中对于典型问题讨论中出现的疏失有针对性地指出：“一般批评文章，对于人物形象的普遍性，他的阶级性，他的社会本质，论得认真而仔细，这自然是必要的。可是对于人物形象的个别性，他的个人特点，或者他整个的个性，却缺少认真地、仔细地论到过，大多数文章根本就不提及这一方面。……创作上不再忽视个性描写，批评上不再忽视个性分析，是克服公式化、概念化、简单化的一个关键。”蔡仪的文章，学理谨严、分析细致、阐发透彻，说服力是较强的，对于真诚参与研讨的业余批评者来说自然会有较大的启发和引导作用。而蔡仪先生指出的问题也是十分准确的，一般批评文章的撰写者多是业余批评者，他们之所以忽视个性分析而热衷于谈论普遍性、阶级性和社会本质，一方面

① 冬昕等人的讨论文章参见四川人民出版社 1962 年出版的由中国作家协会四川分会和四川人民出版社联合编选的《〈达吉和她的父亲〉讨论集》一书。

是因为这些重大的命题容易谈而且可以遮蔽自身文学修养的欠缺，另一方面则是谈论宏大问题比较安全，不容易出现错误。在《达吉和她的父亲》的讨论中，余音、履冰等人对于冯牧、李希凡的反驳，主要是从阶级性、社会本质等宏观方面进行的，几乎没有涉及对人物个性的探究，原因即是如此。

众多普通读者对于批评讨论的参与，使得文本的被关注度得到了较大提升。在这种情境中，文本的方方面面都会被读者反复审视，文本的幽微之处也会被最大限度地呈现。杨田村在文章《谈小说〈达吉和她的父亲〉的思想内容》中说："有人说这篇作品里有两种声音，如果是指两个主题的话，那的确是如此。一种声音是头脑里的声音；一种声音是心灵里的声音。前一种声音宣讲旧社会的罪恶，促使民族团结；后一种声音则为爱讴歌。这两种声音都不够响亮有力，前一种声音没有说得明白清楚；后一种声音似又不想说得明白清楚。"① 作者说"有人说"，可见这种感受并非一个人所有。平心而论，我们今天重读这篇小说，是会感受到两种声音的存在的，也会感受到作者创作中的两难困境。这两种声音虽然是不矛盾的，但确实也存在裂隙，尤其是作者在结尾歌颂的具有升华意义的超出宗教却又类似宗教的"博爱"，是很难结合到民族团结主题里面去的，小说的确存在着两个主题处理得不够圆融的问题。讨论中，许多业余批评者所指出的《达吉和她的父亲》的失误之处，比如对马赫转变过程的描写不够充分、任秉清精神状态过于阴郁晦暗等问题，确实有着文本上的充分依据，有不少还是文本"细读"的成果。② 这些出言有据的评论也受到专业批评家的认同和支持。

在这场讨论中，除了众多普通读者和专业批评家撰文参与讨论

---

① 杨田村：《谈小说〈达吉和她的父亲〉的思想内容》，《四川文学》1961年第9期。

② 杨田村等很多读者通过细读文本发现，在沙马社长召开全村大会并用出色的讲话教育马赫之前，马赫因为看到达吉悲伤憔悴的面容而决定让达吉离开自己了。这也成为批评者质疑民族团结思想觉悟促成了马赫转变这一论点的重要依据。而这一点确实为专业批评家所忽略了。

之外，有关方面还专门组织了座谈会对《达吉和她的父亲》进行集中讨论。1961 年 12 月，重庆市文联邀集重庆市文艺工作者二十余人，举行了为期两天的座谈会，对小说《达吉和她的父亲》和同名电影以及相关评论文章进行了讨论。根据会议综述来看，虽然存在着不同意见，但大多数与会者认为小说的成就要高于电影，艺术感染力更强，对于文坛出现的众多评论文章，不少与会者赞同冯牧一方的意见，批评了李厚基、履冰等人的意见，认为他们“对作品提出了这样那样的要求和指责，但他们并没有提出足以服人的理论根据，而只是在那里搬弄概念”①。由重庆市文联召集、文艺工作者参与的座谈会，自然是反映了专业评论家的意见，其意见大多和冯牧以及《文艺报》上的主导意见相一致；会议综述也是如此，大篇幅呈现的也是赞同冯牧一方的意见，虽然综述用的都是“有人认为”的表述，也报道了不同的意见，但倾向性是很明显的。这种倾向性一方面可能是因为重庆文艺界人士和冯牧等专业批评家的意见存在共识、不谋而合，另一方面则可能是因为重庆市文联此时已经获知包括新侨会议精神在内的文艺调整中的政策动向，进而组织这场座谈会并主导其内容倾向。1961 年 12 月 22 日和 1962 年 1 月 6 日，《四川文学》编辑部邀集了成都西南民族学院熟悉凉山彝族地区情况的部分教师和学生，召开了两次座谈会。根据《四川文学》记者撰写的两次座谈会的综述《彝族同志谈〈达吉和她的父亲〉》，两次座谈会的情况和重庆文艺界座谈会的情况有很大差异。座谈会上的彝族同志认为电影比小说成功，热情肯定了电影的成就；而对于小说，与会者则指出了严重的缺陷：“把旧的民族关系的影响，写得多了重了，而对于正在成长发展的新的民族关系，揭示得不够鲜明有力。小说不恰当地渲染了劳动人民之间的民族隔阂，而对劳动人民的阶级同情和他们在党的民族政策指导下新的关系的建立则注意不够，这既不能深刻地揭示旧社会造成民族隔

① 丁东：《重庆市文艺界对〈达吉和她的父亲〉的讨论》，《重庆日报》1961 年 12 月 20 日。

阂的实质原因，也不能生动地反映新时代崭新的民族关系。”① 对于小说的描写中及讨论中提到的“大凉山性格”，彝族同志也表达了不满：“有人把马赫的性格，说成是‘大凉山性格’，这是值得研究的。我认为把马赫的动刀、野蛮和狂怒看成是凉山彝族人民的性格特点，那是错误的……” 彝族同志的意见表达了他们对文艺作品中自我形象的重视，也反映了他们在民主改革后主体尊严的确立。从他们的角度考虑，马赫形象的不够高大确实影响了他们对正在上升中的民族尊严的感知。尽管他们的意见更多的是从政治意义和教育效果考虑，属于普通读者和业余批评者的意见，却是文坛不能不加倍重视的意见。十七年文学作品中的主人公主要是工农兵，因而被描写者也即人民大众的意见就成为文坛上虽然朴素粗略但却异常重要的意见，而且常常会对与之相反的专业批评家的意见形成有效的威慑。而《达吉和她的父亲》的书写对象更加特殊，不仅是劳动人民，而且是少数民族的劳动人民，因而其意见就更加不同寻常了。重庆和成都召开的这三场座谈会，彰显了专业批评界和作为被描写对象的普通读者之间的差异，这种差异也是专业批评家和业余批评者之间多样关系的一种特殊形式。

在当代文学史上，发生在文艺调整时期的关于《达吉和她的父亲》的讨论一直被视为一场正常的批评论争。这是有道理的。相对于十七年时期的其他批评论争而言，这场讨论相对比较平和理性，较少上纲上线、用心险恶的政治攻击，并且讨论最终也没有发展为政治批判，而是在山雨欲来之际戛然而止。因而，这场讨论保持了较为完整的“正常”面目，也显示了文学场域中诸多元素的构成情况。不过，这场讨论同时也展现了所谓“正常”的限度，呈现了正常的文学场域的边界。这也是我们在观照十七年文学时需要注意的问题。

---

① 《四川文学》记者撰写的综述《彝族同志谈〈达吉和她的父亲〉》，《四川文学》1962 年第 2 期。

第八章　“胡风派”的鲁迅研究及其与主流派的深层歧异

胡风是鲁迅精神的重要阐释者和弘扬者之一，也是鲁迅研究史上的一个绕不过去的人物。他从青年时代起阅读鲁迅、热爱鲁迅，进入文坛后长期追随鲁迅，在鲁迅去世后大力倡导研究鲁迅，继承鲁迅精神。他以鲁迅精神的传人自命，并团结了一大批学习鲁迅、研究鲁迅的文学青年，发表或出版了相当数量的关于鲁迅的评论和研究的文字，成为鲁迅研究引人注目的一派。在 1949 年后的胡风批判中，鲁迅研究也是一项重要的批判内容。同对胡风的整体批判一样，对“胡风派”鲁迅研究的批判也早在 1949 年前就已萌生。① 众所周知，胡风事件是 20 世纪中国最重要的政治和精神事件之一，同样，作为其重要内容的鲁迅研究，也有着非同寻常的意义。关于“胡风派”的鲁迅研究，前人已经有过程度不等的评述，但也存在着一定的误解和可开掘的空间。② 本书尝试着对“胡风派”的鲁

---

① 本书所使用的“胡风派”一词是指因胡风而受难的人群，这很大程度上是由胡风批判而被动形成的，但也有一部分人和胡风之间的关系类似于文学团体的性质，下文论述时会有具体说明。“胡风派”和下文的“胡风分子”一词一样，都是为了指称的方便，也是为了保留一些历史感，并不含任何贬义。

② 关于胡风等人的鲁迅研究，袁良骏《鲁迅研究史》（上卷，陕西人民出版社 1986 年版）、《当代鲁迅研究史》（陕西人民教育出版社 1992 年版）以及张梦阳《中国鲁迅学通史》（下卷，广东教育出版社 2002 年版）均有详略不等的描述，但均是学科史性质的著作；王富仁在《中国鲁迅研究的历史和现状》（浙江人民出版社 1999 年版）中，以“精神启蒙派”来指称“胡风派”的鲁迅研究，他对“胡风派”研究的精神内涵和独特性作出了精当的阐释，但限于该书的学术关注点，他的论述缺乏明确的文学史意识。

迅研究及其遭受的批判进行历史化的梳理，在此基础上，对“胡风派”和主流意识形态之间关于鲁迅论述的差异，进行深入的探析和阐释，并想对胡风研究中存在的问题提出自己的意见。

一、“胡风派”鲁迅研究的状况和命运述略

“胡风派”鲁迅研究的领袖人物无疑是胡风。胡风在鲁迅生前和死后，发表了大量的关于鲁迅的文字。① 更值得注意的是，对鲁迅的阐释是胡风文艺理论体系的重要支撑。鲁迅的思想、精神和创作常常是胡风文学理论表述中的主要论据。这也是胡风文学理论体系独具魅力的重要原因之一。

除了胡风之外，可以称为鲁迅研究者的“胡风派”人物，主要有舒芜、耿庸、雪苇、张禹、卫俊秀、吕荧等人，他们的情况各自不同，这里只能一一介绍：

舒芜是胡风派的骨干，他关于鲁迅的最有代表性的文章是《鲁迅的中国与鲁迅的道路》②，这篇文章写于 1949 年前，随即遭到主流意识形态重要代表之一胡绳的批判。

耿庸成为“胡风分子”的重要获罪原因便是其研究鲁迅的专著《〈阿 Q 正传〉研究》。③ 耿庸的这部专著主要是一部论辩性著作，驳斥对象主要是冯雪峰关于鲁迅的一些论述。耿庸在书中引用了大量的马克思、恩格斯、毛泽东以及一些马克思主义经典作家的言论，战斗性强，同时不可讳言的是，文风比较恶劣。④

---

① 胡风论述鲁迅的文字后来曾被编成《胡风论鲁迅》一书，陈鸣树、刘祥发编，黄河文艺出版社 1985 年版。

② 该文最初刊载于《希望》1946 年第 2 卷第 4 期，这里参考的是《鲁迅研究学术论著资料汇编》第四卷，中国文联出版社 1987 年版。

③ 泥土社 1953 年版。

④ 作者耿庸在该书二版小记中说：“这一小书中，批判到冯雪峰同志对鲁迅先生及其《〈阿 Q〉正传》的有关意见，我，由于热爱鲁迅先生，更由于修养的不足，在态度上不够冷静、有所过激了。必须认为，这是抱歉的，这是要克服的。”这是符合实际的。

雪苇本来是具有解放区背景的文化干部，而且所撰《论文学的工农兵方向》一文曾得到毛泽东的称赞，但因与胡风交往较多，而且文艺观念和胡风较为接近，被当作重要的“胡风分子”来批判。① 他获罪的原因之一便是撰写鲁迅研究专著《鲁迅散论》。②《鲁迅散论》一书，实际上是雪苇 1949 年前几篇论文的合集，中华人民共和国成立前后出版过多次。

张禹是泥土社的编辑，因为“胡风派”的著作 1949 年后大多在泥土社出版，泥土社的经理许史华及一些编辑因此获罪。张禹是其中之一。③ 除此之外，张禹获罪的原因还有一条，即曾撰写《〈野草〉札记》一文，该文并没有单独发表，而是作为卫俊秀《鲁迅〈野草〉探索》的代序面世的。

卫俊秀是西安一所高校的老师，他的获罪多少有些偶然。他与胡风等人素无来往，1954 年，他撰成《鲁迅〈野草〉探索》一书，在初次寻求出版遇挫后，把稿子寄给了泥土社，在得知稿子被接受后，他通过泥土社向许广平求序。这时，泥土社的编辑张禹刚撰成《〈野草〉札记》一文，泥土社遂征得卫俊秀的同意，将此文作为卫书的代序出版。卫俊秀虽然因此饱经坎坷，但并没有被划为“胡风分子”。④

---

① 雪苇直到胡风被平反后，也不承认自己是“胡风分子”。他认为自己和胡风的关系主要是工作关系，他和胡风的关系并不像人们想象的那么亲密。关于此，可以参看雪苇《我和胡风关系的始末》一文，该文收在晓风主编《我与胡风》一书中，宁夏人民出版社 2003 年版。

② 本书主要参考的是华东人民出版社 1951 年版。

③ 参见张禹《他品格对我的影响比理论有力得多》一文的描述，该文亦见《我与胡风》一书。

④ 对于卫俊秀没有被划为“胡风分子”一事，他的学生方磊曾解释说是因为《鲁迅〈野草〉探索》一书对鲁迅写作《野草》时的思想评价很高，比主流还要“左”。这显然是臆测。因为该书侧重于“疏证性”的工作，对鲁迅思想发展问题论述不多，也根本没涉及一些争议性问题。如果依照方磊的解释，卫俊秀肯定会被划为“胡风分子”，因为主流意识形态不能容忍对《野草》时期及此前鲁迅思想的无原则的高度评价。这一点后文将详论。方磊的文章是《卫俊秀与〈鲁迅野草探索〉》，《新文学史料》2003 年第 1 期。

吕荧与胡风关系密切，他关于鲁迅的研究论文只有《鲁迅的艺术方法》《纪念鲁迅先生》等少数几篇。① 吕荧虽然受到了一些批判，但与胡风、与鲁迅研究关系并不大，而且吕荧最终没有受到胡风的牵连。

从以上简单介绍可以看出，“胡风派”的构成颇为复杂，甚至带有荒诞的意味。但不可否认的是，这其中的一些人对于鲁迅的理解有着很大程度的一致性，这种一致性的形成实际上也由于他们之间的密切交流和相互影响。在陈涌撰写的文章《保卫鲁迅方向，粉碎胡风集团的反革命思想》中，提出来批判的有耿庸、舒芜、雪苇、张禹四人的著述（如上所述）。② 而事实上，这四个人的鲁迅研究也基本上代表了胡风之外“胡风派”鲁迅研究的主要面貌。

“胡风派”的鲁迅研究虽然在其内部，观点因人而异，但他们的共同点则是引人注目的，其共同观点是：鲁迅一生都坚持清醒的现实主义，洋溢着热情有力的主观战斗精神；鲁迅的思想随着革命的发展而发展，鲁迅的思想和创作有其一贯性，是一个内在的统一的整体；鲁迅的一生都致力于旧文化的破坏和新文化的建立，致力于改造“国民劣根性”。

胡风关于鲁迅的论述是一贯的，1949 年前即遭到左翼主流派的批判，但胡风不以为然，在 1949 年后胡风向党中央递交的理论建议中，鲁迅仍然是其立论的重要依据。他认为，鲁迅的创作并没有得益于世界观的主动改造，他是靠自己对于现实生活的认识而达到社会主义现实主义的，他的现实主义是一贯的，也是可以垂范后人的。胡风这样的论述必然遭到猛烈的批判，随之“胡风派”的鲁迅研究销声匿迹。值得一提的是，晚年平反后的胡风仍旧坚持他的观点，特别是在关于鲁迅思想转变的问题上，表现得极为倔强。③

---

① 《鲁迅的艺术方法》一文收在《吕荧文艺与美学论集》一书，上海文艺出版社 1984 年版。该文写于 1949 年前，也不涉及争议性问题。

② 陈涌的这篇文章见其《文学评论集二集》一书，作家出版社 1956 年版。

③ 对此，可以参看胡风晚年撰写的《关于鲁迅“转变”论的一点意见》一文，见《胡风论鲁迅》一书第 135~142 页。

二、主流派的鲁迅论述及其背后的意识形态策略

“胡风派”的鲁迅研究洋溢着对鲁迅的敬仰之情，其研究主体也多是倾向于革命的，他们也高度认同毛泽东“文学家、思想家、革命家”的论述，从表面上看，并没有大的问题。但如果把“胡风派”的鲁迅研究放在左翼内部来看，它与主流派的鲁迅论述就显得格格不入了。

主流派的鲁迅论述起始于瞿秋白的《〈鲁迅杂感集〉序言》,①瞿秋白在文章中概括的鲁迅的精神内涵，即“最清醒的现实主义，‘韧’的战斗，反自由主义，反虚伪的精神”，成为著名的论断，也是左翼内部广泛接受的论断。但左翼主流派更看重的则是瞿秋白关于鲁迅转变的论断，即：

> 鲁迅从进化论进到阶级论，从绅士阶级的逆子贰臣进到无产阶级和劳动群众的真正的友人，以至于战士，他是经历了辛亥革命以前直到现在的四分之一世纪的战斗，从痛苦的经验和深刻的观察之中，带着宝贵的革命传统到新的阵营里来的。②

而转变的时间，则是在 1927 年左右，鲁迅和创造社、太阳社论争期间，以此为界，把鲁迅思想分为前后期。证据则是鲁迅在这期间的自述：

> 我有一件事要感谢创造社的，是他们“挤”我看了几种科学的文艺论，明白了先前的文学史家们说了一大堆，还是纠缠不清的疑问。……以救正我——还因我而及于别人——的只信进化论的偏颇。

① 本书所谓的“左翼主流派”主要是相对于“胡风派”而言的，并没有固定的派性和成员，主要在于其观点的一致和占统治地位。

② 瞿秋白等著，孙郁编选：《红色光环下的鲁迅》，河北教育出版社 2000 年版，第 21 页。

> 原先是憎恶这熟识的本阶级，毫不可惜它的溃灭，后来又由于事实的教训，以为唯新兴的无产者才有将来。①

瞿秋白的论述虽然对创造社、太阳社的作风有所批评，但肯定了其革命本质。这是瞿秋白的革命者本身使然。在瞿秋白的论述中，鲁迅一直追随着革命的发展，从辛亥革命到五四运动，再到大革命，鲁迅一直在革命阵营分化的过程中保持着前进的态势。同时也伴随着苦闷，这一苦闷在大革命期间达到极致，随后经历突变，得到彻底的解决。

在瞿秋白之后，中共主流意识形态的发言人毛泽东、艾思奇、郭沫若、茅盾、周扬、胡绳、冯雪峰等都发表了相当数量的文章来纪念鲁迅。② 这些文章不同程度地继承了瞿秋白的论断，特别是在鲁迅思想的发展历程方面，表现出高度的一致，都认为应以 1927 年为界，分为前后两期。为了使鲁迅思想发展的脉络更清晰、理由更充分，左翼主流派花费了大量精力进行研究，这些研究成果高度评价了鲁迅前期的思想，称其具有朴素的唯物辩证法思想，是一个伟大的革命民主主义者，奠定了其亲近无产阶级革命的基础。但对其前期思想的高度评价只是在无产阶级之外的阶级中才有意义，也就是说，鲁迅前期达到了他在本阶级所能达到的最高水平。同时，研究者也指出鲁迅所受到的阶级局限，并认为其直接导致了鲁迅的苦闷和彷徨，也构成了鲁迅的隐暗面。鲁迅在未接受无产阶级世界观之前，他只能对旧世界加以反抗和破坏，而看不到光明和未来。以此为铺垫，研究者对其后期的思想和创作给予高度评价，认为其汲取了党所给予的力量，义无反顾地进行战斗，在艺术上达到了社会主义现实主义。并认为，鲁迅的转变是必然的。“鲁迅的方向，

---

① 瞿秋白等著，孙郁编选：《红色光环下的鲁迅》，河北教育出版社 2000 年版，第 21 页。

② 这些文章多收在《红色光环下的鲁迅》一书中，可参看，此不赘引。冯雪峰在左翼文艺界的情况有些特殊，他有同情胡风的一面，但从主要方面来看，特别是在鲁迅研究方面，他应是左翼主流派的重要成员。

就是中华民族新文化的方向。”① 由瞿秋白开启的左翼主流派的鲁迅论述已经形成了一个强大的传统，历经解放区时期、十七年、“文革”、新时期，直到今天仍旧没有明显的改变，这里面的意味无疑是深长的。

最初极力提倡鲁迅“转变”说并以此得意的是创造社、太阳社中的成员，他们显然以为是鲁迅“投降”而自己“胜利”了，但后来左翼主流派的深入阐释证明，这不仅仅是意气之争，甚至也不仅仅是借用鲁迅的转变来证明无产阶级革命在革命道统上的合法性和吸引力。更深刻的、更迫切的目的是在于证明无产阶级世界观改造的迫切性和必要性，以及与此相辅相成的社会主义现实主义文学的高度革命性和先进性。正是在这一点上，主流意识形态和“胡风派”产生了深刻的歧异。

无产阶级世界观的改造问题一直是小资产阶级参加革命的核心问题。由于革命文学的追随者大多属于小资产阶级，因此世界观改造问题在文学界表现得尤为集中和剧烈。从 20 世纪 30 年代中期到 50 年代末，社会主义现实主义一直是中国左翼主流派倡导的文学形态。所谓社会主义现实主义，即“要求艺术家从现实的革命发展中真实地、历史地和具体地去描写现实，同时艺术描写的真实性和历史具体性必须与用社会主义精神从思想上改造和教育劳动人民的任务结合起来”②。社会主义现实主义强烈的目的性要求作家在创作之前必须要有正确的世界观，否则文学对现实生活将会作出歪曲的反映，不能正确地解释生活，进而不能正确地指导生活。而对于一个作家而言，能否接受无产阶级世界观，能否改造自己的小资产阶级思想，也成为其文学成就是否达到社会主义现实主义高度的关键。在这方面，鲁迅被认为是一个典型的例子。

---

① 这是毛泽东关于鲁迅的经典论述，语出《新民主主义论》，这里参考的是《红色光环下的鲁迅》一书第 58 页。

② 《苏联作家协会章程——1934 年 9 月 1 日第一次苏联作家代表大会通过，1935 年 11 月 17 日苏联人民委员会批准》，《苏联文学艺术问题》，人民文学出版社 1953 年版，第 13 页。

在冯雪峰所撰写的长文《中国文学中从古典现实主义到社会主义现实主义的发展的一个轮廓》中，有一专节《关于鲁迅的现实主义》，全面透彻地阐述了鲁迅在现实主义发展史上的地位，文章认为：

> 在中国现代文学和现实主义的关系上，在鲁迅的身上实在结合着承上启下的三种关系，就是：他是继承着中国古典现实主义的；他又联系着世界文学中古典的或所谓批判的现实主义；他在后期（即在1927年以后）是一个社会主义现实主义者。①

同样，冯雪峰对鲁迅前期的现实主义的创作也有较高的评价，但这更大的作用则是衬托了社会主义现实主义的伟大和先进性，也反映了中国文学走向社会主义现实主义的必然性。相应的，思想改造的作用被再次强调。对此，冯雪峰论述道：

> 在一九二七年革命的挫折和紧接着而来的革命的深入和发展的期间，鲁迅体验着一次他一生中最为深刻的自我思想斗争和改造（鲁迅一生充满着自我思想斗争和改造），如我们所已经知道；这一次，也就是“五四”新文学在发展到社会主义现实主义的过程中第一次所进行的最显著的内部思想斗争和改造（第二次最显著的思想斗争和改造，是一九四二年的延安文艺座谈会。最近从电影《武训传》批判开始的、在全国知识分子思想改造运动和“三反”“五反”运动中进行的文艺整风学习，也是一次显著的改造运动）。在一九二七年开始的那一次思想斗争和改造中，鲁迅以自己的体验和思想上的伟大跃进，在我们文学发展上起了非常巨大的作用。②

① 《雪峰文集》第二卷，人民文学出版社1983年版，第443页。这篇长文原刊于《文艺报》1952年第14、15、17期。

② 《雪峰文集》第二卷，人民文学出版社1983年版，第448页。

冯雪峰在这里有意无意地建构了一个知识分子思想改造的谱系，而维持此谱系正确性的，则是中国革命以及中国文学的不断发展，甚至在某些关头是重大的、突飞猛进的发展，比如 1927 年。而鲁迅在 1927 年的转变，无疑是最有力的证据。

而胡风则坚决反对这一观点，他认为过分强调世界观的指导作用，是文学公式化、概念化的源泉，是文学界空气沉闷的重要原因。伟大的作家凭借对生活的深入观察和深刻把握，一定能够正确地认识生活和解释生活，而且也只有这样才能写出饱满而有生气的作品来。他所举的重要例子便是鲁迅。他在《论现实主义的路》中说：

> 就是没有接受这个革命思想，在被这个革命思想所引导的斗争发生之前，在某一关联上和人民有着联系的知识分子作家，由于对实际的观察，即鲁迅所说过的“由于事实的教训”，虽然更为艰难，但依然有可能在相应的程度上进入人民的内容，汲取人民的要求流在自己身里，因而把握到历史现实的真实的本质的。一部文学史就提供了丰富的例证，鲁迅就是这样在中国历史上站了出来。①

与此相一致，胡风也不认为鲁迅的世界观在 1927 年发生了转变，进而达到了社会主义现实主义，而是认为鲁迅在“五四”时期的创作就已经达到了社会主义现实主义，鲁迅的战斗精神和现实主义是一贯的。这种论述无疑是让人吃惊的，因为社会主义现实主义的提出，要到 20 世纪 30 年代才出现，“五四”时期的苏联刚刚成立，根本没有时间和精力来提出明确的文学主张。不过，这在否认先进思想指导作用的胡风仍属正常。胡风的大胆不是偶然的，他的论述依据的是毛泽东的论断，即中国的社会主义

① 为了保持历史现场感，这里转引的是陈涌在批判文章《保卫鲁迅方向，粉碎胡风集团的反革命思想》一文中的引文，参看其《文学评论集二集》，作家出版社 1956 年版，第 87 页。

现实主义文学是从“五四”开始的，而鲁迅是五四新文化运动当之无愧的主将。① 这样一来，鲁迅在“五四”时期的创作达到了社会主义现实主义的高度似乎是成立了。但问题并没有这么简单，如果胡风的言论能够成立的话，那么左翼主流派的几乎所有论断都要遭到推翻，这是不可能的。毛泽东的话必须加以解释，尽管这看起来十分棘手。出来写文章作明确解释的是毛泽东文艺思想的权威阐释者周扬。他在《发扬“五四”文学革命的战斗传统》一文中说：

> 我们说“五四”以来的新文艺从一开始就是向着社会主义现实主义发展的，这是指它的整个发展的趋向而言。我们不能采取从地图上找地名的办法，简单地根据作品中的个别字眼来判定哪一篇文学作品是社会主义现实主义的，哪一篇不是。②

在周扬文章发表前后，冯雪峰对此问题也做了大量的细致的解

① 胡风在给中央的“意见书”中写道：“为了现实主义的胜利，要珍视并继承鲁迅传统。第一篇小说《狂人日记》，就开辟了社会主义现实主义的道路。那高度的历史真实性、那反抗人吃人（人压迫人、人剥削人）制度的火一样的热情，正是属于宝贵的社会主义精神，为当时的作家所缺乏的。林默涵同志为了证明他用唯心论解释的‘思想改造’，为了使鲁迅来一个按照他的意思的‘飞跃的变化’，就不惜把鲁迅‘前期’作品送给‘资产阶级小资产阶级的批判的现实主义’，我以为这只能是一种糟蹋历史的‘理论’。由于去年毛主席指示社会主义现实主义是从五四开始的，这一‘理论’是退到后面去了。但实际上，为了保持那个庸俗的机械论的统治地位，还是在以各种曲折的形式顽强地继续抵抗。”为了保持历史现场感，这里转引的是大批判中唐弢文章《不许胡风歪曲鲁迅》中的引述，见作家出版社编辑部编：《胡风文艺思想批判论文汇集六集》，作家出版社 1955 年版，第 101 页。

② 《周扬文集》第二卷，人民文学出版社 1985 年版，第 282 页，原载《人民文学》1954 年 5 月号。周扬的这一解释虽然在胡风批判全面展开之前，但有史料表明，与胡风及“胡风分子”对“五四”的理解问题直接相关。

释工作，因为在中华人民共和国成立初期的文坛，对五四文学革命的性质问题、鲁迅的现实主义问题，存在着各种各样的理解，其状况是不能令主流意识形态满意的。而在种种被认为错误的理解中，胡风以及“胡风分子”的理解是问题最严重的。值得一提的是，胡风在论证过程中的重要论据，即鲁迅在五四时期已经接触到马克思主义思想和俄国革命思想。鲁迅的“从进化论到唯物论”的“转变”是五四时期完成的。这对不重视世界观指导作用和反对“转变论”的胡风来说，多少带有讽刺的意味。然而，胡风这样的论述得到了更严厉的批判，这一点后文将详论。

主流派的鲁迅论述有其一定的历史合理性，也有相当程度的事实依据。但今天看来，更让人感兴趣的，是其论述背后的意识形态策略和目的。鲁迅因其巨大的影响力，在其生前和死后都成为各方阐释力量争夺的对象，这一点不独左翼主流派为然。“胡风派”的鲁迅研究，有着独特的精神内涵，但也同样是一种意识形态的表述，这一点在两派的论争中表现得十分鲜明。

三、问题的聚集点：《阿 Q 正传》与《野草》

除了在宏观思想方面，左翼主流派和“胡风派”存在严重分歧之外，在具体的作品阐释方面，两派也存在着尖锐的对立，这种对立主要表现在关于《阿 Q 正传》和《野草》的阐释上。两派的问题聚集在《阿 Q 正传》和《野草》上不是偶然的。因为《阿 Q 正传》是鲁迅前期的重要代表作品，这篇小说塑造的阿 Q 形象成为著名的典型形象，而典型是现实主义文学最为重要的要素，因而对于在现实主义问题上有分歧的两派来说，对典型的阐释直接关系着各自立论的成败。《野草》写于 1925—1927 年，这期间正是鲁迅思想极为苦闷的时期，也是左翼主流派所认为的鲁迅思想的转变期。因而，关于《野草》的阐释成为证明鲁迅“转变”的关键。

由于鲁迅在现代中国的重要影响，鲁迅的所有作品几乎都被阐释一过。《阿 Q 正传》和《野草》也一样，自从问世以来，就被各种各样的阐释所环绕。其中左翼主流派和“胡风派”的阐释占有重要位置。两派的纷争在1949年前已经有所表现，但纷争的公开化或者说明朗化则突出地表现在中华人民共和国成立初期。从大的方面来讲，这是因为，1949年后的文艺界由于肃清了自由主义文学思潮，左翼内部的矛盾更为突出地表现出来。从具体的方面来讲，则是有着多重的因素。值得注意的是，胡风没有直接参与这样的具体论争，这和他的处境和论争兴趣或许有关系。

先说《阿Q正传》。中华人民共和国成立初期，冯雪峰作为党在文艺界的重要领导人和鲁迅的亲密追随者，为了阐释鲁迅、普及鲁迅，写下了大量的文字，这些文字成为中华人民共和国成立初期影响最大的关于鲁迅的论述。这些论述引起争议的主要有《党给鲁迅以力量》《鲁迅生平及其思想发展的梗概》《论〈阿Q正传〉》等文章,① 在这几篇文章中，冯雪峰阐述的是他一贯的观点，新意不多，可能是重在普及的缘故。在《论〈阿Q正传〉》中，冯雪峰认为：

> 阿Q主要的是一个思想性的典型，是阿Q主义或阿Q精神的寄植者；这是一个集合体，在阿Q这个人物身上集合着各阶级的各色各样的阿Q主义，也就是鲁迅自己在前期所说的“国民劣根性”的体现者。②

> 鲁迅对于农民群众的革命性和革命力量，在前期是有些估计不足的，并且有过某种程度的悲观和怀疑；这是他前期思想的一个缺点，这缺点也反映在《阿Q正传》中。③

在此基础上，冯雪峰指出鲁迅以“超阶级的观点”④ 来看待

① 这些文章集中收在《雪峰文集》第四卷，人民文学出版社1985年版。

② 《雪峰文集》第四卷，人民文学出版社1985年版，第111页。

③ 《雪峰文集》第四卷，人民文学出版社1985年版，第121页。

④ 《雪峰文集》第四卷，人民文学出版社1985年版，第113页。

这种国民性，是没有阶级意识的体现，《阿 Q 正传》“还不是社会主义的现实主义文学”。在文章的最后，冯雪峰指出：

> 现在，阿 Q 和阿 Q 主义是因工人阶级领导的人民革命的胜利而真正过去了，完全过去了，永远过去了。①

这样的结尾不能不让人想起 20 世纪 20 年代鲁迅与创造社、太阳社论战时的一篇名文《死去了的阿 Q 时代》，而事实上，在左翼主流文艺界，这篇文章的回声始终没有消歇过。

与冯雪峰的观点直接对抗的是耿庸的《〈阿 Q 正传〉研究》。②该书分为五个部分：第一，关于鲁迅思想的二三理解；第二，历史的真实；第三，阿 Q 的性格·阿 Q 性格的形成和发展；第四，在思想斗争的战线上；第五，结语。第一部分主要针对冯雪峰《鲁迅生平及其思想发展的梗概》一文而发，驳斥鲁迅思想“转变”和分期的论述，他和胡风一样引用了毛泽东的论述，认为“主将”领导“主流”，鲁迅在五四时期就已经成为马克思主义者了，就已经具有了阶级意识，而不是超阶级地看待“国民劣根性”。第二、三两个部分致力于反驳冯雪峰关于《阿 Q 正传》对农民悲观的论断，着重阐发阿 Q 革命性的一面，以证明鲁迅对农民寄予厚望，并从农民革命中看到未来。关于此，耿庸在文中论述道：

> 从《阿 Q 正传》中可以读出，鲁迅先生反映的是辛亥革命当时所包容着的、一个在性质上有别于辛亥革命的革命的胚胎；从而，凭这来号召新的革命。③

① 《雪峰文集》第四卷，人民文学出版社 1985 年版，第 122 页。

② 耿庸这部书的写作有着明确的目的性，他想通过这部书推翻鲁迅思想“前期进化论、后期阶级论”的定论。他还想写一部《鲁迅思想和鲁迅方向》，进一步阐明他的主张。他的这一想法曾与胡风谈过，并得到胡风的支持和指点。关于此，可参考《我与胡风》一书第 660、661 页，即耿庸《枝蔓丛丛的回忆》一文中的描述。

③ 耿庸：《〈阿 Q 正传〉研究》，泥土社 1953 年版，第 30 页。

> 人可以理解：鲁迅先生以《阿Q正传》来号召革命和指出革命的方向，除了这是真实地反映辛亥革命当时中国农民觉醒状况之外，是还因为，以对于农民在人民革命中的作用的认识的说明，即，对于人民民主革命是以无产阶级为领导的农民革命的把握和宣扬，来迎接革命的领导力量即中国共产党的诞生的。①

可以看出，耿庸的鲁迅研究比左翼主流派还要“革命”和激进，但激进并不都能合乎主流意识形态的逻辑，恰恰相反，它在更深层次上触犯了主流意识形态。

除了上述内容以外，耿庸还批评了冯雪峰典型观的“混乱”，认为把阿Q说成是“思想性”的典型，是对鲁迅的贬低，是倡导概念化、公式化的文艺。耿庸认为不存在思想性的典型，即使有也是文学公式化、概念化的产物。意味深长的是，耿庸还批评了冯雪峰对鲁迅的认识在1949年前后发生了大的变化，而他无疑更欣赏和赞同冯雪峰1949年以前和他较为接近的观点。这也是左翼内部阵营发生微妙变化的一个例证。

耿庸的批评冯雪峰显然是看到了。在写于1955年的《论〈阿Q正传〉》一文中，② 作者强调了阿Q革命性的一面，加强论述了阿Q这个典型与典型环境相适应的一面，并在文后《作者附记》中承认了《论〈阿Q正传〉》一文的空泛和某些解释的错误，但在鲁迅的思想局限、阿Q的落后性等根本的观点上没有大的变化。左翼主流派的鲁迅论述无法撼动。

《野草》研究的情况更复杂一些。在中华人民共和国成立前，左翼主流派关于《野草》的阐释，主要有荃麟（即邵荃麟）的《鲁迅的野草》和胡绳的《鲁迅思想发展的道路》等文章。荃麟在

---

① 耿庸：《〈阿Q正传〉研究》，泥土社1953年版，第45页。

② 该文原刊于《文艺学习》1955年第5期，后收入《雪峰文集》第四卷。

文中论述道：

> 在他写《野草》以及这以后的期间，他的思想基础虽然和后来是一致的，但是由于历史的限制，他那时的思想还没有越出进化论的阶段，他还不曾明确认识促进这个社会进化的革命动力。因此当历史更前进、民族危机更迫切、阶级矛盾更尖锐化的时候，在他自己思想上引起一种从原来阶段向更高阶段跃进的强烈的要求，这是需要经过一番痛苦的斗争的，《野草》的写作正在这个时期，所以他所表现的情感较任何时候更加激越，但是经过这个苦闷的搏斗，他的思想终于跃入到一个更高的阶段，这就是显示在他 1927 年以后的作品中间更加彻底的思想。①

胡绳则在他的文章中论述《野草》的思想之后，明确指出：“鲁迅的思想有过‘突变’么？毫无疑问，应该是有的。”② 这些论述都强调鲁迅“转变”的伟大意义，都指出鲁迅在转变之前写作《野草》时，经历了一个痛苦的、绝望的时期，这种感情状态使得鲁迅的转变十分彻底、十分坚决。中华人民共和国成立后，主流派关于《野草》的论述主要有冯雪峰的长文《论〈野草〉》。③该文对鲁迅的《野草》进行了细致的文本分析和阐释，但在对《野草》的情感基调的判断、对其在鲁迅思想发展历程中意义等方面，和已有的主流论述是高度一致的。

和主流派的《野草》论述构成对抗性关系的，主要有雪苇的《鲁迅散论》和张禹的《〈野草〉札记》。如上所述，雪苇的论著

① 此文原刊于 1945 年 9 月 10 日《国文杂志》月刊（重庆）第 3 卷第 4 期，这里引用的是《鲁迅研究学术论著资料汇编》第四卷，中国文联出版社 1987 年版，第 7 页。

② 《鲁迅研究学术论著资料汇编》第四卷，中国文联出版社 1987 年版，第 762 页。胡绳此文原出自胡绳等：《鲁迅的道路》，香港文艺出版社 1948 年版。

③ 此文亦见《雪峰文集》第四卷，人民文学出版社 1985 年版。

1949年前就已出版，中华人民共和国成立初期再版两次，张禹的文章是一本书的代序，他们的研究并不像耿庸那样具有很强的针对性，但其观点的一致性则是不能忽视的。

雪苇的《鲁迅散论》收入《导师的丧失》《论鲁迅先生的“转变”》《鲁迅先生的写作理论》《鲁迅先生思想概观》《〈野草〉的“题辞”》《论〈野草〉》《鲁迅先生年谱》等文章。雪苇体现在这些文章当中的观点有些暧昧，他既认为“他（鲁迅）的从进化论到阶层论，就不是一般用个‘渐变’、‘渐进’解决得了的”①，但他又认为“转变”一词被创造社玷污了，鲁迅的思想发展过程，“自始就带着一种一贯发展的特征，很相似于马、恩们的发展过程”②。他对鲁迅思想一贯性的强调很容易让人想起胡风、耿庸等人的论调。这在大批判中就更容易被认为是“胡风分子”的观点了。《论〈野草〉》一文，对《野草》进行了分类剖析，并结合此时鲁迅的其他创作，认为《野草》时期的鲁迅革命的、乐观的方面仍然占据主导地位，③ 这就和胡绳等人的论述发生矛盾，从而使得鲁迅的“转变”没有深刻的来由，进而不具有深刻的意义。这一点，恐怕是雪苇始料未及的。

张禹的《〈野草〉札记》是一篇长文，在张禹的笔下，鲁迅思想的发展是和党的发展相一致的，甚至鲁迅在大革命失败后的苦闷也和党的领导出现失误后的苦闷相一致，鲁迅和党的领导人一样，在五四时期接受了马克思主义的影响，矢志不渝地进行战斗。张禹虽然认可“自1925年五卅运动以来，中国知识分子便开始了大分裂，并因此刺激了鲁迅先生思想的发展”，④ 进而承认瞿秋白的论

---

① 雪苇：《鲁迅散论》，新文艺出版社1952年版，第26页。

② 雪苇：《鲁迅散论》，新文艺出版社1952年版，第26页。

③ 雪苇在该书第86页论述《野草》道：“这些空虚感与寂寞感，在鲁迅的思想中，不是主面而是客面，不是正面而是反面，不是优势面而是劣势面，不是肯定面而是否定面。”

④ 《卫俊秀学术论集》，北京大学出版社2002年版，第132页。卫俊秀原书现在本书作者难以看到，这里引述的是收录在《卫俊秀学术论集》中的本子，后面附有张禹的代序。

断，但他指出研究者对瞿秋白的论断有过于简单使用的倾向，他则更强调鲁迅接受马克思主义自发性的一面。在他的论述中，鲁迅一生充满转变，相形之下，《野草》时期的转变的重要性并不突出。张禹的论述多处引用革命导师的言论，显得辩证和有力，但他的倾向性和左翼主流派相比，差别是很明显的。

四、歧异与中国革命文化现代性内部的纷争

比较上述两派关于鲁迅的论述，我们不难发现其中存在深刻的歧异，这种歧异在 1955 年的胡风批判运动中集中被表述出来。在当时为数众多的胡风批判文章中，直接关于“胡风派”鲁迅研究的，有许广平的《与胡风思想划清界限》、唐弢的《不许胡风歪曲鲁迅》、陈涌的《保卫鲁迅方向，粉碎胡风集团的反革命思想》这三篇文章。① 这三个人的身份也是不容忽视的，许广平是鲁迅的伴侣，也是鲁迅思想的权威发言人；唐弢与鲁迅交往颇多、关系密切，1949 年后主要以研究鲁迅为主；陈涌则是中国共产党内鲁迅研究的实力派专家，所撰《论鲁迅的现实主义》一文，是鲁迅研究史上的名篇。

许广平的文章带有浓厚的表态色彩，她在文章中说：

> 今天，人民已经胜利地掌握了政权，鲁迅所攻击的时代已一去不复返了，鲁迅的后期作品所表示的愿做一个小兵来拥护、歌颂的“唯无产者才有将来”的“将来”，已成了“现在”了。胡风却仍然处处引证鲁迅前期思想来腰斩鲁迅整个文学事业的发展过程和整个革命文学的发展过程，是何意图？②

---

① 许广平和唐弢的文章收在《胡风文艺思想批判论文汇集六集》中，陈涌的文章前文已述。

② 《胡风文艺思想批判论文汇集六集》，作家出版社 1955 年版，第 92 页。

这样的表态正是深刻认识到两派之间的歧异而作出的，可谓一针见血。唐弢的文章则概括了胡风错误思想的主要方面，即“表现在对鲁迅思想发展和跃进过程的反马克思主义的理解上”；“表现在他不顾时间、不顾条件、曲解鲁迅的话，错误地强调‘主观精神’的作用，并以此来否定阶级立场、抹煞世界观、反对思想改造的资产阶级的观点上”；“更表现在他截取鲁迅在向封建文化、庙堂文学、国粹主义等作斗争时所写的片言只字，来辩护他自己对全部民族遗产的虚无主义的观点，否定文学传统、民族形式、民间文艺的反人民的立场上”。唐弢的概括覆盖性是很强的，基本上涉及了胡风文艺思想的全部方面。陈涌的文章则主要对胡风以外的“胡风分子”的鲁迅研究进行具体的批判，他也主要是从社会主义现实主义和其他以前的现实主义的根本区别、作家与世界观的关系、作家和革命实践的关系、文学传统与文学遗产等方面，来进行阐述和立论的，他也强调指出：“鲁迅的这个思想变化的过程反映了中国知识分子和群众、和先进阶级结合的深刻的过程。所谓鲁迅的方向，最主要也是和群众、和先进阶级结合的方向”①，“问题还在于，胡风分子用这种歪曲鲁迅的方法，来模糊和歪曲了鲁迅的方向，模糊和歪曲了我们整个革命文化斗争的方向”②。对于“胡风派”那种鲁迅五四时期就已是马克思主义者等论调，陈涌严正驳斥。

上述左翼主流意识形态的代表性言论所暴露出的问题，已经涉及革命的合法性以及内在逻辑问题，与此紧密相关，也牵涉到中国文学内部的现代性问题。

左翼主流意识形态认为，中国革命是中国历史上最先进的革命，也是中国革命发展的必然结果。就世界范围而言，它是世界无产阶级革命的重要组成部分，受俄苏革命的影响而发生，在世界历史上也是最先进的、创造历史的革命。这种革命具有最先进的世界观和认识论，自信对历史本质和社会本质有准确的把握，因此势必

① 陈涌：《文学评论集二集》，作家出版社 1956 年版，第 54 页。
② 陈涌：《文学评论集二集》，作家出版社 1956 年版，第 55 页。

要席卷一切，势必要为所有的进步力量所拥护、所靠近、所参加。所以，我们在左翼主流派的论述中经常可以看到本质化的论述，他们总是先要论述无产阶级革命之前现代中国革命的进程，以此为铺垫，充分阐释无产阶级革命的必然性、必要性、先进性、优越性。进而，论证这种革命对一切进步势力都具有吸引力。在革命未成功之前，这种先进性、优越性突出地表现在意识形态方面，即世界观方面，在这个方面，鲁迅的意义呈现出来了。所以，他们强调鲁迅接受了无产阶级世界观、思想发生了“转变”，以此论证无产阶级世界观的先进性，以及由此产生的对鲁迅的吸引力；论证无产阶级革命对此前革命的超越，以及在革命变迁的历史上的伟大意义。就强调变化和发展、强调先进性而言，无产阶级革命的意识形态具有强烈的现代性精神。关于这一点，我们不妨参考一下马歇尔·伯曼在其杰出的论著《一切坚固的东西都烟消云散了——现代性体验》中为现代性精神（或现代性体验）所下的定义：

> 今天，全世界的男女们都共享着一种重要的经验——一种关于时间和空间、自我和他人、生活的各种可能和危险的经验。我将把这种经验称作“现代性”。所谓现代性，就是发现我们自己身处一种环境之中，这种环境允许我们去历险，去获得权力、快乐和成长，去改变我们自己和世界，但与此同时它又威胁要摧毁我们所拥有的一切，摧毁我们所知的一切，摧毁我们所表现出来的一切……它将我们所有的人都倒进了一个不断崩溃与更新、斗争与冲突、模棱两可与痛苦的大漩涡。所谓现代性，也就是成为一个世界的一部分，在这个世界中，用马克思的话来说，“一切坚固的东西都烟消云散了”。①

伯曼的论述对于现代性精神内涵的把握相当准确。不断变化、

① ［美］马歇尔·伯曼著，徐大建、张辑译：《一切坚固的东西都烟消云散了——现代性体验》，商务印书馆 2003 年版，第 15 页。

不断反抗、不断革命，对已有的凝固的事物（包括已经成功的革命）的威胁，是现代性的内在品质。而革命以及对革命的热情无疑是现代性精神的最高形态。明乎此，左翼主流派对鲁迅思想“转变”论的执着便不难理解了。同样，基于鲁迅“转变”而来的左翼主流派关于鲁迅思想的前后期的划分，也就牢固不可动摇了。这一点对于左翼主流意识形态十分重要。这种重要性及其策略诚如日本学者柄谷行人所说：“分期对于历史不可或缺。标出一个时期，意味着提供一个开始和一个结尾，并以此来认识事件的意义。从宏观的角度，可以说历史的规则就是通过对分期的论争而得出的结果，因为分期本身改变了事件的性质。”① 而在利奥塔看来，对历史分期的执着本来就是现代性的应有之义。他在《重写现代性》一文中指出：

> 历史时期的划分属于一种现代性的痴迷。时期的划分是将事件置于一个历时分析当中，而历时分析又受着革命原则的制约。同样，现代性包含了战胜的承诺，它必须标明一个时期的结束和下一个时期开始的日期。由于一个人刚刚开始一个时期时都是全新的，因而要将时钟调到一个新的时间，要从零重新开始。在基督教、笛卡儿或雅各宾时代，都要做一个相同的举动，即标识出元年，一方面表示默示和赎罪，另一方面是再生和更新，或是再次革命和重获自由。②

而作为左翼文艺理论家的胡风，对此似乎缺乏明确的认识。体现在他身上的，更多的是文艺理论家的色彩，而不是革命家的色彩。与左翼主流论述相对照，胡风关于鲁迅的言论更多地起着颠覆

① 见［日］柄谷行人《现代日本的话语空间》一文，董之林译，载张京媛主编：《后殖民理论与文化批评》，北京大学出版社 1999 年版，第 416 页。

② ［法］J-F·利奥塔著，阿黛译：《重写现代性》，《国外社会科学》1996 年第 8 期。

革命逻辑的作用。比如鲁迅在五四时期就成为马克思主义者，鲁迅的思想是一贯的，没有“转变”的发生，等等，这些论点如果被接受，那么革命的优越性、先进性又何以体现呢？

从胡风的文艺活动来看，他坚决彻底地反对旧文学、倡导新文学，大力推介西方及俄苏的文艺理论和创作，高扬五四新文化传统，这些无疑是具有现代性形态和意义的主张。但胡风文艺理论的现代性形态，更多的是对“五四”以来的新文学现代性的继承，这种文学现代性强调文学为人生，为个体的民主、自由、个性解放而奋斗。这种五四新文学现代性形态与革命文学现代性形态存在着一个深刻的差别，即世界观问题。具有无产阶级的世界观，是革命文学超越五四新文学的最重要的原因。而胡风对此不以为然，他反对世界观的决定性指导作用，推崇主观战斗精神，相对于公式化、概念化的社会主义现实主义文学，他更喜欢以鲁迅为代表的批判的现实主义文学。① 反映在鲁迅研究中，就是格外推崇鲁迅前期的作品和思想。这一点为“胡风派”所共有，为主流派所不容，也被主流派理论家敏锐地发现并给予批评。②

除此以外，胡风对传统文化的否定态度、对西方文化的热情拥抱态度也与主流意识形态存在很大的分歧。革命文学的现代性对民族主体性的强调、对无产阶级文化创造力的强调，对于胡风来说都相当的隔膜。这一问题的分歧在民族形式论争最集中地表现出来。而鲁迅在这一论争中又一次充当了论据的角色。而在此问题上，两

① 关于这一点，研究者多提及胡风与卢卡契的关系问题。在这方面，艾晓明的《中国左翼文学思潮探源》一书（湖南文艺出版社 1991 年版）在第七章作了实事求是而又详尽的分析，可参看。事实上，胡风直接接受卢卡契的思想影响极少，他们之间更多的是中西“平行”的文学关系。特里·伊格尔顿在《马克思主义与文学批评》一书（文宝译，人民文学出版社 1980 年版，第 57~59 页）中，也指出卢卡契“虽然对社会主义现实主义的理论表示马马虎虎的敬意，但实际上对其多数沉闷的作品，像对形式主义‘颓废派’一样，是采取批判态度的”，他“并不是要作家一路超越过去，一直进入社会主义现实主义”，认为如果能达到深刻的批判的现实主义“也就够了”。

② 参见胡绳在《鲁迅思想发展的道路》一文中的相关论述。

派对鲁迅都只是零碎的引用，没有进行透彻的分析研究，所以本书暂且不作详细的讨论。

五、余论：关于胡风研究中一个问题的思索

自从胡风被彻底平反以来，关于胡风的研究在中国现代文学界和文艺理论研究界一直是一个热点。研究专著出过多本，单篇论文数量众多，文学史论著中也给予胡风以相当的篇幅。胡风的文艺思想被较为全面和深刻地呈现出来，在这些论著中，研究者都给予胡风崇高的评价，并对这个伟大的受难者表达了敬意。这是十分自然的事。但长期以来，这成了一种既定的思维模式，也限制了学术理路的开阔，因而胡风研究在目前的进展情况不容乐观。

在我看来，胡风研究的困境突出地表现在研究对象的狭窄和学术命题的高度重复方面。胡风研究的论著，相当一致地集中在对胡风文艺命题的阐发方面，这本无可厚非，但研究者都集中于此，创新就无从谈起。这些研究对胡风文艺思想的阐发和其受难的情况都给予了高度的重视和阐释，可是正因如此，他们对胡风文艺思想出现的根源及其命运的必然性缺乏认识，对胡风的批判者的思想逻辑缺乏“理解之同情”，从而也无法对胡风文艺思想、中国左翼文学思潮的演进理路产生真正的、科学的认识，从而也只能给予道德化、政治化的阐释。一个较为明显的例子是，胡风研究者对六册《胡风文艺思想批判论文汇集》普遍缺乏认真的对待，对大批判方式的深恶痛绝导致研究者对这些文献的拒绝，这对于学术研究来说是很不应该的。研究者可以毫不犹豫地肯定胡风文艺思想的崇高价值，但却无法理解“胡风批判”的历史合理性，这既造成了研究对象的狭窄，又制约了对胡风思想历史认识的高度。他们对主流意识形态的负面给予高度关注和激烈批判，却不去追问主流意识形态的内在根源，不去追问现代中国历史选择的内在逻辑。他们的批判意识太强，太执着于“应该是什么”，而不去认识“为什么是这样”。因而，胡风研究的创新步履维艰。受创新焦虑困扰的研究者们便向西方理论寻求资源，比如有的研究者用“规训”和“意识

形态询唤”的概念来指称主流意识形态对胡风思想的整合过程，其实这除了术语的新奇之外，对于认识胡风思想以及胡风命运来说，实在没有新的发现。当然，这是一种努力，但这努力背后也带着几丝无奈，也是胡风研究困境的反映。

其实，胡风研究如果扩大视野，把左翼主流意识形态对胡风的批判纳入进去，通过研究胡风事件，来研究革命文化，乃至社会主义文化建构中的种种问题，那么胡风研究就是一个极具价值的研究课题。这诚如现代文学批评研究的资深专家温儒敏所说：“胡风事件的个案研究刚刚开始。更高的目标应当是通过这种研究来探讨中国式的社会主义文化建构过程中所面临的许多重大问题。”① 而本书正是本着这样的学术理路，选择胡风研究的一个题目进行探索的，因而不惮于“饶舌”之讥，在此讨论了胡风研究中的这一问题。

① 温儒敏：《〈在文艺与意识形态之间——胡风研究〉序言》，中国人民大学出版社 2003 年版。

第九章　为什么会有这样的批评

——论 1954 年批评界对路翎的批评

1949 年后“十七年”的文坛往往给人以风雨满楼的印象，这在很大程度上归因于文学批评的力量。那时的文学批评气势磅礴、风格凌厉、态度严峻，具有非同一般的威慑力。这诚然是不太正常的。后人在评论这段批评史的时候，最先想起的是“棍子”“帽子”这些粗暴的意象，也常常把它和“文革”中的“大批判”等同起来。从某种意义来说，这种经验和印象具有相当的合理性。但对于文学史研究来说，停留于印象式的结论是远远不够的。因此，本章打算从“1954 年对路翎的批评”这一个案入手，探讨当时文学批评的情状和特征以及其背后隐含的美学诉求。之所以选择这一个案，是因为这一事件本身牵扯了过多的猜测，至今仍然纠缠不休。特别是因为路翎本人与胡风关系极为亲密，而对路翎的批评就发生在“胡风反革命集团”事件的前夕，因而很容易被视为胡风冤案的前奏，被视为一个大阴谋的一部分。而事实远没有这样简单明了，道德化的解释反而阻碍了对于历史的认知。因此，对这一批评事件进行历史化的探析就是十分必要的了。

一、走进“当代”的路翎

1949 年，路翎 26 岁。此时的他已是颇有名气的青年作家了。特别是长篇小说《财主的儿女们》，给路翎带来了前所未有的声誉。他的朋友和导师胡风曾在该书的序言中，热情洋溢地赞颂道：“时间将会证明，《财主的儿女们》的出版是中国新文学史上一个重大的事件。”① 走进中华人民共和国的路翎和胡风一样，被当作党的作家来对待。1950 年年初，路翎从南京军管会文艺处创作组组长的职位上调到北京，任青年剧院创作组副组长。就当时而言，路翎无疑是受到重用的。路翎也焕发了创作的热情，走南闯北，深入实践体验生活，写出了《英雄母亲》《军布》《祖国在前进》等作品，发自内心地歌颂了新生的国家和人民，表达了自己对新生活的理解。但不久，他的作品《祖国在前进》就遭到激烈的批评。因为这个剧本描写了民族资产阶级的蜕变与成长，所以就被指责为“一部明目张胆地为资本家捧场的作品”②。路翎的朋友舒芜也在《文艺报》上发表了《致路翎的公开信》，敦促其改正错误，放弃资产阶级唯心论的文学观念。③ 联系到舒芜的自我检讨、对阿垅的批判，对路翎的批评显然是此时批判胡风思想运动的一部分。不过，这次运动是党内文艺思想的整风活动，针对的是胡风的“反马克思主义的文艺思想”“反现实主义”的主观战斗精神的观点，性质是党内的，采取的方式也是批评与自我批评。经过批判后的胡风还担任了《人民文学》编委等一系列重要职务。因此，路翎在政治和创作上受到的负面影响并不大，文坛对他的作品的批评也是正常的批评行为。

1952 年 12 月，全国文联组织作家深入生活，路翎主动要求去抗美援朝前线采风。在朝鲜期间，路翎写下了大量的散文和报告文学，记述了志愿军的英勇作战的事迹，赞美了他们的高尚品德，同时也描绘了朝鲜人民的苦难生活和顽强性格。这些文字很快见于《人民文学》《中国青年报》《文艺报》等报刊，受到文坛的欢迎和关注。1953 年 7 月，路翎回国。同年 9 月，第二届文代会召开，路翎被选为中国作家协会理事。无疑，这是对路翎表现的极大肯

---

① 胡风：《〈财主的儿女们〉序》，杨义、张环、魏麟、李志远编：《路翎研究资料》，北京十月文艺出版社 1993 年版。

② 陈企霞：《一部明目张胆地为资本家捧场的作品——评路翎的〈祖国在前进〉》，《文艺报》1952 年第 6 期。舒芜：《致路翎的公开信》，《文艺报》1952 年第 18 期。

③ 舒芜：《致路翎的公开信》，《文艺报》1952 年第 18 期。

定。在路翎的这些文字里，还是能看到一些突出的变化。作品的风格明朗高昂，无产阶级新英雄的形象也较为饱满，以往作品中底层人物内心的那种被奴役的痛苦，那种因长期被压抑而带来的神经质般的心理反应已经淡然退去了。从中不难看出，路翎在积极地适应生活、描写生活进而热情讴歌这种前所未有的由人民来主宰的生活。

二、非同寻常的 1954

从朝鲜战场回来后，路翎得以集中精力，从容地进行小说的创作。他的创作热情一发而不可收，短短几个月，创作出了四篇反映人民志愿军朝鲜战斗生活的短篇小说。它们是《战士的心》《初雪》《你的永远忠实的同志》《洼地上的战役》。① 这四篇小说在艺术上达到了相当高的水平，富有感染力。作为创作于同一时期的小说，它们之间的共同点也是显而易见的。首先，小说着重于塑造人物，通过对英雄人物的描写揭示生活的本质，激扬人们对于生活的热情。这体现了路翎的艺术追求。路翎曾说："从我的创作的最初起，我给自己拟定奋斗的目标。现实主义的文学的根本是在于描写人物，与具体的历史相连的、社会的人物，'典型环境里的典型人物'。"② 今天看来，路翎在这些小说中对于人物的塑造是极为成功的。特别是充分运用短篇小说的艺术技巧，利用波澜壮阔的战斗生活中的一个场景，一个"横截面"来凸显人物的性格，极为传神，小说整体上也显得较为精练和饱满。在阅读感觉上，也避免了他的长篇所带给人的那种滞重繁冗之感。再者，就是对小说中人物精神世界的深入描写。在路翎的小说中，描写人物感觉、心理乃至

① 这四篇小说发表情况为：《战士的心》发表于《人民文学》1953 年第 12 期，《初雪》发表于《人民文学》1954 年第 1 期，《你的永远忠实的同志》发表于《解放军文艺》1954 年第 2 期，《洼地上的"战役"》发表于《人民文学》1954 年第 3 期。这期间，胡风任《人民文学》编委。

② 《〈路翎小说选〉序》，《路翎小说选》，四川文艺出版社 1986 年版。路翎的这番表述虽然是后来做出的，但他的文学观有着一贯性。

潜意识是路翎最用心的方面，也是给人印象最深的方面。同样，在这四篇小说中，小说人物在战斗的缝隙当中，不断地联想到家乡、亲人以及往昔的生活。人物的心理一直处于波动中，有时甚至带有痛苦的成分，心理上的战斗和现实的战斗互相影响，进而推动故事的发展和人物性格的发展。就小说的篇幅而言，心理描写的比重很大，这在当时的文坛上无疑是引人瞩目的。

路翎小说的独异风格受到了相当大一部分读者的欢迎和赞美，“有人捧场，有人赞美，甚至有人专函祝贺”①，这也引起了批评家的兴趣。最先发表评论的是巴人，他所评论的对象是小说《初雪》，文章《读〈初雪〉》发表于《文艺报》1954 年第 2 期，而这时《你的永远忠实的同志》《洼地上的战役》还未发表。巴人的文章副标题为“读书随笔之一”，文风也如题所示随意自然、娓娓道来。这篇评论的基调是赞扬的、肯定的。巴人在文章中说：“因为他的描写是真实的，所以也有诗意。他的描写是生动的、细致的和具体的。”在主题思想上，这篇小说“能使读者意识到：被压迫民族的共同命运，就是生长他们敢于对敌展开共同斗争的伟大力量”，主人公刘强对朝鲜人民生命财产的爱“是自然流露的，但也是工人阶级的爱国主义和国际主义的感情的一个基础”。文章最后肯定了路翎的转变，认为“生活的实践也已带领我们的作家正从自己身上逐渐生长起对劳动人民的热爱的生长”，“这是一个人民作家在今天前进的道路，也是使自己有成就的道路”。巴人的论断没有错，《初雪》这篇小说一直是受到肯定的，中间虽有人提出一点批评意见，但批评意见并没有受到重视，影响也很微小。②

随后的对路翎小说的批评则基调大变，其关键因素则是《洼地上的战役》的发表。《洼地上的战役》描写的是这样一个故事：朝鲜姑娘金圣姬爱上了志愿军战士王应洪，王应洪为了遵守纪律而

① 刘金：《感情问题与其他》，《文艺月报》1954 年第 9 期。

② 周扬在与胡风论辩的文章《我们必须战斗》中，提及小说《初雪》，仍说他是这篇小说的欢迎者，后来的批评者的批评文章也极少涉及《初雪》。《我们必须战斗》一文发表在《文艺报》1954 年第 23、24 期合刊。

逃避拒绝这段感情，班长王顺则十分同情这份感情。不久，在一场战斗中，王应洪壮烈牺牲，金圣姬面对这些，逐渐显得坚强起来。这篇小说的题材相当敏感，最让人不安的是，它触及了爱情和纪律的矛盾，并且作者对这一矛盾的态度并不明朗。果然，这篇小说刚一发表就遭到批评家的批评。小说发表于《人民文学》1954 年第 3 期，一个月后，晓力和侯金镜的批评就先后见于《文艺月报》和《文艺报》。晓力的文章《从〈瓦格诺夫〉联想到〈洼地上的战役〉》，把路翎的小说与苏联小说《瓦格诺夫》做对比，两者都是描写战士在战斗中与少女产生爱情的故事，后者由于战士对于纪律的高度自觉性从而战胜了爱情，而前者则没有处理好这个问题。平心而论，晓力对于路翎的指责不无道理。小说中自始至终存在的这一矛盾没有得到合乎情理的解决，而由于王应洪的牺牲而得到的解决，多少带有不了了之的色彩。人们不禁要问，假如王应洪胜利归来并且荣获战功，那又该怎么办呢？路翎的小说不能不说是潜存着危机，经不起现实的考问。相形之下，侯金镜的批评“是提纲式的，提出了总的范围和结论”①。他的文章《评路翎的三篇小说》是所有批评文章中最重要的一篇，在《文艺报》1954 年第 12 期发表以后随即被《新华月报》8 月号转载，影响明显地扩大了。他所评论的三篇小说为《战士的心》《你的永远忠实的同志》《洼地上的战役》。前两篇小说发表得早一些，但侯金镜并没有作出评论，直到《洼地上的战役》发表后，他才撰文批评。可见，《洼地上的战役》更明显地体现了路翎创作上的错误，而这种错误在此前也有所表现，不过程度上要轻一些。在文章中，侯金镜是以一名部队政治工作者的身份提意见、作批评的，态度是与人为善的。关于写这篇文章的原因，侯金镜说这些小说有不良的倾向，“尤其在部队中间已经发生了不好的影响”。对于《洼地上的战役》，作者指出小说“用力渲染了爱情和纪律的矛盾”，由于小说的写作手法极富艺术感染力，从而“使读者对金圣姬的爱情不能不同情、不感

① 见路翎的反驳文章《为什么会有这样的批评》，该文连续发表在《文艺报》1955 年第 1~4 期。

叹”；“作者把由于爱情所引起的几个人的纤弱的感情写得千丝万缕，百无聊赖，于是爱情和纪律的冲突在这几个人的心灵深处就暗暗地，却又是有力地展开了”，“个人温情主义”的爱情“反而可以使兵士们的爱国主义、国际主义思想燃烧起来”。尤为值得注意的是侯金镜对小说结尾灰暗情调的指责，他指出小说结尾“虽然写了金圣姬的坚毅与自持”，但由于作者大力渲染了这种感情的美好，而“故事结束时的感情就不能不是阴暗的。这也正是为什么有些读者对这悲剧式的结果久久不能释然于心的缘故。这篇作品实际上在某些读者的心灵深处，也形成了一个战役，在那里攻击了工人阶级的集体主义，支援了个人温情主义，并且使后者抬起头来”。侯金镜还敏锐地指出，路翎把追求爱情的主动性放在金圣姬一方，从而避免小说出现麻烦问题。这是不无道理的。我们从文本中不难看出，路翎面对这一敏感题材，写作时也是较为紧张的，有时不得不在抒情之后补上几句说明性的言词，从而使小说出现一些不自然的地方，进而显出作者的窘迫来。对于《战士的心》和《你的永远忠实的同志》，侯金镜主要指出：路翎对战士的描写是不真实的，是把作者资产阶级的心灵世界、精神状态和行为方式强加给我们的战士，是对战士的贬低和侮蔑。而在创作方法上，则反映了主观唯心论的神秘主义倾向，是违反现实主义的。

侯金镜的文章引发了人们对路翎小说错误倾向的认识。随后，《解放军文艺》1951 年第 8 期发表了宋之的的文章《错在哪里》，批评对象只有一个——《洼地上的战役》。宋之的此时的身份是一名军队文艺干部，他的文章批评反映军队生活的作品，发表在《解放军文艺》上自然是情理之中的。宋之的的批评主要集中于路翎小说中的人物塑造问题。宋之的指出，这篇小说中的三个人物（王顺、王应洪、金圣姬）都是不能加以肯定的，都不是成功的典型人物。他们身上都有这样或那样的缺点，在无产阶级外貌下都有一颗资产阶级的灵魂，都是庸俗的温情脉脉的小丑。而作者这样写，就是对事实的歪曲，就是把自己的资产阶级的思想感情，以及由此形成的对战士心灵的错误理解强加给战士，就是对战斗和生活的本质的违背。在具体的评述中，宋之的着力于纠正一种错误的危险的倾向，即战士精神世界的庸俗化。他说："他所描写的志愿军战士，在战场上起作用的，却不是这种伟大的政治感情，而是我妈、我爹、我老婆，要不就是我的绝望的爱情、我的孩子、我的家乡中某一条小河里的鱼等等。"宋之的在文章中承认，战争与个人幸福是和谐统一的，但要放在解放人民、反抗侵略的大背景下来理解这种统一性。他的担忧是把个人幸福和残酷的战斗直接联系起来，产生"打仗就是为了回家娶媳妇"之类的思想，当然更不容许把二者对立起来。

侯金镜的评论文章也引起了不少人的反对，但这种声音并没有公开发出来，倒是关于这种声音的反驳文章发了出来。上海出版的《文艺月报》1954 年第 9 期在评论一栏里发了两篇文章，都是对于路翎小说的批评。刘金的文章《感情问题与其他》则是对反对侯金镜和晓力的观点的论调进行反驳。刘金的文章开头便说有几个大学生不同意侯金镜的观点，要进行辩论，而且文章经过某一大学教授的审阅，不过还没有发表。在这种情况下，刘金的文章采取问答的形式最终把对方驳倒。刘金在文章中详细辨析了感情问题，并明确指出把"爱情""个人家庭幸福"当作国际主义和爱国主义的思想基础是极端错误的和庸俗的，无产阶级应当具有崭新的敢于牺牲、乐观向上的感情。荒草的文章《评路翎的两篇小说》则采取了"文本细读"的方式评析了《洼地上的战役》《你的永远忠实的同志》两篇小说。关于前一篇小说，他强调了纪律与个人幸福的统一性，深入解释了纪律的内涵，认为一个战士应该有充分纪律自觉性，而不应当如路翎描写的那样，纪律是一种威压、一种外在于己的力量。关于后者，荒草指出战士的感情都带有变态的色彩，都是由于感情的残缺、孤独而痛苦地忍受着折磨，从而"对正义战争充满着极端浓厚的悲观主义情绪"。如果就事论事地说，这个论断不能不说是很有见地的。

这五篇文章因为都是发表在比较重要的报刊上，所以影响是比较大的。这几篇文章有着一定的联系，但这种联系大多属于正常的回应，批评文章也是十七年中正常的文学批评，并不像有些论者所认为的那样："一场批判路翎的运动在酝酿着"。如果换作是其他作家，也一样会引起文坛的批评。

三、批评的特征与诉求

1954年文坛出现的这几篇批评文章对于路翎小说的特点把握得相当准确，批评也显得有的放矢。路翎精心塑造了几个英雄形象，却正是这几个人物形象出了问题；路翎大力描绘人物的内心世界，却正是内心世界的描写出现了偏差。就路翎本人而言，可谓是“成也萧何，败也萧何”，而就批评本身而言，可谓是抓住了重点。除此以外，批评者还指出路翎小说的细节描写也有不真实的地方，有违常理，但属于次要的问题，因而并没有纠缠这一点。从中我们不难看出，批评家敏感的所在，乃是创作主体思想方面的倾向，而诸如细节描写等艺术问题则是较少考虑的，这在“政治标准第一”的年代实在是再平常不过的事。

在对路翎所犯错误的定性方面，最为频繁出现的词汇便是“资产阶级思想”。知识分子的资产阶级倾向是《在延安文艺座谈会上的讲话》以来主流意识形态所竭力批判的错误倾向。1949年后的文艺界，鉴于文艺队伍的良莠不齐，对这种倾向更是敏感。此前的对萧也牧《我们夫妇之间》、《武训传》的批判就足以说明关于这个问题的紧张程度。由于这种批判影响广泛，这种定性方式也流传得相当广泛，有时甚至也把作品歪曲事实的错误归结为“资产阶级思想”的表现。这种定性的批评对作家权利的影响并不太大，一般都是纠正具体的错误即可。① 在这样的背景下，批评路翎具有“资产阶级思想”，也是十分平常的，并不是发现了重大的危险动向，更不是在酝酿一场阴谋。

认真考量这些批评文字，不难发现一些有趣的特征，概括起来

---

① 一个例子是，刊发刘金和荒草文章的《文艺月报》1954年第9期，也刊发了批评小说《金桃的亲事》的文章，文章认为作者在小说中对少数民族的风俗习惯进行了歪曲的描述，并把这种没有调查就写的作风称为“资产阶级思想的表现”。

有三点，即对读者接受反应的重视、对倾向性的敏感、对苏联权威理论的援引。

（一）对读者接受反应的重视

这些批评文章给人的最大感觉便是冷静与客观，批评家的审美感受几乎没有表露。批评，对于批评家来说只是任务，而不是读了作品之后的自我感觉的尽情表达。侯金镜在文章开头便说明，他写文章的缘由是作品在读者中引起了不好的影响，作为一名军队政治工作者，他有责任站出来批评，而具体他自己的感受则不着一字。在文章中，他也常常设定读者群、设定读者的阅读心理反应进而代读者立言。这种话语方式相当有力量，到后来也越来越普遍。但这同时意味着批评家主体性的隐失。刘金的《感情问题与其他》以实例说明了这种影响的严重性。其余几篇文章也是针对路翎带来的坏影响而大做文章，义正词严，不容分辩。

（二）对倾向性的敏感

和重视读者接受这一特征相辅相成，批评家对作品的倾向性格外关注。他们并不满足于作家明确写了什么、作家公开的态度是什么，更多的是关心作家想要表达的内容以及文本造成的倾向性究竟如何。这一点，也以侯金镜的文章最为突出。他指出路翎在《洼地上的战役》里别有用心地把爱情的主动性放在了金圣姬一方，从而巧妙避开了爱情和纪律的直接冲突。小说的结尾虽然写了朝鲜姑娘的“坚毅和自持”，但由于作者过分渲染了爱情的美好，因而相形之下，格调是灰暗的。如前所述，侯金镜的文章是与人为善的，因而更多地施予了理解和同情，也有许多精彩的发现，但他在反对作品的错误倾向时，是毫不含糊的。宋之的的文章也对路翎作品的倾向性进行了指责，他担心作品过分描写战士对幸福生活的回忆和憧憬，从而给人留下“个人琐碎的幸福而不是国际主义、爱国主义精神激发了斗志”的庸俗而危险的印象。其他几篇文章也一致认为，小说客观上容易形成“个人幸福和伟大斗争相对立”的倾向，尽管在作者的笔下，对个人生活和感情的回忆最终没有影响战斗。就客观倾向来说，作者是无法把握的，而对之的指责，尽管相互矛盾，却也让人有口莫辩。今天看来，这种批评对文本意图的重视并非全部荒谬，而对作者意图的忽略甚至歪曲，则直接助长了粗暴批评的发展，这也许是善良的批评家们所始料不及的。

（三）对苏联权威的借重

这几篇文章还有一个特点就是对苏联文学典范和文学理论的引用。侯金镜的文章中引用了加里宁《论共产主义教育》里的一段话，晓力的文章直接用苏联小说《瓦格诺夫》作比，荒草的文章引用苏联小说《纪律的故事》来增强说服力，这和今天批评者对于西方理论的借重可谓是异曲而同工。当时，文学界极为重视对苏联经验的学习，因而对苏联文学理论和文学作品的译介，从质量到数量都是空前的。《人民文学》《文艺月报》这样的权威刊物每期登载的文章中，苏联文学和理论的篇幅几乎占到四分之一乃至三分之一。在这种情况下，文学批评方面对苏联权威的借重是再自然不过的事了。

每一种文学批评特征的背后，都有其特定的美学诉求。上述几篇批评文章也不例外，而且，相比个人化的感悟鉴赏式的批评，它们的美学诉求更加强烈。其美学诉求择其要者，可以归为两点：对本质化的追求，对乐观向上美学格调的崇尚。对本质化的追求，是无产阶级意识形态的根本特征。这种意识形态预设了一种历史观，预设了历史的本质，进而确立了本阶级在历史当中的地位、作用和发展方向，规定了本阶级的特征。它是抽象的，高于具体生活的。从美学上来讲，它要求以感性的形态来表现这种本质，这很类似于黑格尔对美的定义：美是理念的感性显现。在革命文艺历史中，从延安文艺整风运动以后，特别是在中国共产党取得政权的情况下，对于本质的描述是相对稳定的。其主要内容可以概括为：人民是历史的创造者，无产阶级阶级是人类历史上最先进、最有力量和前途的阶级，它所进行的斗争是必胜的，它所创造的社会是最美好的。无产阶级的道路是人类社会唯一正确的发展道路。批评家在批评时，对于事关本质的细节、倾向是十分敏感的，在这方面的批评力度也是最强的，而对作品性质的评定，往往也要上升到时代本质的高度去。这种批评倾向的末流，便是后来所谓的“上纲上线”。这种诉求大概也可视为文学批评史上迷恋“深度”“深刻”的一种正常表现吧。明乎此，便不难明白批评家对审美现象的忽略，对客观倾向的敏感了。在上述几篇文章中，批评家们无一例外地批评了路翎对无产阶级英雄本质的歪曲、对伟大时代使命及其本质的侮蔑，这些都不是没有道理的。

和对本质化的诉求相适应，批评家所崇尚的美学风格必然是乐观向上、积极高尚的，他们坚决地拒斥对生活做庸俗化的理解，甚至拒斥潜在地带有这种倾向的作品。因为他们对生活本质的理解是宏通而严密的，所以他们对作品美学上的纯洁性要求就特别高，也绝不容许作品的缝隙中透漏出与生活本质、时代精神不协调的思想、感情和格调。侯金镜的文章对路翎小说的灰暗情调十分不满，荒草的文章对路翎笔下战士心理的病态倾向也表示出不能容忍的态度。

四、路翎的反批评与“胡风事件”

1954 年对于路翎的批评并没有随着这一年的过去而消散，虽然这场批评本来可以在年内得以了结。其主要原因便是路翎写了反批评的文章《为什么会有这样的批评》。这篇文章长达 3 万多字，连载于《文艺报》1955 年第 1～4 期。这篇文章写毕于 1954 年 11 月 10 日，还没有逸出 1954 这个非凡的年份。此前，路翎对于中华人民共和国成立初期自己作品受到的批评，写过个人的意见和初步检查，投寄到《文艺报》，但是杳如黄鹤，没有回音。但是，这次《文艺报》却慷慨地腾出篇幅，分四期把文章登出来，就显得意味深长了。事情还得从 1954 年说起。1954 年中国文艺界的最大事件便是对俞平伯《红楼梦研究》的批判。在这个事件中，《文艺报》扮演了不光彩的角色。随即，文艺界展开了对《文艺报》的批判。对《文艺报》的批判从 1954 年 10 月开始，而此前的 7 月，胡风向党中央提交《关于几年来文艺实践情况的报告》（即“三十万言书”），对文艺领导层提出了尖锐的意见。胡风以为他的意见对于批判《文艺报》起了重要的推动作用，于是在11月召开的批判会上尖锐批评《文艺报》的编辑路线及相关领导人员。路翎的文章就是在这样的背景下写作和发表的。①

路翎的反批评文章采取的是攻击的态势，显示了在领袖鼓励下“小人物”的昂扬斗志。路翎在文章开始便说：“批评家们的态度更是十分横暴的”，“这种批评直接违反了党的思想原则和道德原则，因而是不能令人容忍的”。随后，路翎在文章中力辩，个人幸福是和国际主义、爱国主义精神相通的，朝鲜姑娘对战士的爱情体现了对中朝人民之间的深厚感情，也意味着对侵略者的极大轻蔑，对战争必胜的信心，而他也描写了战士们心灵的美丽和高尚。针对批评家的关于作品客观倾向的批评，他再三申明他写了纪律的力量、写了乐观精神的胜利，而批评家的解读则是不顾文本的推测，甚至是“捏造”，这种歪曲作品内容的批评反映了教条主义的态度和不良的审美心理，是对英雄人物的侮蔑。而面对“作品产生不良影响”和“细节描写不真实”的批评，路翎则回避了，没有作出辩驳。有趣的是，路翎在反驳中也多处援引了苏联小说和文学理论来反驳对手，诸如《日日夜夜》《星》《普通一兵》，苏联《戏剧杂志》专论《论批评》乃至苏联的油画等，颇有说服力。路翎也指出批评家以政治判决代替艺术品评的倾向，并表示了一定的理解，同时又批评了他们“立法者”式的横暴的态度。路翎的文章很懂得运用文字上的技巧和逻辑策略，给人以雄辩之感。

鉴于此时路翎与胡风的紧密联系，有理由认为路翎写作此文受胡风的重要影响，特别是对批评家们“无冲突论”的指责，很可能是在胡风指导下或影响下写出的。也正因为此，当1955年风云变幻之时，路翎也和胡风一道获罪入狱、惨遭折磨，这大概是路翎始料不及的。这里有必要说明的是，胡风提交“三十万言书”是在1954年7月，胡风强烈批评《文艺报》是在1954年11月，而

① 路翎写作此文应在这一时期，不会早于10月，因为路翎反批评文章中提到的批评文章中最后两篇发表于《文艺月报》9月15日。

遭到批判进而批判升级是在1955年间。如果没有胡风的主动进攻，根本不会有后来的灾难，同样，如果路翎不在胡风的鼓励下于此时写作充满攻击性的反批评文章《为什么会有这样的批评》，他自身的错误也不会升级。而路翎的被批评早在1954年上半年就已开始，那么又有什么理由认为，对路翎的批评是“胡风反革命”事件的前奏呢？尽管对胡风观点的批评，因为宗派主义而对胡风的不满一直存在，但此前文坛对胡风及其同道一直坚持的是公开化的、同志式的批评帮助教育的原则，不存在也没有必要在暗中处心积虑地策划一场批判运动。所以，应该说1954年上半年对路翎的批评是正常化状态下的批评，尽管后来风云突变，但也不应因此而前推臆测历史。而且，即便在对胡风集团进行大批判的众多文章中，一些以路翎为批评对象的文章，也还是坚持说理的。①

十七年的文学批评荆棘满途，这并不是只有今天的人们才意识到的。当时的作家也好，批评家也好，都在为文学批评的发展焦虑不已，并且试图为建设良好的批评生态而作出努力。在顶层设计方面，中共中央则颁布了《在报纸刊物上展开批评与自我批评的决定》，这使得文学批评有了政策的支撑和借鉴。事实上，这个决定所提倡的公开坦诚的批评方式也起到了相当大的正面作用，从而在一定程度上避免了那种文人相轻、谩骂侮辱的旧习气。关于文学批评应该怎样写这个问题，文艺界发表了不少的意见。其中较有代表性的文章是罗石的《略论我们的文艺批评》和王淑明的《论正确的批评态度》。② 两者都表达了对于真正的文学批评迫切的希望，前者指出文学批评的主要的两种偏向，一种是以政治批评代替艺术分析，一种是不顾政治意义，作纯技术式的艺术手法的解析，总之是不能把政治批评与艺术分析完美浑融地结合起来的批评。而后者

① 如批评家陈涌的文章《我们从〈洼地上的“战役”〉看到了什么》就以理服人，论析透彻，指出了《洼地上的“战役”》的错误倾向，是正常的文学批评。不过，他的持论原则上与上述侯金镜等的文章大体相似，所以本书不再讨论。

② 前者发表于《文汇报》1951年5月28日，后者发表于《光明日报》1951年7月28日，署名裘祖英。

则指出了批评者的几种不好的态度，诸如“居高临下、盛气凌人”“不与人为善”“不讲原则、等量齐观”等。这两篇文章中提出的一些问题，在 1954 年对路翎的批评中也不同程度地存在，这也从一个侧面反映出十七年文学批评的常态。

虽然批评界花了一定的力气来清除粗暴批评的生存空间，但收效甚微。“文学批评的歧路”成了人们不断提及的问题，并且成了两篇极有影响的总结性文章的标题。① 对这种现象的解释，不是一篇文章所能胜任的，本书的意图在于通过对一个个案的梳理与分析，祛除事件本身的光魅，进而得以学术化地认识历史。对于路翎“为什么会有这样的批评”的疑问，本书前面的分析从某种意义上就是一种解答，即批评对本质化的追求、对美学格调纯洁性的要求。而从这个具体事件说开来，关于文学批评的歧路，我们或可获得更多的思考，比如革命情结的顽强生长、面向未来的冲动、评判历史的豪迈以及由此带来的新的审美趣味的不断发展，如此等等，在一个剧变的时代里，带给文学批评的必然是一条荆棘丛生的歧路。

① 一篇为于晴（唐因）所写，发表于《文艺报》1957 年第 4 期；另一篇为中国作家协会广东分会理论研究组所写，原载《羊城晚报》1961 年 8 月 17 日，后被《文艺报》1961 年第 9 期转载，题目改为《简单化的批评》。

第十章　十七年文学批评中的“地域色彩”问题

十七年文学是社会主义文学建构的最初形态。面对社会主义文学建构中的诸多问题，十七年文学批评家展现出了强烈的担当精神，他们孜孜以求地探索解决这些问题的方案，为之贡献了自己的智慧和心血。“地域色彩”作为社会主义文学建构中的一个元素，也得到了批评家的关注。十七年文学批评视野中的“地域色彩”问题，也承载了非同寻常的历史意蕴。

一、中华人民共和国成立初期的探讨与“地域色彩”界限的划定

抗战时期由中国共产党发起的民族形式讨论使左翼革命文学家意识到了民间形式的重要性。民间形式多以地方性的形态存在，这也使得左翼作家增进了对中国文化地域丰富性的认识，随之出现的关于“方言文学”的讨论则深刻影响了作家的创作走向。这些讨论兴起的背景是抗战动员所带来的文艺大众化的需要，也是因为处于战争状态，这些讨论不可能充分地展开并取得一致性意见。到了中华人民共和国成立之后，这些讨论有了进一步展开的契机，尤其是质疑“方言文学”合理性、有效性的意见开始凸显。

最先提出应该重新评价“方言文学”问题的是语言学者邢公畹，他在1950年8月撰文《谈“方言文学”》，旗帜鲜明地提出：“‘方言文学’这个口号不是引导着我们向前看，而是引导我们向后看的东西；不是引导着我们走向统一，而是引导着我们走向分裂

的东西。”① 面对此前一直被革命文学阵营所提倡的“方言文学”，邢公畹敢于如此立论，是看到了方言文学与需要民族共同语的现代民族国家建设之间的冲突。所谓“走向统一”“走向分裂”云云，确实是揭示了语言所维系的家国政治。邢公畹的论断也并非横空出世，因为不久前的1950年7月11日，《人民日报》在显要位置发表了斯大林的长篇论文《论马克思主义在语言学中的问题》。此文在方言和民族共同语的相关问题上明确指出：“方言习惯语和同行话只是全民的民族语言的支派，不成其为独立的语言，并且是注定不能发展的。如果以为方言习惯语和同行话能够发展为独立的语言，能够排挤民族语言并代替民族语言，这就是丧失历史前途和脱离马克思主义的立场。”“马克思承认必须有统一的民族语言作为最高形式，而把低级形式的方言、习惯语服从于自己。”② 斯大林的语言学说无疑是权威的、指令性的，也符合我国领导者对于民族国家建设的期许。邢公畹正是意识到了这一点，才对“方言文学”公开发难。邢公畹的文章很快引起了注意，《文艺报》1951年3月10日在“编辑部的话”中，特意介绍了这篇文章的内容，也点明了邢公畹的意见是在阅读斯大林《论马克思主义在语言学中的问题》之后“仔细检讨”所形成的。同期的《文艺报》还发表了周立波的《谈“方言问题”》、刘作骢的《我对“方言文学”的一点意见》和邢公畹的《关于“方言文学”的补充意见》。周立波应该说是“方言文学”的提倡者和践行者，他之前出版的长篇小说《暴风骤雨》采用了大量方言，在文艺大众化方面作出了具有积极影响的尝试。在《谈“方言问题”》一文中，周立波不愿意谈论“方言文学”问题，因为在他看来“过去和现在，都没有人正式提出‘方言文学’的口号”，他更愿意谈论“方言问题”，也即方言在文学中的表现力问题。在这个向度上，周立波依然为方言进入文学进行辩护，他表彰方言是“在人民的口头上天天反复使用的生

① 邢公畹：《谈“方言文学”》，《文艺学习》1950年8月1日。

② 斯大林：《论马克思主义在语言学中的问题》，《人民日报》1950年7月11日。

动活泼的、适宜于表现人民的实际生活的土话”，因而采用方言也切合现实主义文学“真实性”的要求。对于方言的地域局限性以及不好懂的问题，周立波则以实际例子表明“反复地使用几次以后，读者就会自然而然地理解”。刘作骢的意见则从“新形式的出现”需要“有所增益”的角度来肯定方言文学的合理性，认为方言可以为文学语言丰富词汇。邢公畹的“补充意见”则申述了“方言文学”的历史合理性，进而论证了现时期反对“方言文学”的必然性和必要性。他认为：过去“我们提出了‘方言文学’的口号，从那个阶段来说，并不是不正确的”；“因为这个口号，就是作为对反动统治阶级斗争的策略之一而提出的，是具有一定的革命意义的”。但到了“我们的国家已经是一个独立、民主、和平、统一，并且不断走向富强的国家”的现在，“我们是应该以正在发展中的统一的民族语来创作呢？（那就是说在我们的创作中要适当地避开地方性土话）还是应该用方言来创作呢？（那就是说我们的创作中特别去使用并且强调那些地方性的土话）”。邢公畹在这篇文章中明确指出“方言文学”和“民族共同语”建设之间的矛盾，认为我们必须“以正在发展中的统一的民族语来创作”。

邢公畹的意见自然得到了宏大话语的支持，因为它本身就处于宏大话语的内部。周立波尽管是已经获得牢固合法性的革命作家，此时面对现代民族共同语建设的强势话语，不得不采取低调的论辩姿态，为方言进入文学保留一个合法的通道。刘作骢的意见虽然强调民族共同语的建设是一个渐进的过程，但现代民族国家建设的迫切性已不大可能容许渐进中的迟疑和无法保证正面结果的尝试。尽管邢公畹也认识到“统一的民族语”正在发展中，而且周立波所提出的方言转化提升为民族共同语也未尝不是发展民族共同语的一条路径，但从总体上看，文学创作中对“地方性土话”的继续使用起到的更多的是对建立民族共同语的阻碍作用。不能不说，作为语言学者的邢公畹的意见是正确的、符合实际的。

在这样的新形势下，提倡“方言文学”的声音开始衰歇。即便是在运用方言方面颇有心得因而不忍放弃的周立波，也在随后的创作中采取了更为审慎的态度，但其创作的《山乡巨变》在方言使用上也依然受到了指责；在吸收方言土语进入文学创作上得心应手的老舍则直接表态“我以后写东西必定尽量用普通话，不乱用土语方言”①。具有卓著声望的批评家茅盾也有针对性地指出：“滥用方言和歇后语的后果，非但不能达到丰富语汇的目的，反而使文学语言流于粗糙庞杂。我们要丰富我们的语汇，但同时也要注意保持我们祖国语文的纯洁。”②

文学批评界对“方言文学”的重新考量，显示了文学转折的趋向，即由根据地文学形态或者说新民主主义文学形态转向社会主义文学形态。这一点，邢公畹在讨论文章中已经讲得很明白了。所谓社会主义文学形态，就是说文学必须为一个高度统一的现代民族国家服务。“现代民族国家”，一个很重要的内容就是其政权的现代性质，因而一个没有统一民族语、各地方言仍各行其是的国家是处于自然状态的，是谈不上现代的；而民族也是统一后的中华民族，不再是处于分化状态的自然的族群，方言的使用自然是受限制的。如果说，出于战时境况的考虑，动员群众参与抗日成为迫切需要因而大力提倡“方言文学”的话，那么当这一境况消逝，“方言文学”的生存语境就必然发生改变，面对新生的现代政权，“方言文学”的弊端开始呈现，其自身具有的疏离中央权威的力量就备受诟病。因此，在讨论中，“方言文学”的问题就转换为文学中如何使用方言的问题。在十七年文学整个历程中，经过几番讨论，主流文学界对使用方言这一创作问题仍报以审慎甚至消极的态度。

方言是某一个地域使用的语言，是地域文化的重要载体。中华人民共和国成立初期关于“方言文学”的讨论，一定程度上呈现了主流文学界对于“地域文学”或者说文学的“地域色彩”问题的定位。我们不难从中推导出，十七年文学对“地域色彩”的追

① 老舍：《拥护文字改革和推广普通话——汉民族共同语》，《北京日报》1955年10月25日。关于周立波和老舍在1949年后语言观念的调整，详情可参考刘进才《语言运动与中国现代文学》（中华书局2007年版）一书第十章《汉语书面语规范的确立与方言土语的规训》中的描述，本书写作也从刘著中获益良多。

② 茅盾：《新的现实和新的任务》，《人民日报》1953年9月26日。

求，不可能达到“方言文学”的层面，或者也可以说“地域色彩”到“方言”为止，方言成为地域文学不可逾越的界线。尽管周立波等人仍然没有放弃化用方言的努力，方言的进入也确实“在另一种意义上，表征着‘地方’或‘地方性知识’通过方言这一语言形态得以在文学中的有限度的保存”①，但值得强调的是，“有限度的保存”的限度其实相当严厉，纯粹的“地方性知识”或者说“地域色彩”的空间极为狭窄。

二、作为社会主义文学繁荣证明的“地域色彩”

通览十七年文学的经典作品，我们不难发现其中的地域色彩还是十分浓郁的。事实上，与中国现代文学三十年的历程相比，十七年文学的地域形态更加成熟。现代文学的生产与传播，主要集中在北京、上海以及抗战后的重庆、桂林、昆明、延安等城市，这些城市及其文化形态虽然程度不等地参与了作家的写作，但更多的是作为新文学的流通地而存在的，创作于这些城市的作品虽然也因人而异、多多少少带有“地域色彩”，但总体上看，地域色彩并不明显，色彩的种类也稍显单一。20 世纪 20 年代兴起的乡土文学创作潮流中，鲁迅、王鲁彦、柔石、蹇先艾对浙东、湖南、贵州等地的书写使人领略到“典妻”“水葬”等不同地域的奇风异俗，30 年代的京派中人沈从文、废名对湘西、湖北等地的书写也让人关注不同地域中的人性形态，但总的来说，地域色彩还是单一的，作家多来自东南地区，笔下呈现的地域也较为有限，更为重要的是，地域风景多被涂抹上一层悲凉的色调，成为老旧中国封闭蒙昧的写照。中华人民共和国成立后，文学的地域形态得到了很大改变，各个省区都开始拥有相应的文学机构、文学队伍和文学刊物。虽然著名作家和优质文学资源依然集中在北京、上海等大城市，但各个地方也开始发出自己的声音，并逐渐培养出自己的青年作家，这和现代文

① 蔡翔：《革命/叙述：中国社会主义文学—文化想象》，北京大学出版社 2010 年版，第 69 页。

学时期京沪之外的省区大多处于失语状态相比无疑是很大的改观。

出于乡邦建设的传统伦理惯性以及地方现代化建设的精神需要等诸多原因，十七年时期地方省区文学事业的建设大多强调作家对于本土地域风貌和生活状态的书写，这就给文学中“地域色彩”的表现提供了动力。虽然，对“地域色彩”的表现无一例外地都指向对革命合法性的论证，但还是让人感到地域文化的魅力。曲波的《林海雪原》、梁斌的《红旗谱》、欧阳山的《三家巷》、周立波的《山乡巨变》以及秦牧、杨朔的散文等作品之所以风靡天下，一个很重要的原因就是它们对地域风情画卷的描绘。这种描绘也得到了批评界的支持。批评界的支持大体有三个方面的原因。一是缘于论证革命合法性、普遍性的需要。文学作品对各个地域革命状貌的描述，体现了革命是“放之四海而皆准”的真理，是具有普遍的合法性的。批评家们也很注意从这个角度来评价作品。比如对于欧阳山的《三家巷》，评论家昭彦就以中华人民共和国成立“十年来的长篇小说，反映北方革命斗争的较多，反映南方革命斗争的较少”为由，高度评价《三家巷》“在我们的文学画廊中，恰好填补了这一片空白，这是一件很有意义的事情”。① 同理，关于反映革命后中国各个地方建设的文学作品，也在这一逻辑中得到了正面评价。秦牧的写中华人民共和国成立后南国风情的《花城》《花市》，李若冰的写西北大漠石油建设者生活的《柴达木手记》和碧野写新疆的《天山景物记》等，都得到了批评家的高度肯定。这一时期涌现的石油诗人李季、森林诗人傅仇、煤矿诗人孙友田等人的作品则把现代工业地域纳入了风景的范畴，这一具有现代性的写作行为被批评界视为可喜的现象，大量的热情洋溢的评论文章为之产生。

二是社会主义文学需要有一个生动多彩的肉身。在十七年文学的领导者看来，社会主义文学形态无疑是最好的文学形态，这一形态落实到具体文学作品也就是文学的肉身上，必然要求血肉丰满、

---

① 昭彦：《革命春秋的序曲——喜读〈三家巷〉》，《文艺报》1962 年第 2 期。

魅力四射。而事实上，由于无法确认社会主义文学形态的具体面相，尤其是政治氛围过于严苛，作为十七年文学领导者同时也是权威批评家的周扬等人常常为文学作品的苍白干瘪而焦虑，他们想象中的文学繁荣景象也理所当然地包括“地域色彩”的多样化。这一时期周扬等人在批评文章及会议讲话中多次呼吁风格流派的多样化，其中也包括对地域文化风貌的推崇。十七年文学中初具规模的流派如山药蛋派、荷花淀派也大多是由地域风情文化为基础而衍生的流派，而以柳青、王汶石为代表的陕西作家群，以赵树理、马烽为代表的山西作家群，以周立波、谢璞为代表的湖南作家群，以李准、段荃法为代表的河南作家群均以创作农村题材小说而闻名，他们的创作也都呈现了各自地域的乡土风貌和生活风情。批评家在阐释这些作家群体的成功时，也往往称赞他们对“地域色彩”的关注、挖掘和表现。在对一些知名作品的评价上，批评家也意识到了“地域色彩”在文本中的积极作用。比如对于当时畅行海内的曲波的小说《林海雪原》，批评家侯金镜称其为“一部引人入胜的长篇小说”，一个很重要的原因就是“《林海雪原》的环境描写”“是吸引读者、引起读者兴趣的一个重要方面”，“它不仅从侧面烘托了小分队英雄战士们的革命气魄，而且给这本书平添了不少传奇色彩”，读者很容易“被那北满的深山密林莽莽雪原的壮丽景色迷住”。① 关于杨朔的散文名篇《海市》，冰心在评论文章《〈海市〉打动了我的心》中直接说：“我喜欢杨朔的散文，有几个缘因，一个是：他所抒写的东西，有些是我所熟悉所热爱的，比如说，渤海湾的山水人物。看到关于这些的描写，往往使我心魂颤动！”② 古人谈论以描绘风景为内容的文学作品的成功，经常使用的一个词汇是“江山之助”。在政治批判跌宕起伏的十七年文坛，之所以还存在不少成功的有特色的作品甚至是“引人入胜”之作，“江山之助”不能不说是一个重要原因。十七年文学批评界当然也注意到

① 侯金镜：《一部引人入胜的长篇小说——读〈林海雪原〉》，《文艺报》1958 年第 3 期。

② 冰心：《〈海市〉打动了我的心》，《文艺报》1961 年第 6 期。

了地域书写所释放出的异彩，因而充满兴味地肯定，视之为冲淡文学作品概念化、模式化的良药。

三是“地域色彩”的营造成为民族风格的重要内容。民族风格或者说民族化问题是十七年文学的一个贯穿性主题，但在不同时期呈现的程度大为不同。如前所述，中华人民共和国成立初期的一段时期里，对文学现代性的追求成为文学批评的主调，由苏联确立的社会主义现实主义成为最高的创作原则和最佳的创作方法。社会主义现实主义原则所秉承的文学史链条基本上是以西欧文学史为线索建立的，尽管社会主义现实主义处于这个链条的最前端，并且处在超越之势，其推崇的文学形态也追求社会主义世界范围内的规格同一化，但形诸实际这一文学形态无疑是以西欧文学为基础、为参照系的。而在中国，社会主义现实主义也内在地承继了“五四”以来西欧文学所拥有的现代性的光魅，其合法性是毋庸置疑的。这就对中国文学的民族形式的发展建构带来了压抑。一个比较典型的例子是，在中华人民共和国成立初期赵树理和他所提倡的“说说唱唱”的民族形式的文学处于低潮，赵树理的作品被视为难登大雅之堂的亚文学形态的作品，赵树理本人则奉胡乔木等人之命“进部读书”，胡乔木开列给他的学习书籍则是列夫·托尔斯泰等一些西方经典作家的作品。① 到了1956年，随着“百花齐放”政策的出台，社会主义现实主义的权威有所削弱，文坛上周扬等人开始有了“社会主义现实主义是最好的创作方法，但不是唯一的创作方法”之类的说法。主流文学界开始意识到社会主义现实主义所带来的教条主义倾向，也发现了这一原则对中国文学的遮蔽。周扬在1956年《关于当前文艺创作上的几个问题》的讲话中就指出：“苏联的社会主义现实主义一方面反对形式主义，另外一方面又不承认别的国家的文学有可取的地方，估价很低。过去它对中国这样的国家的文学，从来没有给予社会主义现实主义的评价，只说

① 关于赵树理在中华人民共和国成立初期文坛的情形，可参考李洁非《典型文坛》书中《老赵的进城与离城》一节的叙述，李洁非：《典型文坛》，湖北人民出版社2008年版。

是革命的或进步的文学。”① 从百花时代开始，文坛开始重视文学的民族风格问题，到了1958年“大跃进”民歌运动，毛泽东提出“现实主义和浪漫主义相结合”、新诗出路应到“民间”和“古典”中寻找等理论，民族风格问题得到进一步重视。尤其是20世纪50年代末期中苏关系破裂之后，中国文学彻底摆脱了对苏联老大哥的尊崇，有意识地重建自我的主体性，批评界形成了讨论“民族风格”的热潮。在讨论中，批评家重新评价了民族化的文学形式，传奇小说《林海雪原》、评书体小说《烈火金刚》得到了较高的评价；批评界提倡民族化的语言，反对欧化西化的语言句式，方言进入文学的限度也稍微有所松动。在批评界所认定的构成民族风格的要素中有对地域风情的描绘这一项。当时地域风情描写比较突出、比较自觉的作品，比如上述的梁斌的《红旗谱》、欧阳山的《三家巷》等，都得到了民族风格较为鲜明的高度评价。著名学者王起（王季思）撰文称赞《三家巷》“表现了浓厚的民族风格”②，评论者高风连续撰写两篇文章赞赏《三家巷》“反映了民族的生活内容”③，“对当时习俗风尚的细致逼真的描写”“在全书中随处可见，它衬托了小说的时代生活背景，也具有浓郁的地方色彩和民族特色”④。梁斌的《红旗谱》则被批评家认为“在创作上的显著特点是表现方法上的民族风格”⑤，其中对冀中地域生活风情的铺展描绘被许多批评文章视为民族风格的重要表现。在这一时期的批评界，不少人认为书写了浓郁的地域风情或者民族生活的作品就自然地具有民族风格。对于这一逻辑尤其是其中极端的观点比如“民

① 周扬：《周扬文集》第二卷，人民文学出版社1985年版，第413页。

② 王起：《我们以在文学上出现区桃、周炳这样的英雄人物形象而自豪——读〈三家巷〉》，《作品》1959年第11期。

③ 高风：《洗练而精粹的语言——二谈〈三家巷〉的民族特色》，《作品》1960年第2期。

④ 高风：《众山拱伏主山尊——一谈〈三家巷〉的民族特色》，《作品》1960年第1期。

⑤ 方明：《壮阔的农民革命的历史图画——读小说〈红旗谱〉》，《文艺报》1958年第5期。

族形式是表现了民族生活内容的形式”等，身为批评权威的茅盾并不认同，他专门撰写了长文《漫谈文学的民族形式》批驳了各种简单化的看法，强调民族形式的动态性以及生活内容与表现手法、语言的统一，但无论如何，茅盾还是强调“民族形式的小说必须有充分的真实的民族生活内容”①。“民族生活内容”落实到文学作品中总是呈现为具体地域的生活风情，地域风情虽然是内容层面的东西，但书写得淋漓尽致，会有丰富的色彩、趣味从内容中流溢出来。“地域色彩”是依托生活内容而超越生活内容的存在，因而批评家普遍感到谈论文学的民族风格无法离开具体化为地域风情的民族生活内容。这也是“地域色彩”的营造受到批评界鼓励的重要原因。

谈论十七年文学中的地域书写或地域色彩，值得注意的还有边疆地域少数民族风情的表现问题。在十七年紧张的文学空气中，少数民族题材作品拥有相对来说较为广阔的书写空间。比如对于爱情，闻捷的反映新疆少数民族青年生活的《吐鲁番情歌》就给予了大胆的描写和歌颂，这在描写汉族生活的作品中是少有的。而且，闻捷的这类创作也得到了肯定，周扬在《建设社会主义文学的任务》的讲话中明确说：“闻捷的《吐鲁番情歌》和其他表现新疆各族人民新生活的作品，以它题材的新颖和艺术上的魅力获得了读者的欢迎。”② 白桦、公刘等表现云南边陲少数民族生活的诗歌，李乔、玛拉沁夫等少数民族作家表现本民族生活的小说等作品也因为相似的原因受到了读者的欢迎。批评家对这些作品的评论总体上来说是积极肯定的，大多欣赏作品中鲜明浓郁的地域色彩，理由则和以上论述的三个方面相一致。但也必须看到，少数民族题材作品拥有的自由度是有限的，同样不能逾越论证革命建设合法性、增进社会主义文学丰富性、强化民族风格这一考量范围。一旦过于专注某个题材领域，也会受到指责。比如对于闻捷的情歌，臧克家就认为“他的诗的题材范围比较狭窄，对大时代的精神反映不够”，郭

① 茅盾：《漫谈文学的民族形式》，《人民日报》1959 年 2 月 24 日。
② 周扬：《建设社会主义文学的任务》，《文艺报》1956 年第 5 期。

小川认为情歌“表现这种新的生活、新人的思想感情还不深刻，不够强烈”，“避开了或无视了生活中的矛盾和冲突”①。对于闻捷的缺点的批评，昭示了主流文学界对于少数民族题材作品及其地域风情的书写是有要求的，不可能容许这些作品中有异质倾向或疏离性力量的表达的存在，总体上还是要求其服从社会主义文学一体化建构的需要。这自然是可以理解的，因为社会主义中国作为一个现代民族国家同样“赞美并力促道德的、宗教的、语言的、文化的同质性”②，“地域色彩”所展现的多样性、差异性只能位居于同质性内部。

三、十七年文学的地域问题蠡测

十七年文学是高度一体化的社会主义文学，这是和高度一体化的社会主义政权体制密切相关的，因而十七年文学的地域形态只可能是一体化内部的地域形态，不同地域文学的差异性也只可能是表面化的，甚至是形式主义的。

不过，当社会主义政权内部出现裂隙而且这种裂隙以地域的形式反映出来的时候，文学的地域形态也相应地会出现深刻的差异。对于十七年文学而言，一个极为典型的个案是1962年的广州和上海的地域文学形态。1962年3月，文化部、中国戏剧家协会在广州召开全国话剧、歌剧、儿童剧创作座谈会，史称“广州会议”。同时召开的还有也被称为“广州会议”的国家科委召开的全国科学工作者会议。两个会议目的都是落实国民经济调整后的知识分子政策，为知识分子脱“资产阶级知识分子之帽”加“无产阶级知识分子之冕”，极大地振奋了知识分子的精神面貌。会议之所以选

① 臧克家和郭小川的评论均系在1956年中国作协创作委员会诗歌组的发言，被写进报道《沸腾的生活和诗》一文中，载《文艺报》1956年第3期。

② ［英］齐格蒙特·鲍曼著，邵迎生译：《现代性与矛盾性》，商务印书馆2003年版，第97页。

择在广州召开，和当时广东以及中南局的领导人陶铸分不开。陶铸在其主政的中南局尤其是广东一直主张实行开明宽松的知识分子政策。据龚育之回忆，1961 年秋天，在讨论和贯彻中央关于“科学十四条”和“高教六十条”的指示过程中，时任中南局第一书记兼广东省委第一书记的陶铸，在中南局召开的高级知识分子会议上宣布：今后在中南，不要再一般地称知识分子为资产阶级知识分子！① 因为陶铸的作用，广东的文艺风气相较其他地域较为温和宽松，文学风貌也较为多姿多彩。比如秦牧的那些小品化的散文在《羊城晚报》上频频发表，并赢得一片赞扬，就和广东的不那么严苛的文艺空气分不开，如果在其他地方，大概是难以免除“资产阶级知识分子情调”之讥的。而同是在 1962 年，时为上海市委书记的柯庆施提出了文艺工作“大写十三年”的激进口号，认为强调只有写中华人民共和国成立以来十三年建设生活的作品才是社会主义文学。这一激进的、狭隘的同时也是严苛的观点很明显与文艺调整的大气候不相符，和广州会议的氛围则大相径庭，因而也受到了中国作家协会邵荃麟等人的抵制。但形势很快逆转，柯庆施所支持的张春桥、姚文元等激进狭隘的文学力量迅速地蓬勃发展，并取得压倒性优势。这一时期的上海，文学氛围和文学生态与广东的差异是极为明显的。两个地域文学形态的差异缘于主政者陶铸和柯庆施的差异，他们的差异也最终来自于中央政权内部对于文艺工作和知识分子工作的分歧。

综上所述，在一体化的文学时代，地域文学形态的差异从根本上来说是政治化的差异，地域文学形态差异性的起源、限度和终结都源于政治内部的裂隙。这是我们关注十七年文学地域形态必须注意的一个方面。

① 参见龚育之：《龚育之自述》中《〈科学十四条〉和广州会议》一文的记述，中央文献出版社 2009 年版。

第十一章　十七年文学研究中的文本解读问题

——兼论十七年文学批评研究的必要性

在中国当代文学研究领域中，关于十七年文学的研究逐渐成为热点。已有的成果已经表明，十七年文学是一个深具价值和潜力的研究对象。十七年文学研究所体现出来的品质已经赋予了当代文学学科以充分的学术尊严，除此以外，它所产生的思想力量也已经有力地参与了当代社会的变革。但是，十七年文学研究整体上尚处于初始阶段，已有的研究主要集中在文学的外部规范和文本解读方面，文本解读又多集中在长篇小说名著上面。特别是21世纪以来，文本重读类的著作比较集中地出现，极大地拓宽了研究路径，也暴露出研究者主体立场和学术理念的差异，当然也出现了一些不容忽视的问题。① 这些问题便成为写本章的契机。本章不打算也不可能解决一些重要问题，而是致力于对文本研究的述评以及对文本解读背后所依持的理念的梳理，进而提出一些新的问题，供大家讨论。

---

① 本章主要讨论的著作有：李杨：《50—70年代中国文学经典再解读》，山东教育出版社2003年版；蓝爱国：《解构十七年》，华东师范大学出版社2003年版；余岱宗：《被规训的激情》，上海三联书店2004年版；董之林：《追忆燃情岁月》，河南人民出版社2001年版，《旧梦新知》，广西师范大学出版社2004年版；萨支山：《试论五十至七十年代"农村题材"长篇小说》，《文学评论》2001年第3期。为了行文的方便，下文的讨论除了特别指明之外，一般即指这些论著，而不再一一标出书名。

一、重读文本：文学史研究的突围策略

文本，是文学活动的核心组成部分，也是文学史的血肉。对于研究者而言，它是发言的最基本、最直接同时也是最重要的依据。每一部文学史都花费大量的笔墨，对大量文学作品进行选择、排队、定性、评价。文学史叙述的信念相当程度上建立在对文学作品的论断上面。每一部入选文学史的作品以及与其两位一体的阐释，有力地构建了文学史的大厦。文学史叙述言之有据、论之有理，因而“大厦”显得无比坚固，似乎牢不可破，而其间忽略、遗忘、压抑和排斥的过程却消弭在文学史中。具体到中国当代的文学史研究，这种特征格外强烈。

崛起于艰难之际的现代中国，自诞生之日起，就以民族意识的觉醒为重要特征。20 世纪迈入当代之后，这种关于民族国家“共同体意识”更加坚定。① 以此为奠基，人们对于文学的理解呈现出惊人的一致性。在这一过程中，文学史的编撰和大面积教育发挥了不可估量的作用。文学史叙述者所阐述的文学理念、所判定的经典已经内化为接受者的常识。从内到外，从编撰到接受，文学史叙述可谓固若金汤。当然，一代有一代之学术。但代际的转换无疑是艰难的。除了主流意识形态的转换所携带的巨大冲击力之外，文学史研究还需要学者们大胆辛勤的努力。就中国的境况而言，文学史研究常常是社会意识变革的“早飞燕”和“报春花”，文学史研究者大胆前卫的观念常常成为社会变革的征兆。如此的处境，决定了文学史研究的变革，不可能一开始就是大破大立式的。相反，它极为讲求策略，选择以往文学史叙述最为薄弱的环节进行突破。它善于发现叙述的缝隙，善于质疑暧昧的论断。而具体的颠覆，其突破点

① 这里的“共同体意识”的说法，采用了安德森《想象的共同体》一书对民族、民族主义和民族意识的研究；同时也参考了鲍曼《共同体》一书对共同体“理想化”特质的描述。两书前者为吴叡人译，上海人民出版社 2003 年版；后者为欧阳景根译，江苏人民出版社 2003 年版。

常常是文本，突围策略常常是文本重读。文本重读成为文学史研究的突围策略不是偶然的，这主要是因为文学作品的特性是美感精神，而美感的意蕴是无尽的。这成为文本重读无穷无尽的理由。更重要的是，在文学史研究者眼里，文本是一个信息库，它的创作过程本身是一个意识形态话语的编码过程。在文本所容纳的信息里，有些是作者有意识地表达的，有些则是集体无意识式地传达了社会的经验和时代的精神。由此，研究者发现了新的解读空间，并产生新的文本阐释。

在文学史研究领域，重读文本是一个永远持续的工作。不过，文本重读的大量涌现往往出现在大变革的时代。就近取例，20 世纪 80 年代就是一个文本重读集中出现的时代。80 年代整体上笼罩在“新时期”这一意识形态话语之下，文学研究界弥漫着“重读”“重评”“重新发现”“重写”的冲动，充溢着“改革创新”的焦虑。在 80 年代，文学界重读了《野草》《子夜》《在医院中》等在过去文学史中受到不恰当解读的作品，重评了鲁迅、茅盾、丁玲、鸳鸯蝴蝶派文人等作家，重新发现了沈从文、钱锺书、张爱玲、穆旦等作家以及中国现代文学中的现代主义等文学现象和思潮。① 这些研究和评判，发展到后来，就必然是“重写文学史”。从单个的文学作品到作家再到创作思潮，最后到文学史，可以看出研究的发展，同时也可以看出颠覆文学史写作的研究策略。同样，从 20 世纪 90 年代到当下，相对于 80 年代而言，又是一个革新的时代。特别是 21 世纪以来，文学出现了越来越多的新特征，这些新特征远非 80 年代的人们所能想象，因此作为一个独立的文学时段（比如“新世纪文学”）是可以成立的。同时，90 年代是文学界思想分化的年代，研究者很难取得像“新时期”那样的高度一致性。但无论如何，对 80 年代的反思已经开始。

如前所述，全面地颠覆一个时代的文学叙述是困难的。当下的文学史研究，也必须从文本重读开始。事实也正是如此。本章所考

① 这里所举的多为现代文学研究中的例子，这是因为在 20 世纪 80 年代，现代文学研究重评重读的力度最大，影响也最为深远。

察的十七年文学研究，是一个崭感而又颇具吸引力的领域。各种思想的力量都在这里交织，各种立场都在这里显现。面对这样一个崭新的研究领域，不同的研究者都采取了相似的研究方式——文本重读。这除了研究者的学术敏感之外，可操作性也是一个重要因素。相对于综合研究而言，文本重读也是较为容易着手的。当然，文本重读的意义呈现与工作量的大小也是相辅相成的。

事实上，十七年文本的重读其实早已开始，除了执着于价值评判的“重写文学史”思潮之外，黄子平、孟悦、唐小兵等人所从事的话语解构式的重读工作在90年代初已经开始。他们的重读工作集中体现在唐小兵所编的《再解读——大众文艺与意识形态》一书中。① 虽然此书在香港出版，内地难得一见，而且所读文本不限于十七年，但唐小兵等人的工作对当前盛行的十七年文本解读有着直接的影响。

二、寻找异端的冲动与现实刺激之后的调整

20世纪80年代以来的中国当代文学史论述，在述及十七年文学这一段时，总有一种掩饰不住的惋惜：惋惜文学的苍白无力和政治化，惋惜作品的概念化、公式化，惋惜“人与自我的失落”②，惋惜作家主体性的丧失，惋惜文艺政策的粗暴和僵化。而这样的文学史施之教育，使得人们对十七年文学充满了厌倦和愤慨。对于以“文学性”“人性”“主体性”为主导文学观念的20世纪80年代而言，十七年文学主要是以负面的形象见诸文学史的，艺术上不成功，是十七年文学给人们留下的主要印象。

然而，严肃的文学史研究者并不甘心于十七年文学一片凋零的

① 唐小兵编：《再解读：大众文艺与意识形态》，香港牛津大学出版社1993年版。

② 比如丁帆、王世城研究十七年文学的著作就以“人与自我的失落”概括这一时段文学的特征。见其合写的专著《十七年文学：人与自我的失落》，河南大学出版社1999年版。

局面。于是，“对 50—70 年代，我们（文学史研究者）总有寻找‘异端’声音的冲动，来支持我们关于这段文学并不单一苍白的想象”①。在寻找“异端”声音方面最为努力的，是陈思和及其率领的研究群体，代表论著为《中国当代文学史教程》②，此书别开生面，以作品解读为主要内容，通过对作品的有力解读建构当代文学史的新范式。最为引人注目的是，在十七年文学叙述中，本书提出了“潜在写作”和“民间形态”两个概念，并由此发掘了一些新人新作（比如张中晓《无梦楼随笔》），重新阐释了一些文学作品，其中不乏精彩的分析。“潜在”也罢，“民间”也罢，其实都可以说是“异端”。凸显异端的精神意义，贬抑正统写作的价值，这种文学史写作赋予了本书浓重的建构色彩，它显然在自信地向人们解答这样一个问题：什么是真正的文学？什么是好的文学？该书所提供的对十七年文学作品的价值判断和 20 世纪 80 年代流行的观念无疑，有些直接是“重写文学史”的结论。在对十七年文学文本的解读过程中，本书有意识地预设了一个二元对立结构，即主流压抑着民间、公共政治压抑着潜在的写作，从而对主流写作的复杂性、对民间写作的悖谬性估计不足，或者说缺乏理解之同情。这些都导致了文本解读乃至文学史写作的简单化现象。也许，正是建构一种文学形态的努力，使它不可避免地带有一切建构所带有的特征：褒扬一部分、贬斥一部分、压抑一部分、遗忘一部分。我们从这部文学史的阅读过程中，不难得出这样一个感受：作者在有力地守护个人的精神独立和自由，有力地守护文学的纯粹性。而这是不是文学史研究所要回答的问题、所要担负的承诺呢？是不是文学史研究的价值所在呢？它究竟会对我们的文学史研究产生什么样的影响？这些问题需要我们认真地思考和讨论。

与陈思和等人的论述相对，一些学者对十七年文本的解读逐渐

---

① 洪子诚：《问题与方法》，三联书店 2002 年版，第 78 页。

② 陈思和主编：《中国当代文学史教程》，复旦大学出版社 1999 年版。其具体撰写者多为陈思和的学生，因此较为准确地体现了陈思和的文学史研究理路。

呈现肯定的倾向。这些学者的研究源于对20世纪80年代话语的反思，并且与国内日渐浓厚的新左派氛围密切相关。这样的学术立场很大程度上基于对现实的关怀。90年代以来，国内贫富差距越来越大，弱势群体的利益受到极大的侵害，社会公平问题、三农问题等成为人们关注的对象。具有强烈承担意识和责任感的知识分子开始反思80年代以来的思想文化，同时反思十七年时期的社会制度和政策设计，希图从中寻找思想资源。文学研究者则从而开始“回眸”十七年文学。这些研究者竭力清除由于对十七年政治的否定而带来的对文学的否定。① 他们认为，文学是想象历史、组织生活的一种很重要的方式，文学是意识形态建构常常借助的力量。十七年文学作品对未来生活的设计，对理想人格的诉求，对民主平等社会的期待，对和谐的人际关系的向往，无论多么幼稚可笑，都蕴含着理想生活的真谛和值得尊重的情感气质。十七年文学作品所表达的激情，是人类自身生命的确证，是一股潜存于人类内心的永远向上的力量，而这些在今天这个萎靡的社会里严重匮乏。基于这一立场的文学作品解读，对十七年文学作品想象未来、组织生活的能力给予了充分的肯定，对其中蕴含的真诚的文学精神和充沛的生活激情进行了由衷的赞美。这些是文学研究界久违的声音。但是，这样的解读无疑带有情感宣言、社会批判的性质，尽管它对惯常的倾向进行了有力的反拨，但是我们仍旧无法从正面获知足够的历史信息，同时也无法无保留地认同他们的判断。但是有一点，我们从中

① 相关见解参看贺仲明《真实的尺度》一文，该文发表在《文学评论》2003年第4期。其实，这一问题刘思谦早在1983年就撰文讨论过，指出不能以政治判断代替文学判断，并运用“美学真实和历史真实”的观点进行了辩证的有说服力的阐释。这正是今天的文学史研究所努力倡导的倾向。具体文章为《对建国以来农村题材小说的再认识》，发表在《文学评论》1983年第2期，后收入其论文集《文学梦寻》一书中，河南大学出版社1994年版。不过，令人惋惜的是，刘思谦在近年出版的著作中认为自己的观点和陈思和《中国当代文学史教程》相比“显得苍白无力、相形见绌”。见刘思谦等：《文学研究：理论方法与实践》，河南大学出版社2004年版，第8页。

看到了希望，看到了颠覆80年代文学史大叙述的希望，这不能不说是鼓舞人心的。①

十七年文学研究的学术化，主要体现在以洪子诚为代表的学者所从事的工作上面。洪子城等人力图摆脱各种流行思潮的干扰，独立地进行历史认知工作，尽可能地将十七年文学历史化。这些学者在研究过程当中，致力于文学一体化建构过程的描述，其对史料的掌握、爬梳、分析的程度比之古典文学研究者毫不逊色，其判断的严肃性也让人诚服。这种方法运用到文本解读方面，同样地令人叹服，得出的结论稳妥有力而又令人耳目一新。这方面较为有代表性的论著是李杨、董之林、蓝爱国、余岱宗、萨支山等人的著述。②这些解读与前两种解读不一样的地方是：他们都把文本视为一个意识形态的编码系统，解读就是一个解码的过程。因此，解构主义成为其理论支撑，尤其是福柯的《规训与惩罚》和《知识考古学》所阐发的理论，成为他们论述的直接依凭。这样的解读明显承唐小兵等人的余绪而来，并且有后来居上之势。李杨等人的学术化解读搁置了价值评判的争议，从而集中力量研究文本生成的全过程。这样的研究已经深入到文本内部，从人物形象的设置、矛盾冲突的处理、人物欲望的释放和压抑、创作的有意识和无意识等层面进行了饶有趣味的分析，胜义纷出。比如李杨《50—70年代中国文学经典再解读》中对《林海雪原》体现的传统小说意味的分析，对通俗这一文学品质进入革命文学后境遇的分析；对《红旗谱》叙述中家族复仇与阶级斗争的巧妙置换，对作品中作家所做的对阶级斗争田园诗般的暧昧书写的无意识心理的描述等，都是令人拍案叫绝的。蓝爱国的《解构十七年》虽不免有些粗糙，不大侧重于微观艺术层面的分析，但也显现了其眼光的敏锐。其书中对《保卫延安》《红日》等革命战争文学所体现出来的兵的文化与兵的英雄及其对于国民素质塑造的影响的分析，都是发前人之未发的。余岱宗

① 此类文章目前还不多见，而且很少以单一的文本解读形式出现。旷新年等人近年来的论文中可以显现出这类解读的一些特征。

② 这些论著虽然被本章归为学术化的解构式阅读，但学术化程度不一，有的也带有较强的价值判断色彩。

的《被规训的激情》以艺术分析见长，他以对小说结构的精细分析论证了一个长久以来被忽略的事实：文本在微观层面出现的缝隙是其引起争议的重要原因。萨支山的文章《试论五十至七十年代"农村题材"长篇小说》融艺术分析与思想论证为一体，分析了《山乡巨变》《三里湾》《创业史》三者之间的互文性，足见其研究功力之深。董之林的两本著作《追忆燃情岁月》和《旧梦新知》，体现了作者对十七年小说创作的持久关注，两书属于整体综合的研究，无法集中笔墨对单篇作品进行分析，但是其所倡导的"理解之同情"解读理念却不容忽视。作者在书中不惮其烦，花费大量笔墨来阐明自己的学术理路，大概是意识到文本解读的不严肃会影响到整体研究的科学性，而发自肺腑之言吧。

值得注意的是，李杨等人对作品的观照带有一种现代性眼光，即认定十七年文本所体现出来的写作征候是现代性的，在文学史上是空前的。这不仅包括作品的美感形态和想象方式，而且包括作品所呈现的感情质地和叙述信念。这就和20世纪80年代对十七年文学写作陈旧落后的定性拉开了距离。这一变化无疑是深刻的，这反映了研究者对"纯文学"观念的反思和历史感的增强。

三、需要警惕的与需要完善的

前面论及的三种文本解读策略，都具有相当大的活力，但是也潜藏着一些危险，影响着文学研究的科学性和严肃性。陈思和《中国当代文学史教程》中的一些文本解读确属精彩，但也有一些解读出现问题，不能让人信服。比如书中对赵树理小说《锻炼锻炼》的解读，就有曲解的倾向。《锻炼锻炼》是赵树理晚期小说的名篇，据作者自己说，是"想批评中农干部中的和事佬的思想问题"①。就作品的风格和情感基调而言，仍旧是"问题小说"的路子。但《中国当代文学史教程》里的解读，却与此截然相反。书中认为：小说反映的是新型干部为了完成国家指令任务，而对农民进行强制威压的现象。作品中两个反面人物写得活灵活现，体现了

① 赵树理：《当前创作中的几个问题》，《火花》1959年第6期。

赵树理对她们的肯定，进而体现了赵树理对农村状况的忧虑。站在今天的立场上，当时的新型干部所执行的政策不应当被肯定，小说中反映的压制农民的现象也是确实存在的。作为一种反映论式的社会历史解读，这样的论断未尝不可。但要说这篇小说从深层次上体现了赵树理的对农村政策的反思和批评，则是没有根据的。就文本内部而言，小说的褒贬倾向很鲜明，这也是赵树理一贯的风格，所谓曲笔讽喻，很难获得文本的支持，也很难纳入到宽泛的文本意图场域中。① 就当时赵树理的个人遭际而言，他虽然对农村中的很多问题有看法，忧心忡忡，但绝没有发展到怀疑党的总体政策的地步。他所忧虑的多是一些具体的局部性的问题，而且此前此后都写过和政策相一致的小说。而且，以赵树理的为人为文，作者自述应是可以相信的。《中国当代文学史教程》对《锻炼锻炼》的解读之所以有问题，就是没有考察相关的事实，过分依赖推断的力量。其逻辑是这样的：赵树理写小说前后正对农村政策有意见，必然会在创作中有所反映。迫于压力，只好曲笔行文，明褒实贬。这是解读者最为青睐的异端声音的表现方式。而曲解文意、大胆假设疏于求证的根本原因则是寻找异端的过于强烈的冲动。

对十七年文学作品持肯定态度的研究者，主观评判的色彩也相当浓厚，同时缺乏“理解之同情”的态度。不过，这种研究对自己的定位有着清醒的认识：不期冀重写文学史，只希望参与社会变革。因而这类解读属于有着特定社会历史诉求的批评，因而也不太会有意识地去考究作品的话语含蕴。鉴于目前这类解读文章较少，问题还没有完全呈现出来，这里不作更多的评述。

在对十七年文本进行历史化的解读的学者当中，李杨是文学史意识和方法论意识最为明确的一位。他在一系列文章中，不遗余力

① “文本意图”这一概念出自艾柯的《诠释与过度诠释》。艾柯指出，在作者意图和读者意图之外，还应该有文本意图。文本意图是指文本所能容许的解读范围和场域，文本的编码过程不是混乱无序的。虽然文本意图不能判定哪一个解读是最好的，但却能指出哪一个解读是不好的，是不能被容纳的，是对文本的歪曲。［意］艾柯等著，王宇根译：《诠释与过度诠释》，三联书店 1997 年版。

地倡导对当代文学史进行“知识考古学”式的研究，尽可能地呈现当代文学复杂的图景。① 对于文学史叙述以及与其紧密相关的作品评判，李杨深刻地认识到其话语性质，并在自己的研究实践中竭力避免价值判断的介入。李杨的警惕使得他的解构式阅读更为彻底，也使得文本中被价值评判所压抑的信息更大程度地释放出来。在此基础上，李杨得以从容地从文本进入历史，发现历史的诡异性和破碎性。李杨对自己文本研究方法论的解释是：“不是研究‘历史’中的‘文本’，而是研究‘文本’中的‘历史’，或者说，关注的不是‘历史’如何控制和生产‘文本’的过程，而是‘文本’如何‘生产’‘历史’和‘意识形态’的过程。”② 这诚然是理想和高妙的研究方法，但事实是文本和历史相互纠结在一起，生产与被生产是一个循环的过程。即便李杨本人的研究也难以做到让生产与被生产过程相分离。除了对十七年文本所生产的现代性想象进行认定之外，李杨的大量工作还是体现在对历史生产文本过程的描述中。在我看来，在历史与文本之间分得过于清楚是没有意义的。值得注意的问题，倒是先入为主地预设好解读的策略和着眼点。任何先在理念的预设，即便是成熟的、宽泛的，也会给文本解读带来拘谨和限制，它在发现一些东西的同时又压抑了一些东西，文本携带的历史信息没有最大化地传达出来，而这又是研究者可以有意识地避免的。③ 蓝爱国的《解构十七年》虽然标明“解构”，

① 李杨的相关文章主要有：《当代文学史写作：原则、方法与可能性》，《文学评论》2000 年第 3 期；《没有“十七年文学”与“文革文学”，何来“新时期文学”》，《文学评论》2001 年第 2 期；《“文学史意识”与“五十至七十年代中国文学”》，《江汉论坛》2002 年第 3 期。这些文章虽然讨论的大多是文学史写作问题，但对文本解读具有同样的启示意义。

② 见李杨《50—70 年代中国文学经典再解读》一书的后记。

③ 这个问题已经有研究者指出。比如《天津社会科学》2005 年第 1 期上的郭洪雷的《面向文学史“说话”的福柯》一文就指出：由于对语境的不加分析的使用和理解，使“知识考古学”式的研究常常成为不自觉的对文学史“二元对立”话语模式的建构，进而重新追求整体性和确定性，丧失了解构的意义。虽然，郭洪雷的文章对福柯解构理念的理解不免有些绝对化，但提出的问题值得研究者深长思之。

但在书的前言部分预设了三个颇具有说明能力和有效性的概念：现代性、日常生活、物质话语。接下来的文本解读围绕着三个概念展开，由于预设在先，文本解读进行得就不是那么从容，有很多丰富的话语含蕴无法揭示出来，有时明明观察到了，但不好逸出自设的框架。本来自由自在地发现历史的过程变成了求证三个概念的过程。知识考古成了无知识可考地沿着固定路线的旅行，这大概是作者始料未及的。余岱宗的《被规训的激情》也有把规训过程简单化的倾向，认为规训的过程是一对一的、主动和被动的关系。

十七年文学研究中的文本解读，在暴露出问题的同时，也显现了进一步完善的契机。在精彩的文本解读中，我们不时地发现其对文本内外信息的大量而又灵活的运用。“知识考古学”的魅力在这一过程中再一次显现出来。所谓“知识考古学”，不过是严肃学术工作的另一种说法罢了，它拒绝先入为主的判断，主张完备的史料搜集，致力于对“讲述话语的年代”的描述。正是如此，它直接契合的学科便是学术史研究（包括类学术史性质的研究）。当然，它对于文学史意识的自觉、文本历史化的解读，也是颇具启发意义的。具体到解读实践，就是注重对史料最大程度的掌握。在文本解读中，每一条相关信息的发现，都是对文本意蕴的丰富，都是对文本解读确定性的进一步把握，并由此生发出更为深刻的阐释。李杨的《50—70年代中国文学经典再解读》强调了书中所解读文本的互文性，在解读的过程中，征引了大量资料，排比分析、择善而从，“知识考古”的力度是非常大的。余岱宗的《被规训的激情》对20世纪30年代左翼文学与十七年文学的关系作了具体而富有意义的比较，以此为铺垫，对十七年文学的现代性作了充分有力的论述。萨支山对《创业史》的解读考虑了作者的因素，认为柳青20世纪40年代《种谷记》的撰写与《创业史》之间有着承续关系，其间反映了作者思想的发展，因而柳青的创作绝非完全依附于主流意识形态。孙先科《〈组织部新来的青年人〉的精神现象学阐释》

一文①，拨开纷纭解释的迷雾，从作者处境出发，利用拉康镜像理论，认为作品属于成长小说类型，反映了主人公成长过程中对如何塑造自身的忧虑。这些解读新见迭出而有理有据，没有故作惊人之感。

四、十七年文学批评研究的必要性

将文本进行历史化的解读，必然重视对文本产出语境的研究。在这里，语境不应当仅仅理解为创作的背景和过程，还包括文本产生之后的遭际，比如读者反应、文学批评乃至文本的修改等。当前已经有研究涉及对这些问题的探讨，但还不自觉，没有全面展开。② 在本书所述及的论著中，已经显现出语境研究的必要和可能。其中最为醒目的是，这些研究昭示了十七年文学批评研究的紧迫性。

在十七年文本解读实践中，对当时相关文学批评的分析，几乎起到了画龙点睛的作用。比如李杨在分析了《林海雪原》的传统因素之后，又分析了围绕《林海雪原》的评论，从而得出结论，即《林海雪原》完全依赖传统形式虽然带来了普及的成功，但不是最理想的写法，主流批评界所期冀的是对“五四”传统的超越而不是摒弃。这就打破了“五四新文学传统在当代断裂”的流行文学史叙述，极具思想冲击力，表现了深沉的历史感。李杨在论及《红旗谱》中的朱老忠形象时明确指出：“‘50—70’年代的红色批评家的水平并不像我们想象的低劣，直到今天，我们对朱老忠形象意义的阐发听起来仍然像是对他们的陈词滥调的复述。虽然他们还不会用‘成长小说’这样的时髦概念来定义《红旗谱》，然而他们

① 孙先科：《〈组织部新来的青年人〉的精神现象学阐释》，《中国现代文学研究丛刊》2004 年第 3 期。

② 如金宏宇的专著《中国现代长篇小说名著版本校评》（人民文学出版社 2004 年版）一书就探讨了《青春之歌》和《创业史》的版本变迁和修改历程，研究的方法和结论均令人耳目一新。

显然已经注意到了朱老忠形象承前启后的意义。”① 他明显地意识到十七年文学批评可能生发的研究空间，因而在解读其他文本时，也不同程度地对相关文学批评进行了研究，获益颇多。萨支山在研究《三里湾》《山乡巨变》和《创业史》之间的递进关系时，充分引用了当时的文学批评，有力地说明了十七年语境里农村题材小说的成功与失败，阐释了那一时代的文学理想和审美精神。余岱宗在其论著中提出：“在革命意识形态严格控制各种精神产品生产的时代，在主题层面上，至少是在‘显在’的主题层面上，‘政治不正确’的文艺作品几乎不存在面世的可能性。这就是说，已经公开发表的作品遭遇批判，通常都是在微观的叙述感性层面上为权威意识形态所排斥。”② 因此在艺术分析时，引入了一些当时的文学批评作为证据，取得了良好的效果。其实余岱宗的研究并不彻底，既然意识到作品主要在微观艺术层面出问题，那么就应当意识到问题的发现者多是职业批评家，进而加重文学批评研究的分量，而不是让其流于论证的点缀。当然，也毋庸讳言，文学批评研究的介入，意味着劳动量的加大，研究难度的提升。不过，在我看来，文本解读中文学批评研究介入的必要性，以及由此带来的困境，也许正说明了十七年文学批评作为独立研究对象的必要性越来越强。

十七年文学批评史的研究，其首要的意义便在于对当代文学史的更全面、更深入、更真切的了解。当代文学五十余年的历史，风雨兼程、曲折多变。其中，文学批评扮演了极为重要的角色，也因此成为文学史上绕不过去的存在，这一点，已有的文学史著述已经能够证明。就文学批评本身而言，其在文学认知活动中所表现出来的样态风貌，也具有重要的研究价值和意义。从某种意义上讲，相对于作家作品、文学现象而言，当代文学批评所体现出来的对文学性的诉求、对文学生存环境的期待、对文学价值的探询以及对文学未来世纪的想象，是更为急切和强烈的。当代文学批评史是一部充

① 李杨：《50—70 年代中国文学经典再解读》，山东教育出版社 2003 年版，第 49~50 页。

② 余岱宗：《被规训的激情》，上海三联书店 2004 年版，第 12 页。

满着焦虑的历史，其内在的紧张具有丰厚的认识意义。不研究这段纷纭复杂的批评史，我们将会长时期停留于自己所建构的观念里面，而对历史只能做简单化、概念化的理解和想象。一个发人深省的现象是：在许多十七年文学研究著述中，有一个频繁出现的词——“主流意识形态”。研究者习以为常地使用它，但它包括哪些具体含义，这些含义究竟有没有变化，在何种场合何种时段发生了哪些变化，这些是待解的问题。探讨这些问题，单靠文本解读远远不够，而十七年文学批评研究的进行则显得十分重要。其次，十七年文学批评史的研究，对探索社会主义文化建构有着重要意义。十七年文学批评触及了很多重大的、关键的、敏感的社会主义文化问题，批评家们也对之作了艰苦卓绝、持久深入、富有成效的探索。文学批评当中显现了时代的中心精神，也显现了时代提出的难题和困境。这些难题和困境关涉着我们对理想文学形态的想象。

十七年文学批评史的研究，是一片待开垦的学术园地，也是具有丰厚思想资源的学术领域。文学批评对文化建构的参与、文学批评的理想诉求、批评命题的演绎、文学批评的紧张和焦虑、文学批评家的心智与修养、文体批评的探索、批评方法论及模式的建构、批评资源的变换更替、批评文体风格的经营等，都是批评史应当研究的对象。

第十二章 《欧阳海之歌》与“文革”文学的发生问题

1965 年，由金敬迈创作的《欧阳海之歌》由解放军文艺出版社出版，随即在全国引起轰动，很短时间内连续印刷至 2000 万册。国家领导人接见作者并发表讲话，文艺界元老高度评价它。这些使得这部作品的意味颇不寻常，即使在奇迹频出的当代文学历程中，也有其引人注目的价值所在。伴随着《欧阳海之歌》的走红，“文革”发生了，一个崭新的文学世界来到了。时间上的靠近和评价上的升温，使得《欧阳海之歌》成为“文革”文学的重要信号，也从而拉开了与十七年文学经典作品的距离。而作者对于时代的敏锐感知，使得这部看似简单的作品充满了隐喻的色彩，特别是今天看来，其中无意识地反映出来的内容更加耐人寻味。这些是下文所尝试探讨的重点所在。

一、新人理想的实现

塑造社会主义新人形象是社会主义文学的主要任务之一。“虽不能至，心向往之。”新人形象由于其具体性和感召力成为社会主义教育的重要倚重力量。更重要的是，成功的新人形象都必然是典型形象，也就是说，它具有普遍性和代表性，“融共性于个性之中”，常常是时代精神的体现。而且，由于时代被认为是一直在前进的，所以典型不仅仅是被动地反映时代，不仅仅是做新闻的响亮的“马后炮”，而且必须要有一种预测未来的能力。这就要求作家必须具备时代的敏感性和正确的前瞻力。也正因此，“典型形象”

这个语汇在典型问题大讨论之后，较为微妙地被“新人形象”所替代。① 新人形象的成功与否，常常是一个作家成就大小的标志。因此，在十七年文学的经典建构中，时代性、新人形象成为一个重要的指标。《保卫延安》《红日》《林海雪原》《红岩》这些讲述中华人民共和国由来、论证中华人民共和国合法性的叙事，尽管受到高度评价，但在文学经典序列里并没有得到高度肯定。相比之下，《红旗谱》《创业史》等描写当时现实的小说更容易受到推崇，特别是《创业史》，是主流批评家眼中的顶峰之作。这不单是因为作家柳青本人深沉扎实的艺术追求，也不单是因为作家彻底深入生活的创作态度，根本原因在于作家描写了当前的事情，寄予了自己对生活和未来的理解，并且倾全力树立起了一个光辉的新人形象梁生宝。批评家看好的是作家形象而又正确地把握未来的那种气度，而在形势变化日新月异、一日千里的时代，这样的气度殊为难得，因为就连批评家也不敢确认什么是正确的方向、什么是正确的新人。对于处在变化中的文学界来说，新人理想恐怕是永远的焦虑。这种焦虑也反映在对消极文学观点的批判上。一个鲜明的例子是，1962年的文艺调整中，邵荃麟作了《在大连“农村题材短篇小说创作座谈会”上讲话》，提倡写中间人物，认为其更能表现时代的形势。这种观点不久即遭到批判。显然，此时主流意识形态所要求的不是没有方向性的时代描写，而是能反映时代本质和前进方向的新事新人。新人理想的焦虑一直持续着，从 1962 年到 1965 年，这段时间基本上没有成功的长篇小说出现。在这种状况下，《欧阳海之歌》的出版有点横空出世的味道。

《欧阳海之歌》顾名思义，乃是对英雄欧阳海的讴歌，这个颇具浪漫色彩的名字多多少少含有几分发现新人的欣喜之情。批评家首先发现的，也正是小说对新人形象的塑造，并在此意义上给予高度评价。李希凡《社会主义时代精神的最强音》、阎纲《当代英雄的典型形象——谈长篇小说〈欧阳海之歌〉的英雄人物》、张立云

① 关于典型问题讨论的具体情况，可参看朱寨主编：《中国当代文学思潮史》，人民文学出版社 1987 年版，第 263~284 页的论述。

《英雄的时代、时代的英雄》、刘白羽《〈欧阳海之歌〉是共产主义的战歌》等文章都从新时代、新人物的角度进行立论，激情赞扬《欧阳海之歌》的高度成就。① 而陈毅在接见作者时也评价说：

> 过去我们舞台上演的多是些帝王将相，才子佳人，缺乏时代的革命气息。文学创作方面，反映当前现实斗争生活的优秀作品也不多。近两三年来，情况有了很大转变，我们已经有了我们自己时代的电影、戏曲和话剧。但是写社会主义时代英雄人物的长篇小说，写得像《欧阳海之歌》这样好的还是第一部。可以说，这是一部带有划时代意义的作品，是我们文学创作史上的一块新的里程碑。这是党的领导、群众的热情帮助、作家的努力的产品。②

在此之后，批评调子基本上没有大的变化。在为数众多的批评文章中，很多只是各地各界的表态。这些文章无一例外地认为：欧阳海这一新人形象的成功，在于小说主要笔墨用在了描写欧阳海努力学习和掌握毛泽东思想的经历上，从而也指出了毛泽东思想是时代的本质和未来发展的方向。作家自己也承认了小说在塑造新人方面的用心：

> 这是60年代出现的一批新人，从刚刚懂道理起就用毛泽东思想武装起来的新人……这就要求在作品中，必须首先把欧阳海作为一个阶级的化身来写，写出他朴素而坚定的无产阶级立场、爱憎分明的阶级感情，写他在社会主义时代兴无灭资斗

① 四篇文章分别见《文艺报》1966年第1期，《人民日报》1966年1月18日，《文学评论》1966年第1期，《人民日报》1966年3月26日。

② 《陈毅、陶铸同志在接见〈欧阳海之歌〉作者时谈社会主义文学创作上的一些重要问题》，原载《羊城晚报》1966年2月26日，《文艺报》1966年第3期转载。另外，本章在谈及主流意识形态代表、激进主义者时，均是根据具体环境作出的判断，不涉及对具体人物的定性问题。

争中成长，这才能如实地反映出欧阳海的本质来。①

作者在创作自述中所交代的“学习英雄、理解英雄、表现英雄”的三部曲，也体现了那一时代作家的最重要的素质。

二、小说文本的隐喻色彩

从小说类型的视角来看，《欧阳海之歌》具有鲜明的成长小说的色彩。欧阳海在成长的过程当中，有成长的动力（从小对剥削阶级怀有刻骨仇恨），有现实的导引者（关英奎和曾武军等），有想象的导引者（董存瑞、黄继光、邱少云、雷锋、王杰等军队革命英雄谱系中的人物），更为重要的是，在20世纪60年代入伍的欧阳海有了毛泽东思想作为力量的源泉——这在小说中具体表现为《毛泽东选集》——一切都不一样了。这就使得欧阳海不像别的成长小说中主人公一样，只是一个幼稚软弱的被询唤者（比如《青春之歌》中的林道静），而是有着自己蓬勃旺盛的接受消化能力，并且有能力去挥洒毛泽东思想的力量且取得成功。小说写到这一点非常有意义。正是在这个意义上，欧阳海彻底释放了它的能量，克服了许多难以想象的困难乃至生理极限，创造了许多奇迹。值得注意的是，作者还写到了欧阳海对他的上级代理副指导员薛新文官僚主义、主观主义的批评，而且所凭依的正是毛泽东思想。② 这就有力地表现了一代新人的超越性的品质。关于这种品质，小说中的关英奎曾感叹：

---

① 金敬迈：《〈欧阳海之歌〉的酝酿和创作》，原载《羊城晚报》1966年2月26日，《人民日报》《文艺报》《人民文学》等均有转载。

② 这一情节曾经受到部队文艺领导人的批评，在出版时曾被要求删去。由于作者的坚持，这一情节得以保留，不过原来的指导员被换成了下连队锻炼的代理副指导员。参见罗永常《荣辱相随：金敬迈与〈欧阳海之歌〉》（《党史文汇》1994年第5期）和张骥良《〈欧阳海之歌〉作者金敬迈的沉浮》（《炎黄春秋》2004年第1期）两文的描述。这个细节对于我们理解文本也颇有意义。

> 可是今天的战士呢，他们直接从毛主席的著作中获得前进的力量。再加上他们经历了合作化、公社化这些伟大的变革，在新社会培养教育了十多年，这比起我们为保田保家而参军那工夫，可是大不相同了。比方，今天有哪个战士给你提意见，他准能根据主席的教导，分析得头头是道。这意味着我们战士的觉悟水平、理论水平大大提高了嘛。①

这就意味着具有先进思想的新人必然带来一种新的气象，造就一个新的时代。作为一代新人杰出代表的欧阳海，其所焕发出的力量必然是摧枯拉朽的。关于欧阳海形象的意蕴，余岱宗曾在文章《超人英雄的难局》中作过精到的分析，他认为欧阳海经由学习毛泽东思想而获得的主体意识使他的革命激情呈现一种过剩状态，这种革命激情使得欧阳海与部队纪律和官僚体制之间产生了冲突，而革命激情反而成了被规训的对象。这种情形是一种悖论，也是一种难局。② 本章认同这种分析，但需要指出的是，这只是客观呈现的面貌，而对此作一种隐喻式的解读似乎更加合乎文本内部的逻辑理路。

我们不妨分析一下小说中的时间和空间问题。小说呈现的时间性是非常分明的，从中华人民共和国成立前到中华人民共和国成立，从中华人民共和国成立初期的解放农奴、铁路建设到20世纪60年代军委《关于加强军队政治思想工作的决议》的传达、《毛泽东选集》第四卷的出版，每一个时间点都被赋予重大的意义，这些时间点共同营造了一个进步的信念，而对于时间、进步等观念

---

① 《欧阳海之歌》，解放军文艺社1965年版，第415页。《欧阳海之歌》曾经修改再版，但修改版与本章论题没有直接关系，暂不论及。

② 余岱宗的文章见《文艺理论与批评》2003年第4期。文章中谈到的激情的被规训实质上只是文本客观呈现的内容。过剩的激情最终还是爆发了，欧阳海的上级主观上并不想抑制这种激情，而是鼓励这种激情的正当化。最根本的冲突在于，现实生活的正常化抑制了欧阳海因向往革命年代而产生的英雄梦想。

的强调正是现代性的核心含义。在现代性的观照下，关英奎所作出的代际感叹，实际上是对欧阳海新人性质以及时代进步态势的进一步确认。相比之下，小说中的空间问题更加微妙了。欧阳海的主要活动空间可以分为军营内外两个区域，在军营内，欧阳海主要进行的是思想的改造，使自己的思想更加纯粹，而这对于其内心深处的英雄梦来说，有意无意是一种压抑；而军营之外的世界给欧阳海提供了许多立功和释放激情的机会，但几乎每一次激情的释放都让他违反了军队的纪律，招致了上级的责难。从创作技巧来讲，这些当然是作者为推动情节发展而有意设置的矛盾结构。但反过来想，如果我们认为这部小说具有真实感的话，也即作者是在认真地从时代矛盾冲突中寻找时代英雄新人的话，那么在客观上，这部小说是否反映了这样的情境，即在毛泽东思想的教导下，青年一代获得了主体意识和革命激情，但这种革命激情并不能随意地释放，它的释放必须在体制之外，并且必然要最终冲破这层体制。如果这种隐喻式的解读不是过分牵强的话，那么，《欧阳海之歌》所呈现出的难局足以成为“文革”发生的信号。

其实，在更表面的层次上，我们已经能感受到《欧阳海之歌》所传达的“文革”气息，比如个人思想灵魂的严酷自审、肉体的受虐倾向以及重死轻生的决断，等等，都会让人想起“文革”英雄的种种状貌。也因此，在今天看来，《欧阳海之歌》更像是一个隐喻式的文本。

三、军队文化的胜利

《欧阳海之歌》是一部描写军队英雄和军营生活的小说，作者金敬迈是广州军区前线话剧团的一名普通的编辑。这部书的提议、出版和宣传都是由军队组织来完成的。在中华人民共和国成立后，军队的文艺团体在文艺界的地位和作用不容忽视，但像《欧阳海之歌》这样，宣扬新的英雄时代的到来并被广泛誉为“里程碑式”的作品出现在军队，这就无疑地宣告了军队文化的胜利。在军队之外广阔天地中的英雄青黄不接的时候，军队里的英雄却层出不穷地出现，这就向人们昭示：新的英雄只能在军队中出现，并且全国应该向英雄学习，向解放军学习。而事实上，由于中华人民共和国是在炮火中诞生的，军队的组织方式、思维方法以及由此形成的文化在相当长的一段时间内影响着人们的心理态势。军人在很大程度上带有精英的色彩，军队生活长久地被人们讴歌和崇敬，文学中的战争文化心理很突出地被表现着。① 不过，在相当长的一段时期内，由于中国现代化建设的全面铺开，和平生活的愿望占据人们内心，继续革命的诉求并不强烈，军队文化与其他文化形态相比，并不居优势地位。军队文化的全面勃兴是在“文革”时期，而《欧阳海之歌》可谓是一个小小的序幕。

在《欧阳海之歌》中，我们可以看到军队世界是一个非常单纯的世界——这大概也是事实，至今军队相对社会来说也是比较单纯的——没有情欲、没有各种各样的诱惑，是一个非常适合青年人成长的天地。英雄欧阳海就在这里成长了起来，异常地快速和健康，并且由于自觉学习毛泽东思想，欧阳海成长得十分茁壮。他所携带的能量常常使他跑出军营，直接投身到改造外部世界的实践中。除了在社会上助人为乐之外，作者还别出心裁地写了一章《家乡行》，在这一章中，欧阳海回家探亲，发现哥哥想走个人发家路线，并打算让投机分子傅承财的女儿嫁给欧阳海。面对这些问题，欧阳海发挥了他在部队获得的能量，说服教育了哥哥和傅承财的女儿，赢得父老乡亲的一片称赞。农村中出现的走小资产阶级道路问题，一直是农村题材小说所表现的热点问题。孙犁《铁木前传》、李准《不能走那条路》、柳青《创业史》、浩然《艳阳天》等一大批作品因为成功表现了这一问题而著称。而在《欧阳海之歌》中显得较为特别的是，问题的直接解决者不是党在农村的领

① 对此，陈思和《中国新文学整体观》（上海文艺出版社 2001 年版）曾有专章“中国新文学发展中的战争文化心理”进行论述，蓝爱国《兵的文化和兵的英雄》（见其华东师范大学出版社 2003 年版《解构十七年》一书）一文也有精彩的论述，可参看。军队在中国现代性建构中的地位和作用问题是一个很值得探讨的话题，本章限于论题，无法作更多的讨论。

导人，也不是以事实征服落后分子的农民英雄梁生宝这类人，而是一个军人。相对于平静优美的山村而言，欧阳海的到来与其说是一种回归，不如说是一种闯入，一种外在于此的强有力的力量的闯入。在《太阳照在桑干河上》等土改小说中，我们可以看到，扮演闯入者角色的是党的土改工作组，外来工作组的到来常常使平静的日子充满改天换地的激情。在这个模式当中，外来者往往是启蒙者，是具有先进思想和理念的人。欧阳海扮演的闯入者的角色也是这样，他有当时最先进的思想，有着无穷无尽的力量，如果欧阳海回家的时间更长些，或者说没有牺牲复员回家了，可以想见，欧阳海肯定会成为一个更加高大辉煌的“梁生宝”。

也许，把话说回来更有意思。在《创业史》等小说当中，英雄人物更多地带有军人的色彩，单纯的思想，顽强的意志，纯洁的精神，战斗的激情，等等。不仅如此，在这些小说中，我们会看到这样的情节，每当主人公去完成一项重要任务时，他都会组织一支类似军队的小分队，目标一致、纪律严明、服从指挥，最后成功地完成任务。比如《创业史》中梁生宝率领队伍进山砍竹子的情节，《艳阳天》中萧长春率领一批人抗灾自救的情节，小说和电影《我们村里的年轻人》中一群年轻人兴修水利的情节，如此等等，军人文化已经渗透了文化的各个层面。特别是在《艳阳天》中，主人公萧长春本身就是一个复员军人，并且在部队中得到锻炼，世界观、人生观发生很大改变。而在现实生活中，由于军队的高度组织性和纪律性以及高效率，也成为社会主义集体运动常常采用的组织形式。与之相适应，军人的地位和作用也越来越高。在农村，一个复员的军人常常被委以重任，担任生产队长之类的实权职务。而在“文革”中，军队文化发展到了极端的地步。中央号召“全国学解放军”并从体制上确立军管制度，每一个单位都有“军代表”，就连被改造的知识分子在干校中也被按班连体制编排。而“红卫兵”则直接宣告了兵的文化的胜利。

就文学而言，在“文革”前期，绝大部分文学刊物已停刊，文艺界万马齐喑，而只有《解放军文艺》一枝独秀，操纵着、营造着那个时代的文学想象。在这个背景下来理解《欧阳海之歌》

的产生和轰动，想必会对历史多一份“理解之同情”。

四、创世激情下的新文学

如前所述，《欧阳海之歌》的成功首先表现在它对新时代英雄人物的塑造方面，而对于成功原因的及时阐释，成为批评家的另外一个迫切的任务。敏感的批评家当然发出了他们的声音。冯牧在《文学创作突出政治的优秀范例——从〈欧阳海之歌〉的成就谈“三过硬”问题》一文中明确提出，这是作者金敬迈响应林彪同志“思想过硬、生活过硬、技巧过硬”的结果，是学习毛泽东思想的结果。① 金敬迈在《〈欧阳海之歌〉的酝酿和创作》中也描述了自己深入部队体验生活并最终获得灵感的过程。而陈毅在接见作者时所讲的“党的领导、群众的热情帮助、作家的努力的产品”，实际上就是后来在“文革”中大行其道的“三结合”的创作方法。不过在当时，这并不是有意提倡的创作原则，而是对《欧阳海之歌》创作过程的实事求是的总结。金敬迈在初版后记中说：

> 这部小说从搜集材料、酝酿提纲到初稿完成，一直是在各级党组织和首长的亲切关怀下进行的。尤其是六九零零部队领导机关、中共桂阳县委员会、《收获》编辑部、解放军文艺社以及欧阳海生前的战友们，对这次创作极为关心，给了很多具体帮助。特别应该提到的是，艾蒲、廖永铭两位同志不仅为本书提供了大量的素材，而且亲自参加了提纲的制订和书中具体情节、人物的设计。②

这些话除了客套性地对领导和出版机构表示感谢的意思之外，其所提供的信息也有不可忽视的真实性。而在具体的写作方法上，小说基本上是对英雄生平事迹的记录，是在“首长的授意下，在

① 冯文发表在《文艺报》1966年第2期。

② 《欧阳海之歌》，解放军文艺社1965年版，第486页。

真实材料的基础上产生的”。作者只是在“众多的材料中有所取舍，在时间、地点、英雄与周围人物的关系等方面，有所集中和概括”。因此，对这部小说的艺术性或者说小说之为小说的虚构性，作者一直是犹豫的。今天看来，这部小说更多地具有报告文学的色彩，严格地说是不能称其为小说的，而在当时，这被认为是无产阶级艺术的伟大创新。冯牧在文章中专门对《欧阳海之歌》的写真人真事这一艺术特点作出评论：

> 我们从作品中看到了一种对于一个革命艺术家来说也许是最为可贵的艺术特色，这就是：无论在人物性格的描写上还是在语言的运用上，作者都有着一种不受任何旧时代艺术技巧束缚的独创精神，一种敢于破旧立新和推陈出新、敢于走自己的路的革命精神。他在艺术上决不墨守成规，更不怕人家说他不守资产阶级文艺的旧规。而事实上他是尊重合规律的，不过，这不是什么资产阶级现实主义的陈腐规律，他所尊重的是社会主义革命的生活规律，是正在进行着伟大革命事业的工农兵群众的生活规律。作品的语言是流畅的、健壮的、明朗的、感情充沛的，有着一种战士的风格。从这一点，我们也可以看出来，作者所努力探索和努力掌握的是一种革命的、无产阶级的艺术创作规律。

冗长的引述却很能说明问题。我们从中不难感受到批评家的创世激情，这无疑也是时代的表征。在批评家的逻辑中，生活规律代替了创作规律，生活本身提供了一切，提供了人物和事件，甚至提供了语言风格和叙述的基本模式。生活本身美学化了，文学成为生活的直接复制，不需要作家再进行形象思维了。这诚如金敬迈所言：“英雄的事迹如此动人，事实上也不需要再搞什么虚构的东西了。”① 我们今天普遍感到“文革”中的文学“假大空”，这与其

① 金敬迈：《〈欧阳海之歌〉的酝酿和创作》，《羊城晚报》1966 年 2 月 26 日。

说是一种文学上的虚构，不如说是那时的生活本身在行使着虚构的功能。

在这样的文学理念的指导下，当时出现了许多现在看来应该归属于报告文学的作品，比如《焦裕禄之歌》等。唯一的文学刊物《解放军文艺》，几乎每期都推出一个歌颂解放军英雄的报告文学专辑，麦贤得、刘英俊等一大批解放军英雄为人民所熟知。同时小说、散文、诗歌变得罕见。权倾一时的林彪也及时地发表了他对创作问题的意见。《剑桥中华人民共和国史：中国革命内部的革命》对此做了有根据的评述："据林彪女儿林豆豆所言，林彪赞扬报告文学是一种集小说和散文的功能于一体的写作风格，与政治生活更贴切，有说服力，能在对人民群众进行的现实主义教育中发挥更大的作用。"① 而对于获得成功的金敬迈来说，要完全摆脱艺术加工、直接写真人真事，也是一件值得慎重考虑的事。在《〈欧阳海之歌〉的酝酿和创作》中，"真人真事与艺术加工""提高技巧""核实与提高"等作为问题提了出来。相对于激进派，这恐怕是一种保守的言论。这也多多少少是过渡期文艺特征的一种反映。

当时的激进派更注意挖掘《欧阳海之歌》的革命的一面、新的一面。陶铸就以金敬迈为例，说明创作并不神秘，一个人只要学习毛泽东思想并深入实践，"即使不是作家，也没有什么创作经验，也可以写出好的作品来"。他还把《欧阳海之歌》和工人、农民的创作联系起来，论证"少数人垄断科学和文化的时代是一去不复返了，我们正处在一个社会主义文化大发展的伟大时代"②。文学巨匠郭沫若在一次会上大力赞扬《欧阳海之歌》，并慷慨陈词，说他读了《欧阳海之歌》之后觉得自己的著作可以全部烧掉。③ 凡此种种，都预示了一个新的文学时代的到来。

---

① ［美］R. 麦克法夸尔、费正清编，俞金戈等译：《剑桥中华人民共和国史：中国革命内部的革命》，中国社会科学出版社 1998 年版，第 631 页。

② 《陈毅、陶铸同志在接见〈欧阳海之歌〉作者时谈社会主义文学创作上的一些重要问题》。

③ 参见《郭沫若与〈欧阳海之歌〉》，《红岩春秋》1996 年第 5 期。

五、“文革”文学发生问题的再讨论

“文革”的发生一般认为是以姚文元《评新编历史剧〈海瑞罢官〉》的发表为标志。而“文革”文学的起点，一般认为是以《林彪同志委托江青同志召开的部队文艺座谈会纪要》的发表为标志。这些界定在宏观层面是没有大的问题的。但是，文学史的分期历来是难以明确的。关于“文革”文学的发生问题，自然也有很多不同的看法，这些看法之间的分歧不仅仅在于对重大事件的评估方面，也存在于对“文革”文学内涵的认定方面。关于前者，中华人民共和国成立后的“反胡风运动”“反右运动”、新民歌运动、“大写十三年”文学运动以及1963年毛泽东对文学艺术的批示等事件都被纳入到讨论的范围，甚至连延安文艺也被视为“前文革时代”的文艺。在这些众说纷纭的议论背后，依持的是不同的文化立场。如果以自由知识分子的立场来看待“文革”文学的发生问题的话，那么整个左翼文学都带有“文革”文学的气息，都是一种“非知识分子写作”。① 看出“文革”文学与左翼文学之间的联系并不困难，但是辨析其间的细微差别以及存在的可能性却是一件颇为繁难的工作，这就必然要求我们对每一个历史的细节进行考究，进而厘定出不同的文学形态来。那么，讨论“文革”文学的发生问题，首先要明确的一个问题是：什么是“文革”文学？

关于“文革”文学的内涵，杨鼎川在他的专著《1967：狂乱的文学年代》中曾作了四点界定：怀疑一切、打倒一切的极端化思潮，文学对政治的绝对效忠和文学本体的彻底丧失，极端政治文化思潮和文学观念下的极端的文学创作模式，以大批判为基调的“棍子式”文艺批评。② 他的定义虽然建立在大量的史实考察和切

---

① 王尧：《“非知识分子写作”：文革文学的一种潮流和倾向》，《苏州大学学报》2000年第2期。

② 杨鼎川：《1967：狂乱的文学年代》，山东教育出版社1998年版，第1~10页。

身体验方面，但与传统的文学史对“文革”文学的界定并无大的分歧。这种观点更有力的表述方式是“‘文革’没有文学”。而王尧在《关于“文革文学”的释义和研究》一文中则从现代性的角度论定“文革”文学是20世纪中国文学“现代性的中断”，是一种摧毁现代性的文学。① 吴子林则在《现代性、现代性体验与“文革”文学》的文章中主张“文革”文学传达了一份真切而淋漓的现代性体验，并认为“文革”文学的形态是一种独特的现代性文学形态。② 这些主张有一定的合理性，但似乎无助于“文革”文学的清晰化。为了更准确地认识“文革”文学，有必要给“文革”文学作一个历史序列里的鉴定，也就是说从与其他文学形态的比较中去认识“文革”文学。

我们知道，“文革”文学之前是十七年文学，之后是过渡期的文学和“新时期文学”，在这些文学史命名之中探讨问题，注定要麻烦重重，特别是过渡期和新时期的文学，现在由于种种方面的原因，很难说清楚其具体的形态，③ 而且人们也一般认为从“文革”文学到新时期文学是一个分明的转折，而对于十七年文学和“文革”文学的关系，看法并不一致。较为占优势的看法是，“文革”文学是十七年文学发展的必然结果。而本章对此持保留意见，并想在辨析十七年文学和“文革”文学的基础上提供一些想法进行讨

① 该文见《文艺理论研究》1999年第5期。

② 该文见《天津社会科学》2005年第5期。

③ 关于“文革”文学向新时期文学的过渡过程，学术界很少关注，王尧在《矛盾重重的过渡状态》一文中对此问题有过初步的探讨，文章载《当代作家评论》2000年第5期。而在我看来，这一过渡含蕴着巨大的文学史价值，它意味着：由于“文革”文学被彻底否定，紧接着而来的又是异常新颖的新时期文学，而十七年文学的种种可能性并没有机会生长开来。也就是说，“文革”文学的结束，文学并没有回到十七年文学的状态，十七年文学的许多问题并没有在正常状态下得到进一步解决，而是直接被忽视，变得不成为问题。文学义无反顾地走向“新时期”。但这些问题并不能被彻底遮蔽，它像幽灵一样游荡在新时期乃至今天的文学中。这些是需要深入讨论的课题，本章无力讨论，但对于认识十七年文学和“文革”文学之间的关系，却具有参考价值。

论。本章认为，十七年文学是一种独立形态的文学。它的最大背景在于，强大而又巩固的中华人民共和国已经成立，现代化建设与和平生活成为社会的主旋律。这就决定了它与战时状态下的解放区文学有着根本的差异。解放区文学由于担负的功利任务异常繁重，作家们又普遍认同功利性的文学观念，所以这种状况下的文学带有浓厚的权宜性和过渡性，其组织形式也显得十分严格。① 但到了中华人民共和国成立后，由于建设一个现代民族国家的需要，特别是现代性的压力，使得战争条件下所采取的压抑现代性的政策得到改观，在文学方面，最突出的表现是“百花齐放”政策的提出。“百花齐放”从本质上说是一个开放的、追求现代性并创造新的现代性的政策，这样的政策也只能在一个强大开放的中国才能提出，20世纪二三十年代革命文学不可能提出，解放区文学也不可能提出。1942年《在延安文艺座谈会上的讲话》的发表，普遍被认为是左翼文学的一个重大转折。而“百花齐放”政策的提出相对于《在延安文艺座谈会上的讲话》而言，又是一次大的转折。只不过这次转折并没有完成，因而不大为人所注意。不过，如果对读这两个文本，不难发现其间的重大差异。当然，我们不能否认左翼文学的承续性，必须注意到它们在意识形态理想和文学理想方面的一致性，不过本章所要强调的是它们之间在现实判断和理想实现方式之间的差异。在十七年文坛，我们不难发现文艺意识形态的摇摆性特征，特别是它的发言人周扬，常常给人以捉摸不定之感。周扬既有“左”的一面，又在每一个政策松动的时期都主动发挥了重大的积极作用，甚至提出了“文艺为最广大的人民群众服务”这个概念。周扬所代表的文学力量并不仅仅只是执行毛泽东的指令，相反在很多时候，他们大胆地推进他们所期待的文学事业的进程。可以想

① 对此，胡乔木回忆道：“《讲话》正式发表以后，毛主席说，郭沫若和茅盾发表意见了。郭说，凡事有经有权。毛主席很欣赏这个说法，认为是得到了一个知音。有经有权，即有经常的道理和权宜之计。毛主席之所以欣赏这个说法，大概是他也确实认为他的讲话有些是经常的道理、普遍的规律，有些则是适应一定环境和条件的权宜之计。”见《胡乔木回忆毛泽东》，人民出版社1994年版，第269页。

见，如果他们完全彻底地取得文学领导权的话，是不会把文学推到"文革"那样的境地的。

基于此种理解，我认为十七年文学的内涵有必要重新理解，如果我们把十七年文学理解为十七年期间的文学现象的话，那么这将是一个十分含混的概念，本书倾向于把十七年文学形态理解为周扬等人所领导的文学形态，而"文革"文学形态则是江青、姚文元等人领导的文学形态。前者主张一种宽容的开放的文学态度，更强调现实积累和正面建设；后者则主张一种决绝的态度，更强调破坏反抗和变革超越。从现代性的角度来看，十七年文学形态更注重对较为普遍的、成形的文学现代性形态的追求，比如讲求文学的艺术性，讲求向苏联和西方学习；而"文革"文学则试图别立新天，创造一种前所未有的现代性文学。从其文学精神来说，"文革"文学所爆发的才是一种现代性的大破大立的那种文学精神。

而上述三种观点，尽管对"文革"文学的性质判断有所不同，但都倾向于认为"文革"文学是十七年文学的合理发展，而没有注意到它们在文学理想方面的差异。这是本章所不能同意的。因此，本章更强调"文革"文学对十七年文学的否定性超越的一方面。当然，"文革"文学不是一种无源之水，它是十七年时期被"十七年文学形态"所压抑的一种文学诉求的爆发。对于在时段上相连接的两种文学形态，我们自然可以毫无疑问地承认它们的连续性，承认这一点极为轻松但也似乎没有意义。我们需要做的，是分清楚两种文学形态之间的异同，进而真正弄明白"文革"文学发生的必然性和偶然性。关于这一点，常常使我想起现代文学界的一个争议，即对于晚清五四之间的关系问题，面对如日中天的"没有晚清何来五四"的说法，有的学者断然发问："既有晚清，何来五四？"在文学史研究方面，强调差异性和强调连续性虽属不同的取向，也不可避免地带有价值诉求的意味，但都无疑要求一种对文学史的仔细辨析，而不是仅仅停留于印象式的判断。正因为此，本章不愿意过分纠缠于名实之辩，而呼吁一种搁置大判断、加深细节探询的研究态度。

也正是由于对于十七年文学形态和"文革"文学形态的理解，

本章认为《欧阳海之歌》是“文革”文学的序曲，而认同“浩然的《艳阳天》是十七年文学的幕终之曲”的说法。① 因为，《欧阳海之歌》所表现出的具有空泛激情的英雄新人、军人文化的突起以及复制生活的创作方法，并不是十七年文学的领导者所乐意看到的。《欧阳海之歌》属于一个新的时代。

① 这个说法出自雷达：《旧轨与新机的缠结》，《浩然研究专集》，百花文艺出版社 1994 年版，第 207 页。

第十三章　《太阳照在桑干河上》：一部“问题小说”

1948 年 9 月，丁玲的长篇小说《太阳照在桑干河上》由新华书店东北总分店出版。至此，丁玲完全走出了延安批判的阴影。特别是 1952 年获得 1951 年度斯大林文学奖之后，丁玲在左翼文学阵营中声名日隆，取得了令人羡慕的地位。但也正是这一本书，在随后到来的运动中让丁玲磨难尝尽。一本书的历史伴随着被批评的历史渐行渐远，留给人们的却是无尽的争议。为什么在一些人看来地地道道地紧跟意识形态并图解政治的小说，竟有着那么大的政治问题。这种悖论性情境使得我们考虑政治究竟是一种什么状态的东西？它的内在的逻辑又是什么？《太阳照在桑干河上》究竟是一部什么性质的作品？

一、为“问题”的小说与内心焦虑的释放

在中国新文学史上，丁玲一直是一个领新标异的作家，她的女性身份也为她的举动增添了几笔骇世的色彩。《莎菲女士的日记》甫一出世即引起关注，莎菲女士的影子也伴随了丁玲一辈子。而事实上，莎菲女士的敏锐和大胆也确实是丁玲性格的写照。现在看来，所谓领新标异，不过是最先意识到了问题的所在；所谓惊世骇俗，也不过是直率地写出了内心的焦虑而已。丁玲的问题意识是相当自觉的，她也始终在寻求解决问题的出路，内心则始终处在“追寻什么”的焦虑中。五四时期，作为中学生的丁玲感受到了封建礼教的束缚，便起而著文揭发，又起而离家出走，踏上寻求真理和个性解放的道路。作为一个遭遇解放的女性，丁玲又敏锐地感受

到前途的渺茫、个人生活的无聊乃至情欲上的困境，并大胆地表露出来。面对困境，丁玲积极探索解除困境的途径，当她发现革命的魅力之后，便义无反顾地投向革命事业，创作出了第一批左翼小说，标志了“新的小说的诞生”。

延安时期的丁玲，呼吸着解放区新鲜的空气，享受着丽日晴空所带来的好心情。但她仍然发现并揭示了延安的民主问题和妇女问题。《我们需要杂文》引发了延安文坛的新浪潮，不久即受到批判；《三八节有感》一文指出了革命女性敢怨而不敢言的性别不平等问题，引起了高层领导人的不满。丁玲似乎有一种天真的气质，像戳穿皇帝新衣骗局的小孩子一样，不愿在问题面前闭上眼睛，而且有一种如鲠在喉、不吐不快的品格。其实，这种善于发现问题、揭示问题的品质，主要源于对于生活的热爱。对此，1937 年曾到延安采访的美国记者海伦·斯诺作了较为准确的描述：“她给你的印象是她可能打算做的任何事情都是彻底胜任的，不害怕的。她显然是一台发电机，有无可约束的能量和全力以赴的热情。我感到丁玲是一个只有一个人的党，在一切方面都非常独立不羁。”①

如果说丁玲的这种品格带有五四新知识分子理想精神的话，那么遭到批判后的丁玲则隐藏了不切实际的空想，开始和工农兵站在同一战壕里，急革命之所急，直接替领导者分忧，而不是意气用事地提一些批评性的意见。转变之后的丁玲，很快化解了内心写作的焦虑，重新焕发了对生活的热情。1944 年 6 月，丁玲写成报告文学《田保霖》，受到毛泽东的称赞，被认为是“写工农兵的开始”。随后，丁玲创作了一批正面反映根据地建设面貌的报告文学，成为延安文坛最有名的作家之一。

1946 年 7、8 月间，丁玲参加晋察冀土地改革工作团，学习并执行中央关于土地改革的“五四”指示，全身心投入河北涿鹿县温泉屯的土改运动，为长篇小说《太阳照在桑干河上》的写作奠定了生活基础。9 月初，丁玲来到河北阜平，开始了《太阳照在桑

① ［美］海伦·福斯特·斯诺编著：《中国新女性》，中国新闻出版社 1985 年版，第 218~219 页。

干河上》的写作。1948 年 9 月，小说几易其稿，终于写定出版。

现在看来，《太阳照在桑干河上》是一部长篇小说，但考虑到当时解放区文坛风气和写作处境，以及文本所显示的写作笔法，这部小说又带有强烈的报告文学色彩，也可以视为丁玲解放区报告文学创作的继续。在文学的文体序列里，报告文学是较为边缘的一种，但在特定的历史情境下，却发挥着其他文体难以替代的作用。解放区文学便是这样。革命形势的发展要求知识分子作家们进行表现和歌颂乃至想象性的预测，但知识分子又缺乏及时而充分的主体认同，小资产阶级意识一时还不能得到彻底清除。因而，个性化、虚构性的创作难免会出现一些不合时宜的东西，文本间的缝隙难免会逸出不太健康明朗的情调。在这种情况下，创作报告文学至少可以保证与时势同步，平面化的叙事也避免了危险的倾向。而且，报告文学的创作速度较快，能够及时全面地确证解放区的大好形势。丁玲应该是心领神会了报告文学创作大兴的奥秘，所以一路写来，直至《太阳照在桑干河上》。

《太阳照在桑干河上》是一部试图全景式地描写土改运动的小说，人物众多，问题纷呈。在迄今为止的所有评论中，“复杂”是最为常见的词汇。的确，现在看来，小说所呈现的土改问题的复杂性是前所未有的，也具有重要的认识价值，而这通常是报告文学的品质。作为小说来看，《太阳照在桑干河上》的故事性、行动性不足，整个文本气氛沉闷，特别是前半部分对土改前问题的铺叙和气氛的渲染，用的多是说明性的语言，减少了叙事的生动性。这些特点，批评家们有目共睹。不过，换个角度来思考也许更能体现出这部小说的品格，那就是“问题小说”的角度。

所谓“问题小说”，得名于文学批评界对赵树理小说的认定，也部分来源于赵树理自己的文学定位。“老百姓喜欢看，政治上起作用”是赵树理的文学理想。① 做一个“文摊文学家”而不是做一个“文坛文学家”，直接为解决现实问题服务是赵树理自觉践行的文学宗旨。赵树理的小说创作，来源于农村中的现实问题，并在

① 赵树理：《也算经验》，《人民日报》1949 年 6 月 26 日。

写作中试着分析问题、解决问题，尽管这常常显得一厢情愿。和赵树理对“问题小说”的追求相比，“老百姓喜欢看”是丁玲不愿追求也无法追求的，但“政治上起作用”于丁玲来说则心有戚戚焉。1979年，丁玲在《〈太阳照在桑干河上〉重印前言》中回忆创作艰难的情况时说：“我从来没有以此为苦。因为那时我总是想着毛主席，想着这本书是为他写的，我不愿辜负他对我的希望和鼓励。我总想着有一天我要把这本书呈献给毛主席看的。当他老人家在世的时候，我不愿把这种思想、感情和这些藏在心里的话说出来。现在是不会有人认为我说这些是想表现自己，抬高自己的时候了，我倒觉得要说出那时我的这种真实的感情。”① 九死未悔的丁玲在“文革”后所袒露的这种感情是真实可信的。那么她通过这部小说想让毛主席看到的究竟是什么呢？结合当时语境，我认为大体有二，一是证明自己已经是和工农兵融为一体的作家，能自觉地为农民考虑问题、解决问题了；二是以文学的形式向毛主席透露出自己的疑虑，反映土改工作中所呈现的种种问题，只不过这次不再是尖锐的添乱式的、冷眼旁观式的挑刺，而是积极热情地为完善土改工作着想，为党分忧，为党解忧。当然，这一举动本身也不可避免地带有知识分子进谏的色彩。

从这部小说的实际接受情况来看，也确实达到了“问题小说”的“政治上起作用”的效果。许多地区把这部小说当作土改工作队员的培训教材，工作队员由这部小说也确实加深了对土改复杂性的认识，进而推动了实际的土改工作。

二、文本间的犹疑

丁玲参加土改和写作《太阳照在桑干河上》的时候，党的土地改革政策尚未成熟，《中国土地法大纲》尚未颁布。因而面对土改中出现的大量问题，工作队员找不到政策依据，常常感到困惑。

---

① 袁良骏：《丁玲研究资料》，天津人民出版社1982年版，第165~166页。

参加土改运动仅仅两个月的丁玲，对实际问题非常敏感，思考也尤为深广。在许多对革命文学具有偏见的人看来，《太阳照在桑干河上》是一部不折不扣的图解政策的政治小说。但实际情况是，当时并没有成熟的土改政策可供图解。而在写作中探索解决问题的途径，谈何容易。丁玲的写作也是如履薄冰，增删多次。尽管如此，《太阳照在桑干河上》文本间还是出现了几分犹疑。

如前所述，《太阳照在桑干河上》是一部“问题小说”，并试图探索出解决问题的办法。这样的小说，一般具有“论证结构”的特征。所谓“论证结构”，指的是小说建构的方式。写作的过程便是一个论证的过程。布置分论点、构思论证的步骤、搜集有力的论据、确定叙述的演进脉络等都是题中应有之义。比如展开矛盾的过程就是提出问题的过程，而描写矛盾双方的过程就是分析问题的过程，而人物和事件不过是论据而已，写得好就是论据有力，写得不好，就是论据无力或者说适得其反，证明了对自己不利的观点。主要人物身上寄托着核心论点，次要人物身上寄托着辅助性的论点；主要事件是论证的核心证据，次要事件为核心证据提供旁证，为论证做些事前的铺垫，或事后的补充解释。最后一步便是通过主要人物和主要事件的成功，显出论据的强大力量，进而证明论点的正确性、权威性。当然，论证力量的发挥需要一个论证结构。只有建立一个严密高效的论证结构，论据和论辩技巧等的合力才能完美地体现出来。反之，则会出现相互游离、相互损耗，甚至有相互抵牾的危险。因此可以说，一个作家的使命就是以充分的事实和高超的辩论技巧，证明党的政策是何等正确英明，生活是多么美好光明并将继续前进。这无疑是抽象的逻辑思维，但这种思维却分明地显露于一些小说的结构框架中。而在后来，这种思维方法更被当作原则性的文艺方法提出来。但由于小说毕竟要靠形象说服人、教育人，因此人物形象特别是主要人物形象有时会给予特别的重视，或单独从论证结构中凸显出来，或者人物本身就是论点。反之，人物如果游离于论证结构，则是不被允许的。

论证的功能也是小说的重要功能之一，论证结构也是小说特别是长篇小说中较为常见的结构之一，它既可以证明过去，也可以组织未来。这一点，似乎批评家们别有会心。当他们宣称《红楼梦》证明了封建家族的必然败亡时，便是对《红楼梦》论证结构的一种揭示。十七年的批评家都是论证的高手，也因此，他们可以对作品中的论证指手画脚。这一点，在《太阳照在桑干河上》后来的遭遇中可以看得更清楚。

小说中的“论证结构”属于一种较为理性的建构方式，它比较适合于那些善于在写作中进行思考的新文学作家。丁玲无疑属于此列。《太阳照在桑干河上》也初步显示了这种建构方式的优长。丁玲写胡泰和顾涌，意在揭示中农问题的复杂性；写治安员张正典，意在揭示农民干部变质的危险性；写张裕民和程仁，是写新干部的成长，但又对新干部斗争的坚决性有所忧虑；写侯忠全，意在写农民受封建思想的毒害之深和对共产党政权的疑虑之深；写杨亮、胡立功与组长文采之间的分歧，意在突出认识症结和进行斗争的困难；写刘满，意在突出贫苦农民受压抑的状态；写钱文贵、李子俊、江世荣、侯殿魁等，意在突出土改工作的复杂形势和多样面貌。总之，这些人物的塑造不是随便的，他们都负载有不同程度的论证使命。这一点，作为丁玲亲密朋友的批评家冯雪峰看得最为清楚：“我觉得可注意的，是这样一种精神：显然，作者写人是为了写斗争，也就是为了写社会或写生活。就是说，写人是服从于写社会或写生活的目的，在这里，就是主要地服从于写农村阶级斗争（土地改革）的目的。”① 作者自己也说：“当时是在那样的情况下，战争马上要来到这个地区的情况下，全国解放战争马上就要燃烧起来的时候，如何使农民站起来跟我们走，这是一个最大的问题。所以我在写作的时候，围绕着一个中心思想——那就是农民的变天思想。就是由这一个思想，才决定了材料，决定了人物的。”② 诚然，先有一个思想主题是创作的原则，所谓“主题先行”，其实是一切写作的宿命。这里比较特别的是，丁玲的论点走不出具体问题的缠绕。

---

①　袁良骏：《丁玲研究资料》，天津人民出版社 1982 年版，第 334 页。

②　袁良骏：《丁玲研究资料》，天津人民出版社 1982 年版，第 160 页。

应该说，丁玲对土改复杂性的论证是比较成功的。但是，土改的复杂性不是丁玲的核心论点，她所要论证的其实是新的农民的诞生和成长，乃至新的国民主体的建立。正是在这一点上，《太阳照在桑干河上》显示了它文本的复杂性，文本间的犹疑随处可见。概括起来说，主要有三：对富农土地获得过程合理性的维护，对无产者“不劳而获”的怀疑，还有对美的毁灭的惋惜。这一切表现在人物的塑造上，如前所述，人物形象是论证小说的重要论据，但反过来，也是小说论证结构支离涣散的重要破坏性因素。《太阳照在桑干河上》的几个较为重要的人物形象都不同程度地起了破坏作用。

小说是以顾涌赶车返家开始的，作者用抒情的笔致写了顾涌对土地的热爱，对顾涌省吃俭用带领全家致富的精神也没有表示否定，甚至还有意无意地流露了同情；小说也特别地描写了李子俊的老婆，她的心理被作者刻画得淋漓尽致，那种对抢夺者的愤慨跃然纸上。今天读来，不少读者大概会同情这些人。小说里没有穷凶极恶的人，就连钱文贵，也被赋予了人性色彩。相对来说，丁玲对贫苦农民的描写并不令人乐观，她笔下的农民没有正面单独亮相的机会，没有明朗鲜丽的色彩，仍旧没有摆脱五四以来新文学中愚昧麻木的群氓形象。丁玲所写到的情形，是真实的，但相对于当时的小说创作风气，这分明暴露了丁玲思想上的弱点，即对日常生活的维护，而缺乏革命者的激情和敢作敢为的气魄。

小说中的正面人物给人的印象并不深刻。他们大多以群体形式出现，有不少出身于富农家庭，也有不少犹疑彷徨，这些人物的塑造也是对土改复杂性的证明。在许多正面人物中，张裕民和程仁无疑是值得期待的，但张裕民的行动性不强，起的作用不大，也不是关键性的作用，他只是一个倾听者和执行者，而且时时出现动摇；程仁则为感情所困，一直没有激烈的行动，也没有模范带头作用。他们身上的光彩不足以照射人，引领人，总体上显得比较平庸，这不能不说是一个缺失。对此，丁玲解释道：“我遇到过比张裕民、程仁更进步的人，更了不得的人；但从丰富的现实生活来看，在斗争初期，走在最前边的常常也不全是崇高、完美无缺的人；但他们可以从这里前进，成为崇高、完美无缺的人。”① 丁玲讲的，无疑是事实，但小说并不仅仅是反映事实、反映问题的文学样式，它需要选择、处理乃至虚构。

正面人物中的灵魂人物章品出场不多，而且小说也没有展现其实际工作能力，工作作风上也还有一些随便和浮泛，这就造成了一种感觉，所有的正面人物或多或少有问题。特别值得注意的是，作者精心塑造了文采这样一个夸夸其谈的工作组组长形象，所谓精心，即是指在这样一部以描写农民变天思想为主的小说中，对文采的描写明显在小说中失衡了。知识分子思想改造的问题的确是土改工作中的一个问题，但作者的描写显然有些过分，而且也确实带有“漫画式的夸张”，这在其他革命小说中是不多见的。不少论者指出，文采的形象是在影射周扬。从实际创作情况看，丁玲也确实有宣泄感情的倾向。这也影响了论证结构的严密。

在冗长缓慢的叙述中，唯一令人眼前一亮的形象是黑妮。许多研究者指出，黑妮身上有着丁玲的影子。的确，那种出淤泥而不染的品格、明亮的精神、不竭的活力，都令人想起丁玲。丁玲对黑妮的描写不是没有过考虑。初稿中，丁玲把黑妮设置成地主钱文贵的女儿（这也符合黑妮原型），但害怕被指为“地富思想”——描写的农民形象很猥琐，地主家的姑娘却很漂亮。后来又改成侄女，侄女由钱文贵养大，和伯父钱文富相依为命。这一改动，虽然也增加了土改的复杂性，但在事实上却不符合乡村伦理，很难想象一个女孩子无来由地大义灭亲，也很难想象亲兄弟两个一为地主、一为贫农。黑妮是唯一一个不太真实的人物形象，但如果秉着提升、虚构原则，倒也符合革命文学的理念。但在实际描写中，黑妮也并不是一个具有力量的新人，她和程仁一起还原了中国古典小说中“才子佳人”模式。对此，冯雪峰有着明确的议论：“但是，钱文贵的侄女黑妮，我却觉得没有完全写好。对于这个人物，作者的注意力似乎有一点偏向，好像存有一点儿先入之见，要把这个女孩子写成

① 袁良骏：《丁玲研究资料》，天津人民出版社 1982 年版，第 165 页。

为很可爱的人以赢得人们（书中人物和我们读者都在内）的同情，但同时，关于她与钱文贵的矛盾的联系和这个性格的社会根据及其本身的矛盾，却不够加以充分的注意和深刻的分析。”冯雪峰由此认为黑妮形象脱离了作者所要描写的核心斗争，社会有机性不强，进而具有旧现实主义的痕迹。批评家竹可羽则嘲讽性地认为这是“也许只有作者自己才能详细地解答”的“一个谜”。① 丁玲自述创作动机时也谈到，描写黑妮是源于对美丽的发现，于是善意也随之而来，这大概源于女人的天性。但对于小说的论证结构来说，简直有着“千里之堤，溃于蚁穴”的危险。

文本间的犹疑，无疑是丁玲思想困惑的体现。她在土改运动中发现了很多问题，对土改中的很多具体做法不敢苟同，甚至在某些问题上对土改本身的合理性发生怀疑。在小说中，我们不难感受到两种声音，一种浮现在表面，是对土改运动必要性和正义性的公开的肯定，这多半是经由说明性的语言完成的；另一种声音则表面上是由处于弱势的人物发出的，实际上却是作者内心深处的声音。丁玲笔下的顾涌、李子俊老婆等对土地都有难以割舍的感情，他们都受过别人的迫害，财产的积累是非常不容易的。主动退还土地的侯忠全虽然有“变天思想”，但对土改伦理的不认同也是一个不可忽视的原因。身为女性作家的丁玲，在理性上是歌颂土改的；但在伦理和情感上，却倾向于土改运动中“被侮辱与被损害的”“弱者”，故而，她笔下的黑妮、李子俊老婆、顾涌等形象要比张裕民等生动鲜明。丁玲小说中这种现象，用意识和潜意识的理论来解释并不恰当，因为丁玲对土改的肯定是主动的，不存在被迫的因素，也不存在意识和潜意识的相互挤压和斗争。只不过，她内心的问题意识和彷徨感弥散在文本中，客观上形成了小说的复调，即如巴赫金所言：“有着众多的各自独立而不相融合的声音和意识，由具有充分价值的不同声音组成真正的复调”。② 但是，这种暧昧的复调在追

① 袁良骏：《丁玲研究资料》，天津人民出版社 1982 年版，第 393 页。

② ［苏］巴赫金著，钟中文译：《小说理论》，河北教育出版社 1998 年版，第 58 页。

求激情和纯洁的革命小说中是那样的另类，让革命者坐立不安。

三、问题小说的模式和命运

《太阳照在桑干河上》一问世即引起注意，被视为中国文学向社会主义现实主义过渡的力作。1952 年获得斯大林文学奖后，更是好评如潮，特别是冯雪峰的批评文章《〈太阳照在桑干河上〉在我们文学发展上的意义》一文，热情而又大胆地作出了一个结论性的评价：

> 我认为这一部艺术上具有创造性的作品，是一部相当辉煌地反映了土地改革的、带来了一定高度的真实性的、史诗似的作品；同时，这是我们社会主义现实主义的最初的比较显著的一个胜利，这就是它在我们文学发展上的意义。①

冯雪峰的文章尽管带有为好朋友喝彩的成分，但也体现了他对中国社会主义现实主义作品的强烈期待。今天的人们可能很容易就认同冯雪峰的评价。著名学者钱理群也从《太阳照在桑干河上》的出版过程、主人公、创作方式和实际功能等角度论证其代表了“新的小说的诞生”。② 但是，《太阳照在桑干河上》从问世开始，就一直伴随着争议，这种争议绵延到 1949 年后，愈演愈烈。

关于《太阳照在桑干河上》，1949 年后文坛上较早的较有影响的评论文章，是陈涌的《丁玲的〈太阳照在桑干河上〉》。这篇文章在肯定小说对农村生产关系变革复杂性的现实主义表现的同时，明确指出作者在表现新人物方面留下很大弱点，主要人物的积极性没有写出来，色彩不够丰富、不够鲜明，对主人公张裕民的犹疑的缺点缺乏分析，写得相当模糊。陈涌在文章中批评道：“创作典型

① 袁良骏：《丁玲研究资料》，天津人民出版社 1982 年版，第 340 页。

② 参见钱理群：《天地玄黄》，山东教育出版社 1998 年版，第 191～216 页。

的人物，首先是新人物，一般说来仍然是我们今天创作的一个重要问题，也是《太阳照在桑干河上》的一个重要问题。”① 陈涌的文章还批评了丁玲对土改的错误认识问题，他特别指出丁玲对富农的认识没有经过分析，而是单纯地流露同情；他也指出丁玲不自觉地不加批判地反映工作缺点的文学态度，丧失了文学提炼生活、升华生活的功能。应该说，陈涌对问题的观察是比较敏锐的，也符合丁玲创作的实际。对于丁玲小说存在的问题，陈涌大多归之于当时历史条件的限制。但后来的批评，就远没有这么客气了。在众多的批评文章中，比较引人注目的是竹可羽的《论〈太阳照在桑干河上〉》。据文后附记所言，此文最初写于1949年10月间，但《人民文学》编辑部不同意他的看法，主流批评界的冯雪峰等人也激烈反对，于是一直找不到发表的机会。1956年借“百花齐放”的东风，才得以发表。当然冯雪峰、丁玲的遭受批判也是此文发表的一个重要契机。因此，文章经过了一番修改，加进去许多驳论性的内容。与陈涌的观点相似，竹可羽认为小说的最大问题在于人物形象的塑造：

> 作为一部描写中国土地改革的小说，它没有写出农民对地主阶级的仇恨，没有写出一个比较成功的新的农民形象，没有写出土改斗争中的党的领导形象，这不能不说是一种致命的缺点。而作者所给予明显的同情的两个人物，一个是地主家庭的美丽的少女，一个是在土改斗争中惶惶不安的富裕中农，这不能不说是一种严重的错误，而特别是作为一部描写中国土改斗争的小说，在实际上已成为一部描写农民的落后、动摇和叛变为主的小说，这不能不说是一种最大的失败。②

由此，竹可羽认为《太阳照在桑干河上》主要是一部失败的

① 袁良骏：《丁玲研究资料》，天津人民出版社1982年版，第307页。

② 袁良骏：《丁玲研究资料》，天津人民出版社1982年版，第396~397页。

作品，而失败的原因在于作者没有真正地深入实践，不熟悉新时代的英雄人物，对农民存在着资产阶级化的思想认识。竹可羽的文章虽然锋芒毕露，但论点都是经由具体人物形象分析得来，自有它的逻辑力量。平心而论，在革命小说的谱系中，有的是苍白的形象、夸张的描写，这些可以宽容；但如丁玲《太阳照在桑干河上》那样暧昧的叙述，确实令激进的批评家大为不满。在丁玲遭受批判之后，《太阳照在桑干河上》的问题性质便更加严重了。

值得一提的是，竹可羽并不是一个著名的批评家，但是他的名字在当代文学批评史上绝对不容忽视。他对社会主义现实主义的理解和捍卫，他对“问题小说”激烈而又准确的批评，都给人留下了深刻的印象。相对于对丁玲的批评，竹可羽对赵树理的批评更为人所熟知一些。赵树理曾被视为是方向性的人物，他在文学民族化方面所取得的成功奠定了他不可替代的地位。赵树理是在一片叫好声中进入中国文坛的，他也因此建立了“文摊小说家”的自信。但好景不长，他的创作很快遭到了批评，其中引人注目的文章是竹可羽的《评〈邪不压正〉和〈传家宝〉》①。他在这篇小说中指出，赵树理创作的最大缺点就是“重事轻人”，执着于对农村工作中问题的反映，而不去热情地塑造社会主义新人。而在赵树理的自我期待中，“政治上起作用”，能够解决现实问题就足够了。对照当时的社会主义现实主义文学批评原则，赵树理的自我期待显然令人失望，而竹可羽的意见则不能不说是一种正确的理解和要求。循着竹可羽的文章逻辑，我们不难发现“问题小说”的模式特征。“问题小说”，旨在反映问题，故而问题的承载者——反面人物形象以及正面人物形象身上的缺点就表现得多一些；而且，人物的设置依据问题的需要，可多可少，可以随处出现，而不顾忌人物形象的完整性和独立性，也就是说，人物只是问题描述和论证时采用的一个符码而已，并没有寄托作者的精神追求。一般说来，问题小说也常常采用论证结构，但和符合规范的社会主义现实主义小说相

---

① 竹可羽：《评〈邪不压正〉和〈传家宝〉》，《人民日报》1950 年 1 月 15 日。

比，它的最大特征就是竹可羽所说的“重事轻人”。社会主义现实主义小说模式要求主要人物形象本身就是一个核心论点，而不仅仅是一个论据，而且事件的解决和人物的成长是同步的，说到底事件是为新人物服务的，事情如流水，而新人形象则永远鼓舞着人们。更进一步来说，新的民族国家的建立，不仅仅需要小说论证其建立过程的合法性，更重要的是，它还要求小说为它建构起新的更具现代性和先进性的国民主体。明乎此，“问题小说”屡受批评、终至消失的命运便不难理解了。

一般评论《太阳照在桑干河上》的文章，多把它和周立波的《暴风骤雨》放在一起比较。两部小说有太多的相同之处：同样的题材，同时写成又同时获得斯大林文学奖。但《暴风骤雨》无意于反映土改工作中的诸多问题，对容易出现问题的地方作了典型化处理，“省略”掉不适宜在艺术上表现的工作偏差。他笔下的正面人物郭全海、赵玉林等是土改的灵魂人物，光彩焕发，跃然纸上。尽管，《暴风骤雨》所表现的土改的复杂性远不如《太阳照在桑干河上》，但主流批评界最需要的，是在土改等一系列革命运动中出现的赵玉林式的一代新人。因而，相对于《暴风骤雨》来说，《太阳照在桑干河上》“问题小说”的性质更加明显，也因此丁玲的后半生毁誉交加，坎坷历尽。

第十四章　秦牧散文的文体构造与源流

秦牧是当代文坛久负盛名的散文家，也是主要以散文成绩著称的作家。他是十七年文学时期具有代表性的散文家，与杨朔、刘白羽齐名。他的许多作品被选进各种语文教材，具有广泛的影响。作为一位带有经典意味的作家，秦牧身上必然带有时代的印痕，从而他的作品也具有非同寻常的文学史意义。这里所要探讨的是：秦牧为什么能够成就自己独特的散文艺术？他为此作了哪些努力？他的努力在现代散文的文脉上起着怎样的作用？

一、华侨身份、编辑生涯、岭南处境

对于散文家来说，个人的经历在其散文创作中有着直接的影响。现代散文缘起于“王纲解纽”的时代，“言志”成为其鲜明的特征。秦牧散文同样可以作如是观。

秦牧原籍广东澄海县，1919 年出生于香港一个华裔商人家庭，父亲辗转新加坡、泰国等地经商。母亲是父亲的一个婢女，并在秦牧 8 岁时去世，养母也是一个婢女。据秦牧回忆，母亲和养母的艰辛和轻贱使他产生了对人间不公的理解和认识。幼时的秦牧由于家庭原因，并没有受到完整而又严格的教育。1931 年回国后入新式学校读书，开始大量接触新文学。总体看来，秦牧虽然有过私塾经历，但他主要是在新文化运动之后的环境中成长的，接受的也是新思想、新教育。秦牧回国以后，他的一些亲友仍在海外谋生。很长一段时期，秦牧保持着海外华侨的身份，他的一些创作也带有浓厚的华侨色彩。更为重要的是，海外生活带给了秦牧开阔的视界、灵活的思维、爱国的热情，也许还有一点，那就是文化上的边缘心态。海外华侨由于大多经商，故而文化底蕴不深，在以农耕文明为中心的主流文化面前只能处于边缘地位，何况从地理上讲，他们远离故土，带有“游民”的意味。也正由于远离故国，不时遭到欺凌，他们才生发出对祖国的热爱和思念。在回国的秦牧身上，这种故国之情恰恰遭逢国难时节，对民族运动的热心投入成了秦牧理所当然的选择。

秦牧中学时代即热心文学事业，参与创办文学刊物。抗战爆发后，秦牧主要在文化新闻界从事活动，担任职务大多为编辑。1940年，秦牧加入“中华全国文艺界抗敌协会”，开始进入主流文化圈。此后，随同文化界人士流转桂林、重庆等地，写下了大量的杂文、小说和文学批评文字，并出版《秦牧杂文》《世界文学欣赏初步》等书，开始获得一定的声名。抗战胜利后，秦牧站在进步力量的一边，同情中共，反对内战，并加入民盟。1949年后，秦牧参加党的工作，主要负责文化事业。先后任职于文艺、教育行政部门以及大学、出版社等。1958年10月，秦牧开始担任《羊城晚报》副总编辑。“文革”开始后，秦牧受到冲击。20世纪70年代初，秦牧开始正常工作。新时期到来以后，秦牧一直担任广东文化界的重要领导职务。纵观秦牧一生的文学活动，有两点值得注意：一是担任的职务多为编辑；二是活动地区多在广东。

就前者而言，秦牧由此获得了大量的知识，社会的、文化的甚至是科学方面的。最值得注意的是，1953年到1957年，秦牧受命主编了供海外华侨阅读的大型综合性知识丛书《中华通俗文库》，计200多种百科知识小册子。这对于生性好奇的秦牧也许是愉快的工作。也是从这时候开始，秦牧迎来了他1949年后散文创作的高峰期，其创作也显示出“知识性强”的特点。编辑生涯对于秦牧还有一个好处，就是发表文章较为容易。因为拥有报刊资源，文章容易发表，也就有可能经营自己的文体，甚至使文章随意一点。特别是在他担任《羊城晚报》副总编辑期间，秦牧的文风开始确定下来。

当然，在十七年期间，文章的自由随意是有限度的，但秦牧显然有他的特殊性。这种特殊性主要表现在他处于广东。从历史上讲，广东处于文明开发较晚的地区。但近代以来，广东风云际会，人才辈出，在许多方面得天下风气之先。岭南文化也开始引人注目。岭南文化有着各种各样的含义，但商业性强、政治味淡这一点广为人知，这大概是因为其地处偏僻，一直远离政治中心。1949年后广州的政治氛围有所加强，但相比其他省区而言，仍然有自由的空间。叶剑英、陶铸主政广东期间，在文化方面一直实行较为宽松的政策。特别是陶铸，大力支持了《羊城晚报》，使之成为广东文化界的重要阵地。《羊城晚报》的特点是：

> 寓共产主义教育于谈天说地之中，多批评、议论，联系群众生活实际，移风易俗，指导生活。文风比较活泼，两个副刊（《花地》和《晚会》）每天占的篇幅达一万三四千字。①

这样的报纸风格在当时是比较引人注目的。秦牧在这样一个“具有一定程度的知识性、趣味性”的报社里工作，自然是如鱼得水。他长期编辑生涯所形成的散漫随意、重知识哲理的文风也得以保留下来。秦牧回忆说：

> 两度在晚报工作，加上夹在中间的四年多专业写作和到农村参加“四清”运动生活，一共八年的样子。是我生平中的一个重要的生活阶段，我个人许多重要的事件都出现于这个时期，较重要的著作很多都在这个时期写成；在文学界，我也开始从此比较广泛地为人所知。②

现代散文的产生是和现代报刊的产生紧密相关的，“语丝体”“论语体”等文体在大程度上讲是媒介运作的产物，即便是“鲁迅风”“胡适之体”等体现作家创作个性的文体，也间接地受到了载

---

① 《秦牧全集》第五卷，人民文学出版社 1994 年版，第 428 页。
② 《秦牧全集》第五卷，人民文学出版社 1994 年版，第 429~430 页。

体的影响。秦牧的散文也是这样。长期的报刊编辑生涯，使他更自觉地写作符合报刊登载的文章，《羊城晚报》也为秦牧文风的播散提供了空间。

还需要一提的是，秦牧身处广东，也减少了为文行事的风险。秦牧虽然与党关系密切并积极向党靠拢、最终入党，但他的华侨身份和民主党派经历决定了他在政治格局中的边缘地位，也使得他屡屡意气用事，触犯权威。中华人民共和国成立初期，他任职《广东教育与文化》编辑期间，曾撰文反驳《人民教育》对《广东教育与文化》的批评。因此被报纸点名大肆批评了一个月，一度被视为知识分子抗拒思想改造的典型。1956 年“大鸣大放”期间，他在《南方日报》发表《地下水喷出了地面》一文，批评党员依仗政治优越感横行霸道的现象，险些被打为“右派”。但秦牧每次都有惊无险，除了“革命前辈”的保护之外，也与广东的政治氛围相对宽松有关。所谓“革命前辈”，就是当时主政广东的“大人物”。即便在十七年，主政者的作为也的确能转移一时的风会，这是我们在探讨地域文化中尤其应该注意的方面。

二、秦牧的文体改造与坚持及其时代意义

如前所述，秦牧的创作虽然具有种种优越的条件，但他毕竟遭逢了“一体化”的文学年代。对于每一位想在这个年代有所作为的作家来说，文体的改造都是一件必要的工作。秦牧也不例外。引人注目的是，秦牧是以非常积极的态度进行文体改造的，而且付出了相当大的努力，他的这番努力也可以视为对当代散文的一种贡献。

秦牧在 1949 年前是以《秦牧杂文》名家的。《秦牧杂文》这本小册子虽然收录不纯粹是杂文，但其中杂文的影响最大，因此秦牧也曾被人称为“以打手的姿态进入文坛的”。在 1949 年后，秦牧的杂文创作也一直没有中断，但影响不大。到了新时期，杂文创作的成就开始为人重视。名篇《鬣狗的风格》等开始产生。在秦牧的全部文章中，杂文的比重相当大，要远远多于人们所熟知的那

种“秦牧体”的散文。秦牧的杂文继承了鲁迅开创的“杂文传统”，善于运用寓言故事，塑造形象，语气凌厉，战斗性强。现在看来，秦牧写这些杂文得心应手，水平也较为整齐。但在当代文坛，秦牧的代表成就并不是这样的杂文，而是那些融思想性、知识性、艺术性为一体的散文，如《土地》《花城》《社稷坛抒情》《古战场春晓》等篇。这样的散文在十七年传诵一时，成为秦牧的代表作。

从杂文到散文，秦牧无疑成功地实现了文体的改造。他的杂文中的哲理性、知识性在散文当中依然保留了下来，并成为其主要特色。但他的散文能够为十七年文坛所接纳，并不仅仅是因为哲理性、知识性。相反，恰恰是哲理性、知识性之外的文体元素，为秦牧散文的成功提供了保障。这些因素概括来讲有三：特写腔调、抒情风味、辩证色彩。

特写是十七年时期比较重要的写作形式，它能够及时反映祖国建设的新面貌，迅速建立起人民对社会主义祖国的认同感。除此之外，当时文坛对特写的重视也与苏联经验分不开。特写介于新闻与文学之间，和散文、短篇小说有着密切的关系。但它和小品文是有显著区别的。秦牧原来以杂文知识小品文出名，但此时文坛最需要的文体样式是特写，秦牧要想得到主流的肯定，对这一文风必须有所靠近。事实也正是如此，反映在秦牧的文章中，则是游记体的框架。游记是中国散文的传统文体，但在十七年时期却与特写异曲同工，因为特写的主要写作者新闻记者的很多采访行动都可以视为旅游，特写也就可以视为游记。如当时著名的特写《内蒙访古》《在朝鲜战场上》等都可以视为游记。而且当时也颇为提倡写游记，比如当时的著名杂志《旅行家》刊登了叶圣陶、沈从文等许多名家的游记，对促进散文特写的繁荣作出了较大努力。秦牧在这一时期，访问了不少地方，写下了大量的游记。这些游记侧重于对当地新风情的描绘，也抚今追昔，进行对比。比如《社稷坛抒情》《古战场春晓》《南国花市》《原始公社的影子》等篇，就可以视为游记或特写。而《花城》文中那些铺陈堆列、那些多角度的描绘，就更像一篇出自资深记者手笔的特写，此时秦牧的写作身份就好像被报社派去采访花市见闻的记者。与一般特写不同的是，秦牧的散文中有着大量的知识，但与 1949 年前杂文小品文中那种从书中来到书中去的情形相比，已是不可同日而语。

增强抒情风味是秦牧散文对杂文作出的又一重大变革。杂文、小品文重思想性，即便有些趣味，也多呈现为一种理趣，含蓄蕴藉，余韵悠长，很少慷慨激昂、淋漓尽致的抒情。但在秦牧这里，在原有的知识、哲理的基础上大量增加了抒情成分，而且多用排比句式来酝酿情感的波浪。在一些篇章中，也有煽情的痕迹。在这些文章中，知识性、哲理性、抒情性结合得较好的是《土地》。他自己也说："它（《土地》一篇）大概是较有特色的一篇了，因为笔触所及，似较深广。我自己也认为它是有较多思想意义和文学色彩的。"① 即使现在来读，《土地》也给人以真切的感动。这篇散文中引用了历史故事、描绘了土地的新貌、介绍了一些地质知识，是秦牧散文的代表性写法，但由于作者对土地的确具有感情，土地上的事物也令作者生发真实的感慨，所以感情的加入并没有破坏文章的结构和气势，反而使文章水乳交融，丰富而又深沉。但这样的状态并非每一篇散文中都能见到。在一些散文中，作者的感情相对于所介绍的事物，往往处于游离的状态，特别是在其科普味道很浓的作品中，就更是如此，从而感情的升华往往生硬、勉强。

加强文章中哲理的辩证色彩，是秦牧更加自觉的追求。杂文的代表性作家是鲁迅，鲁迅的代表性文风是"攻其一点，不及其余"，强调战斗性，喜欢"片面的深刻"，因而常常被誉为"刺刀""匕首"。但鲁迅式的杂文在中共的文化事业中并不受欢迎，延安整风时期对丁玲、王实味等的批判已提前给文化界敲了警钟。除了环境特殊、讳疾忌医的因素之外，这主要是由于中共处理问题的方式有其特殊性，即崇尚辩证地看问题，两点论，本质论、整体观。也就是说，在面对敌人时应该强调战斗性，"匕首"刺中敌人的心脏（本质）当然好，但刺中敌人的别处（片面）也是一种打击，也有效果。因此，对敌杂文的标准就比较宽松。但反过来讲，如果

① 秦牧：《努力冲刺、刷新纪录》，《作品》1978 年第 7 期。

对内的杂文说不到点子上，强调了片面性，效果就比较糟糕。因此以片面性著称的杂文势必遭到困境。杂文必须面临改革。秦牧显然意识到了这个问题。他在《思想和感情的火花》一文中提出："杂文可以用来批判，也可以用来颂扬，更可以用来分析事物。"① 他在文中反驳了杂文主要功能是讽刺的观点，极力提倡那种内容丰富而又有机结合的杂文。不仅如此，他还主张大量运用联想和譬喻，加强杂文的抒情性和形象性，注重语言修辞。在他的界说下，杂文的内涵消失，外延大大扩大，似乎只要涉及说理，都可以视为杂文。不仅如此，即使在说理方面，秦牧也不断强调要以辩证唯物主义的观点来指导文章思想。这样一来，杂文的那种集中笔墨、攻其一点的力量就消失殆尽。秦牧的杂文观在当时并不是独特的，但他对这一问题的自觉以及由此进行的文体改造，却是有着极强的代表性的。

特写腔调、抒情风味、辩证色彩，这是秦牧文章相对于 1949 年前而出现的新特点，但在十七年文坛，这些特点不能称为"特点"，因为这是许多作家具备的品质，也是当时的文风。相对于十七年文坛而言，秦牧所改造未尽的那种知识性、趣味性反倒成了秦牧的特点。在当时乃至现在的一些评论中，秦牧散文的知识丰富、风趣自然是最引人注目的。"思想像一根线串起了生活的珍珠"，秦牧的"夫子自道"为许多批评家所津津乐道。事情就是这样奇妙，年代的对照使秦牧散文的特点发生了有趣的变化。

秦牧在进行文体改造的同时，也坚持了一些东西，也就是知识性和哲理性。他的这种坚持与其说是一种坚持，不如说是一个人为文惯性使然。如前所述，《土地》这样的篇子在当时虽然著名，却是少数，更能体现他为文风格的则是同时期创作的《艺海拾贝》。在这部文艺理论普及读物中，秦牧的笔墨随意出入于古今中外的文艺知识中，妙趣横生、收放自如。今天看来，在同类书中也是不可多得的，事实上，这也是秦牧销量最大的一部书。秦牧的这副笔墨也不可避免地呈现在散文中，这也为他赢得了许多读者，在当时，

---

① 《秦牧全集》第一卷，人民文学出版社 1994 年版，第 534 页。

科学文化普及的任务很紧迫，读者对知识的渴求非常强烈，因此尽管秦牧的散文并非篇篇结构巧妙、浑然一体，但因为有丰富的知识存在，可读性就非常强。在很多情况下，散文中的知识性有独立的价值，也可以从篇章结构中游离出来，被单独接受。这种现象也是促成秦牧散文卓越声名的重要因素之一。知识性塑造了秦牧散文的特点，也带来了局限，除了引用知识重复、“掉书袋”等为人诟病之外，总体上主流批评界对秦牧散文的肯定是有限的。当时颇有代表性的文章周立波的《1959—1961 散文特写选·序言》，在依次介绍完巴金、刘白羽、杨朔之后，这样介绍秦牧：

> 秦牧同志也是具有特色的一家……他流利地倾吐自己的思虑和感触，一些寻常惯见的事物常常赋予它某种奇妙的想象和怀感。他写哪个主题，就拥有哪一范围的人生、社会和历史的知识……作者依仗的主要是理性的诉说，描绘似乎少一些，藻饰也应添加一点点。①

当时的知名批评家杜埃在 1962 年第 12 期《文艺报》上撰文提出：

> 《花城》集题材的多样性连同这集子本身的命名，在不少程度上体现了百花齐放、百家争鸣的方针。但，是不是还可以向现实再深入一步，到热烘烘的生活中去，多得些直接的感受，在保持和发挥作者原有特长的同时增加一些东西。我想，这可能不会被认为是苛求，而且对一个已有一定影响的作家来说，这是完全可以做到或者正在做到的。②

从这些有代表性的评论中我们可以看出，对秦牧的总体肯定是在文艺形势相对舒缓的情况下作出的，前提是“百花齐放、百家

① 《1959—1961 散文特写选》，人民文学出版社 1963 年版。

② 《论秦牧的散文——〈花城读后〉》，《文艺报》1962 年第 12 期。

争鸣”。即便如此，批评者对秦牧的希望仍然是多一些描绘，多一些现实生活，而不是利用书本知识讲道理。主流文艺界对特写的重视和提倡反映在对秦牧的批评上也只能如此。

而对于秦牧来说，他为自己散文风格争取合法性的文章《海阔天空的散文领域》也是发表于文艺调整时期。也就是说，此前秦牧偏重于对自己的文章进行改造，使之向特写接近；而到了文艺调整时期，秦牧开始自觉意识到自己以前散文特点的价值，开始倾向于坚持自己知识哲理性强的特点，尽管这种坚持是有限的。相对于以前“特写风”横行天下的情形，秦牧对自己散文风格的坚持可以视为对当时散文面貌的一种改变，对散文空间也是一种开拓。杨朔的“拿散文当诗一样写”、刘白羽的对崇高美学的追求也可作如是观。

三、考镜源流：从周作人到秦牧再到余秋雨

秦牧大规模地写作始于抗战时期，面对生灵涂炭、官员腐败的社会现实，他写下的许多作品具有强烈的批判性，有的篇章也具有浓郁的“鲁迅风”。但由于秦牧对知识性的偏爱以及其教学经历，也使他更喜欢以谈天说地的方式写文章，而且这样的文章写得比较快捷，是谋生的首选，而且这样的文章也有先例可以遵循。一个重要的参照便是周作人。

周作人在20世纪三四十年代，文风偏于冲淡古朴，带有一股“青涩味”，多是读书记、日常闲谈之类的文体，发展到极端出现了“文抄公”体。除了周作人特有的心绪流露的需要外，谋生的需要也是不可忽视的原因。当然报刊的推动也是这类文化快餐产生的重要原因。同周作人一样，秦牧也选择了这种方式谋生。而且文体上也极为相似，谈天说地、散漫自由。秦牧在回忆自己的文学生涯时没有提到周作人的影响，这大概与周作人在抗战后的处境有关。但要说秦牧散文没有受到周作人的影响，恐怕也说不过去。不过，秦牧在境界、气象等方面显然不能和周作人相比。秦牧旧学根底不厚，其文章中所谈的道理也相对肤浅平庸。文中的许多文化知

识仅仅呈现为知识，而知识背后的文化伦理感情等往往不能深入触动秦牧的内心，也就是说前文所提到的知识的独立性相对较强，这样的知识既可以与人生感慨搭配，也可以与社会主义方针政策搭配。因此，秦牧早期文章中的这些特点为他 1949 年后的文体改造奠定了基础。他没有旧思想、旧情调的牵挂，因而相当自觉、相当顺利地实现了文体改造，他身上没有旧文人在进入新社会后为人为文的痛苦。

在经过了 1949 年后的文体改造后，秦牧散文与周作人的距离更大了。尽管他主张杂文的“去讽刺化”，致力于杂文的小品化，一定程度上提供了靠近周作人的可能，但在实践中，秦牧散文的特写化倾向似乎更明显些。虽然在文艺调整时期“复兴散文”的潮流中，秦牧也做了一些回归的努力，但效果毕竟不大。总体来看，除了前文所述的文体改造的三大特征之外，秦牧散文相对于中国现代散文史上周作人一脉来说，有两个明显的特征：一是“闲话不闲”，谈天说地，本是闲话风的生动体现，但到了秦牧这里，明显增加了功利气息，说教意味变浓，特别是自然科学知识的大量加入，使得人文气息大大降低，有的简直就是科普性文章。二是篇幅开始增长，周作人式的散文大多短小，但秦牧散文由于抒情、描绘成分的加入，篇幅自然变长，特别是秦牧在行文时，常常堆砌知识，不忍汰择，使得铺陈性的例子充斥文中，也增加了篇幅。

在十七年乃至“文革”后的一段时期，秦牧散文风靡海内，引起了许多人的模仿。秦牧散文的模式也为许多年轻作者所掌握。流风所及，乃至影响了几代人的写作方式。而在 20 世纪 90 年代风行的余秋雨的散文中，也隐约可见秦牧的痕迹。余秋雨的一系列文化散文，关注的对象是中国文化的前世今生，气魄宏大，情感深沉。由于余秋雨的学者身份，他的散文一度被视为“学者散文”，但寻根溯源，在现代散文史上找不到这样的散文，古典散文和外国散文中似乎更不见这样的写法。对传统文化的关注使人联想起周作人，但从周作人到余秋雨，这中间距离太大，必然有一个中介，这个中介便是秦牧。和许多作家一样，余秋雨没有说明也不愿意说明自己受了秦牧的影响，但在秦牧散文风行的年代成长起来的散文家，要说没读过秦牧的散文，自然难以令人置信。我们还是从文本入手。余秋雨散文的大多数篇章是游记，所谓“文化苦旅”，并不仅仅是纸上的旅行。名篇《风雨天一阁》《都江堰》《三峡》《道士塔》《一个王朝的背影》等，都是以游览古迹发端，进而描绘历史风云，抒发思古之幽情，感慨今天的现实。这样的篇章结构与秦牧的《社稷坛抒情》《古战场春晓》十分相似。与秦牧相比，余秋雨在文中对历史知识作了展开形态的描绘和分析，文中知识逐渐转化为一种文化形态，余秋雨对这种文化形态作了浓墨重彩的描绘，加强了分析、议论和抒情，因而篇幅也大量增加。余秋雨的写作也可以视为对秦牧散文的一次改造。除了时代造成的思想性不同之外，余秋雨主要是加强了对历史知识内涵的挖掘，使之鲜活、立体，进而他的散文人文气息大大增加，整体风格更加厚重。

秦牧一度担任大学教职，他的散文也曾被称作学者散文。周作人、余秋雨等人的散文毫无疑问也可以称作学者散文。它们之间的相似，不仅仅是名称上的。从某种意义上说，它们共同构成了现代学者散文的文脉。每一位散文家都根据自己时代的精神作了调整，增加了新的质素，从而也显示了这一文体的多种可能性。

第十五章　略论当代文学批评中的古典美学资源

——以孙犁、汪曾祺为例

当代文学批评和当代文学一样，走过了一段不平坦的路程，其中的风风雨雨与辉煌灿烂都给人们留下无尽的回味。当代文学批评以批评模式来分类的话，可以有许多种，比如社会历史批评、心理分析批评、原型批评等，这些曾一领风骚，相当深远地影响了文坛批评的格局。而当代文学中的古典美学批评则很难作为一种独立的批评模式存在，因为它太零碎、太暗淡，缺乏坚实完整的理论支撑，缺乏行之有效的操作规程，从而不能引起人们的关注。通过历史的考察，我们也无法梳理出一条明晰而又连续的线索。因而，这里对古典美学批评的评述，也只能选取几个有代表性的范例，通过对具体批评实践的观照来探寻古典美学批评的意义，进而分析这一批评所遭遇的困境和将面临的机遇。为了使论述名实相副，本章的题目定为“略论当代文学批评中的古典美学资源”，意指本章论述的对象并不仅限于古典美学批评，而是较为宽泛的“古典美学资源”的运用实践。

一、古典美学流风余韵的顽强存续

“五四”以来的中国文学常常被称为“新文学”，这个“新”字是为了和旧的古典文学相区别而使用的。由此可见，和古典文学相对立似乎是新文学的胎记。五四新文化运动的先驱陈独秀等人几乎是用决绝的态度来打倒古典文学的，钱玄同的“桐城谬种”“选学妖孽”的提法更是广为流传。五四先贤的激烈与矫枉过正我们今天当然可以理解，进而可以当作一种传奇来欣赏。但他们所依持的理念则是我们必须反省的。事实上，从“五四”以来，反思“五四”的声音一直不曾停息过。学衡派的“昌明国故，融会新知”也曾挺立潮头，别具一番魅力。当“五四”逐渐淡出历史，作为新文学奠基人之一的胡适后来也致力于整理国故，开始研究新文学与古典文学传统的错综关系。而作为国学基本构成的古典美学也由此走进学术，它对现实文坛发言的能力与影响力日益微小。

1927年，陈钟凡《中国文学批评史》出版，这是中国第一部文学批评史，也是第一部以现代学术体例撰写的总结研究古典文学批评（美学）的著作。从本质上说，文学史包括文学批评史是现代学术变革的产物，因此文学批评史的撰写从根本上来说是以现代眼光审视古典美学传统的实践，而现代视点所造成的对传统的遮蔽也将不可避免地产生，这一点在以后的古典美学研究中将更加突出。1934年，郭绍虞《中国文学批评史》上卷出版。该书最大的特征便是材料翔实，对古代文学批评做到了“理解之同情”，并且有自己独到的观察。该书从而成为20世纪古典美学研究中最有价值的著作，它使人们对古典美学的认识有了全新的改变。但在具体的研究中，古典美学仍然无法避开西方理论的挑战。一些著名的美学家如朱光潜等人也开始利用西方美学对中国古典美学进行现代阐释，在这一过程中，古典美学才得以进入现代文坛，并开始焕发些许生机。然而，这种做法成功的实践很少，往往一篇文章中中西杂陈，很难说是古典美学在发挥作用。而这一批评的末流则陷于中西美学盲目肤浅的比附，使人无所适从，根本无异于古典美学的转换与再生。古典美学遁入纯粹的学术领域实在是一件得失参半的事，远离现实文坛，可以使它被人们从容地去研究进而尽可能地凸显其本来面目；而进入现实，则不可避免地受到占文坛主流地位的西方理论的挤压和歪曲。从根本上说，现代中国的古典美学必然具有现代性特征，但这种特征的获得并不一定要以丧失本身为代价。

审美现代性是以艺术独立自律、超脱功利目的为其本质特征的，它在现代中国的遭遇也极大地影响了古典美学的现实生存。审美现代性使人们开始大力表彰佛道两家侧重创作论审美论的美学思想，而儒家的文艺功利思想则是被摒弃的。然而，近百年中国的现代性追求无疑是以民族国家的现代性为主旋律的，审美现代性注定要遭受压抑。在这样的情形下，古典美学批评的景观变得十分诡异。中西、古今、审美与政治都参与了古典美学在现代中国的重构。而考察这一重构的过程，有一个不可忽略的参照，那就是作家们的创作实践。也就是说，我们还要考察古典美学批评和创作的关系。

中国新文学受西方文学的影响极为明显，但其中内在的品质和精神却不乏地道的中国特色，这诚如著名学者王瑶所说："现代文学中的外来影响是自觉追求的，而民族传统则是自然形成的。"①在现代文学史上，先秦风范、魏晋风度、晚唐神韵、晚明情致我们都能分明地感受到。对于文学批评而言，批评家的学养也决定着其审美的胸襟。对于作品中古典情味的发现与激赏常常是旧学修养醇厚的人。这种现象使我们认识到，五四先驱所想象的打倒推翻古典文学是那样的不切实际，而古典美学的生命力又是如此地顽强。古典美学的流风余韵在遍地生长着，它也很自然地穿越战争和灾难，进入当代文学的情境中。如前所述，古典美学批评的发展传承无法梳理出一条完整的线索，也为了论述的严谨，本章锁定了两个人物来做具体的评析和阐述，他们是孙犁和汪曾祺。

二、孙犁对儒家美学的探索和实践

孙犁是一位在解放区成长起来的作家。他的作品非常强调优美氛围的营造，常常充满诗情画意。这令他在以"政治标准第一、艺术标准第二"的解放区文艺界有些特殊，从深处看，他与革命文学的主流是不合拍的，因此他被有的研究者称为"革命文学中

① 王瑶《论现代文学与中国古典文学的历史联系》一文，详见王瑶：《中国现代文学史论集》，北京大学出版社 1998 年版，第 314 页。

的多余人”①。值得注意的是，孙犁不单是安于经营自己文字的作家，他还是有意呼吁和提倡一种审美观的文学批评家。作为文学批评家的孙犁，有着自己的审美理想，有着丰厚的学养，有着自己的批评实践，在文坛上也产生了一定的影响。他所出版的文集和选集，都有独立的“文学理论批评卷”。1983 年，人民文学出版社出版了《孙犁文论集》。这一切都是对孙犁批评家角色的肯定。

孙犁自幼酷爱古典文学，他对古典文学的学习和研究直到老年仍坚持不辍。他对古典文学和古典美学的精神品格有着独到的理解。孙犁 1941 年冬季写了一本文艺理论性质的著作《文艺学习》。这本书的副题为“给《冀中一日》的作者们”，是应冀中解放区领导的要求而写的，意在给当时的全民写作运动提供一些指导。对于当时的群众创作而言，政治倾向上是没有问题的，孙犁所提供的只能是艺术指导。从《文艺学习》的内容来看，孙犁对艺术的阐释完全是中国式的，所援引的例子大多是古代的文艺作品和古典美学著作。这本书已初步体现出孙犁的美学理想和古典美学修养。大概从此时期开始，孙犁撰写了大量谈创作的文章，内容涉及古今中外，但以中国古代为主、以谈艺术美学的文章居多。新时期以来，他写了大量的文学评论，这些评论形式不拘，以读作品记、通信、序跋等多种面目出现。晚年的孙犁，避居天津，写了大量的关于古代文史著作的读书笔记，见识卓出。研究孙犁的批评实践，这些是应当考察的内容。

孙犁的美学思想中有着浓郁的儒家气息，这也是他加入革命队伍的根本原因。他笔下的人物都具有深厚的传统文化情结，焕发出儒家伦理道德的美。孙犁的文论出现较为频繁的主题是：作品主题要健康明亮，作家要有对人民负责的良心和勇气。孙犁毫不含糊地反对“为艺术而艺术”，他主张发现生活的美、道德的美、心灵的美。他主张文学要给人向上的力量给人进步的信心，他反对悲剧、反对阴暗抑郁的文学风格。他推崇明亮的美、推崇“从心所欲不

① 杨联芬：《孙犁：革命文学中的多余人》，《中国现代文学研究丛刊》1998 年第 4 期。

逾矩”的美、推崇“思无邪”的美。孙犁的美学理想可以说是通达的儒家的美学观，不僵化不绝对，既具灵活性又不失原则性。在这个意义上，孙犁非常欣赏鲁迅及其所代表的为人生的文学。孙犁十分赞赏真善美相统一的文学观，并且有着自己的理解：

> 艺术创造上的真、善、美，如果这样解释：这三个字要求，作家站在无产阶级和人民大众的立场，抱着对广大人民的善良愿望，抒发真实的感情，反映工农兵真实的情况；在语言艺术上严肃认真，达到优美的境界；作家的思想，代表新生的进步的力量和思潮，有何革命的具体实践相结合……①

这些话并无新奇之处，但孙犁的这种理解并不是对革命文学理论的简单照抄，而是经由对中国文学史的总结而得出的深刻认识。孙犁是很认真地提出来的，其中含有深切的个人体会。对于作家的这种倾诉，我们自然不能作简单的理解。

孙犁最引人瞩目的地方是他对作品艺术性的强调。孙犁写了不少的谈论具体创作的文章，谈论创作过程的有《怎样体验生活》《领会和收获》《论切实》《论情节》《论风格》等；谈论文体的有《关于短篇小说》《关于长篇小说》《关于散文》《关于诗》《关于文学速写》等；谈论文学作品典范及借鉴的有《红楼梦的现实主义成就》《关于聊斋志异》《谈柳宗元》《欧阳修的散文》等。他的这些文章有的是为了指导工农兵而作，谈不上什么高深的见解。但这些文章一以贯之的东西是对作品艺术性的强调。在这些文章中，他多次提到古典文学的借鉴问题。孙犁所主张的对古典文学的借鉴是较为全面的。从他的论述中，我们可以看出，他对整个古代文学史都有研究，很多经典的作品他都有自己的领悟，并且能用之于创作实践。孙犁非常欣赏古典作家的平易为文、朴素雅洁的美，欣赏其优美自然的意境和生动传神的用笔。

---

① 孙犁：《关于散文》，《孙犁文集·文艺理论》，百花文艺出版社 1982 年版，第 318 页。

对于文学评论，孙犁也有成熟的意见。在《金梅〈文海求珠集〉序》中，孙犁指出："作家的艺术观，是一个整体。他主要不是表现在理论方面，而是体现在他的作品之中。凡是大作家，都是无所保留地把他的艺术见解，或明或暗地表现在作品里面。"他因此希望评论家"要广读深思，要与作家的文心相通相印"。他进而指出：

> 在研究作家和作品时，理论家要虚怀若谷，不存成见。要视作家如友朋，同气相求，体会其甘苦，同情其遭际，知人论世。既要看到历史背景，也要看到作家的特异的性质，特殊的创造。①

孙犁显然是在寻求一种久违了的"知音"的批评。他也是在呼唤古代的文学批评的真精神，呼唤那种"友直、友谅、友多闻"的批评氛围。

孙犁自己的文学批评实践贯穿着这个原则，他所评论的作家都是自己所熟悉的，真正做到了知人论世。他的评论的口气是谦和的，没有居高临下之势，真正是如切如磋。他的评论的眼光也是较为独到的，他从作品的一字一句体味，常有精彩的发现。他对吸收了古典文学营养的作品异常敏感，这方面较为显著的例子是他对贾平凹的发现。他非常看重贾平凹的文章，也十分懂得欣赏其文章的妙处。在《读一篇散文》中，孙犁赞赏贾平凹的一篇散文《我的小桃树》，称其短小精悍、真挚朴素，复活了古典散文的优秀传统。孙犁在文章结尾说：

> 这篇散文的内容和写法，现在看来也是很新鲜的。但我不愿意说，他在探索什么，或突破了什么。我只是说，此调不弹久矣，过去很多名家，是这样弹奏过的。它是心之声，也是意

① 《孙犁文集·文艺理论》，百花文艺出版社1982年版，第543页。

之向往。是散文的一种非常好的音响。①

晚年的孙犁不愿意追随文坛潮流，谈论“探索什么、突破什么”，却对具有古典美的文章独具慧眼。这既体现出孙犁的审美观的保守，也体现出他对美学理想的坚守。这种美学理想虽然带有古典主义的色彩，但并不是僵死的美学理想，而且这种坚守在迷恋西方文学理论的20世纪80年代的文坛无疑是弥足珍贵的。

孙犁的批评文体也值得注意。在孙犁的批评文章中，给人最突出的印象是其中引用了大量的古典美学的理论命题，并对这种命题作了恰当的阐释，在孙犁的笔下，这些命题的解释力跨越了时空，给人以耳目一新的感觉。孙犁批评用的语汇很多化用了古典美学的术语，自然恰切，不留痕迹。从整体上看，孙犁的文学批评没有采用论文的文体，他的文章没有定法，随意自然，这是他的作家身份使然。他有时有意采用古典文学批评的笔记体文体，如读作品记、耕堂读书记等，运用自如，足见其濡染古典文化之深。

毫无疑问，孙犁是20世纪中国极具研究价值的作家。他革命文学中的沉浮、1949年后的全身远祸、新时期的衰年变法都给这个不平静的世纪留下了意味深长的一笔。就文学理论批评而言，他的成就不能算是卓越，但他给人们的启示却是深远的。他使我们认识到，古典美学也参与了革命意识形态的塑造，它也必须接受革命的选择和淘洗，也必然对革命文学产生影响，使其葆有一种审美的质素，从而建构起一种新的美学观。孙犁对古典美学资源的接受和运用是较为自然的，他从创作、审美的原本出发，直接承传了古典美学的生命。从而，古典美学在孙犁身上扎根深固进而枝深叶茂。孙犁虽然处于革命文学的边缘，但他对儒家美学、民族特色、中国气派的追求却是能够融进革命文学的主流话语中的。孙犁的文学批评，展示了古典美学在革命中国的一片独特的风景，也让我们体味到传统的变与不变。

---

① 《孙犁文集·文艺理论》，百花文艺出版社1982年版，第510页。

三、汪曾祺对道家美学的阐释和表彰

和孙犁一样，汪曾祺首先是一个作家。汪曾祺的创作生涯始于20世纪40年代，其时他正在西南联大读书，创作上深受西方现代派的影响。1949年后，汪曾祺主要从事剧本的创作改编工作。“文革”结束后，他以短篇小说《受戒》赢得文坛的赞誉，成为新时期最重要的小说家之一。汪曾祺的小说，从感情基调到行文用语，都带有浓郁的古典色彩，这令当时的文坛惊叹不已。在惊异声中，汪曾祺对自己的小说艺术作了一番深入的阐释。这可以视为他文学批评的开始。除此以外，汪曾祺的文学批评活动主要集中在两点，即对自己老师沈从文为人为文的阐述和对文学重要问题的发言。汪曾祺的文学批评家的角色也是相当成功，他的文学观对文坛影响深远，特别是对寻根文学启示极大。他的批评文风也为后来者学习追慕。1993年，《汪曾祺文集》出版，文学理论批评单列一卷。此前，他的谈文学的短文汇成《晚翠文谈》一书。2002年，《晚翠文谈新编》一书出版。这些书籍反响很好，也再一次证明了汪曾祺作为文学批评家的魅力。

汪曾祺的批评文章中，谈美是最主要的内容，而所谈的美，大多是用古典文学的例子来阐发的，古典美学的原则常常不假思考地直接作为评价的标准。翻阅他的文章，那些古典的命题、语汇扑面而来。可以说，他的批评的最好的品质是中国的，是古典的。

汪曾祺的美学观倾向于道家美学。尽管他一再申明自己也喜欢儒家，比如喜欢孔夫子的洒脱。但他所欣赏的儒家的品质恰恰是最近于道家的，是儒道最易调和的那一部分，儒家的最本质特征他并不具备。他的文学观的核心是自由。他主张文章如行云流水、随意自然，他不主张严格的文体界限。在他的批评文章中，小说的散文化、诗化，文体之间的相互吸收和融合是经常讨论的话题。汪曾祺对于文学主题健康正确的理解也较为宽泛和通达，对此，他强调的字眼是“美”，主题要美，思想要美。美的内容实在是丰富的，因而作家的创作自由无疑是扩大了。他晚年对于现代派并不喜欢，但却鼓励青年作家大胆尝试；他自己熟悉热爱古典美学，也在创作上进行大胆尝试，并把成功的经验告诉人们。在汪曾祺的文中，美与自由是高度统一的，自由是作家最好的状态，有自由便会有灵感妙悟，便会有逸情横飞。自由自在，自然自为本身就是一种美。汪曾祺在为自己的作品写的序言中曾说：

> 我的小说的另一个特点是：散。这倒是有意为之。我不喜欢布局严谨的小说，主张信马由缰，为文无法。苏轼说："大略如行云流水，初无定质，但常行于所当行，常止于所不可不止。文理自然，姿态横生。"（《答谢民师书》）又说："吾文如万斛泉源，不择地而出，在平地滔滔汩汩，虽一日千里无难。及其与山石曲折，随物赋形而不可知也。"（《文说》）虽不能至，心向往之。①

这是汪曾祺创作的肺腑之言，如鱼饮水，冷暖自知。我们可以从中看出他对自由精神的体认，以及这种体认的古典美学背景。

汪曾祺认为，小说的核心是写人物。而写人物的原则是"贴着人物写"，这是沈从文传给他的写作法宝。他主张作家要用心体会人物，不要太强调主客观二元对立，要努力做到主客观和谐交融。他提倡一篇小说"字里行间都要浸透了人物"，作者要对人物怀有一颗温爱之心，不要冷嘲热讽。因此，他推崇有抒情氛围的小说，推崇散文化、诗化的小说。他的这些主张中有着深深的古典人道主义情怀，这种情怀不像儒家那样刚猛凌厉，它温情脉脉，带有一点阴性。尤其是他对创作中主体对客体的"体贴"的强调，不能不说是带有道家美学的特征。

汪曾祺的批评文章中最引人瞩目的莫过于他对文学语言的强调。在《晚翠文谈新编》中，关于文学语言的论述被编为一组，有七篇之多，足见其对语言的重视。他指出语言的四种特性：内容

---

① 汪曾祺：《〈汪曾祺短篇小说选〉自序》，《晚翠文谈新编》，三联书店 2002 年版，第 305 页。

性、文化性、暗示性、流动性。关于内容性，他说：语言是文学的本体，本身即是内容，语言的粗俗就是思想的粗俗，语言的鄙陋就是内容的鄙陋；关于文化性，他说：语言的后面都有文化的积淀，作家应学习古典诗词和民歌；关于暗示性，他说：语言的美要看它传递了多少信息，暗示出文字以外的多少东西，要讲求“言外之意”“弦外之音”，要留出空白让读者自由联想，尽量少写，切忌写得太迟；关于流动性，他说：语言要讲求“文气”，“气盛言宜”，讲求语感和语言的音乐性，力求做到“为声俊耳”。① 他十分尊重汉语的特性，对汉语的声音、形象、颜色都有深刻的领会，他提倡语言的平淡与传神。汪曾祺对语言的讲求在文坛是有口皆碑的，而他对语言特性的自觉研究则堪称独步。在他的关于语言的论述中，一以贯之的是对语言民族性的追求。对汉语特性的创造性运用始终是他艺术尝试的一个重要方面。在此过程中，古典美学资源起了支撑性的作用。

在具体的文学批评实践中，汪曾祺首先做到的是“知人论世”。这一点突出地表现在他对沈从文的阐释中。和“贴着人物写”的创作原则一样，他也做到了“贴着人物评”。他对沈从文抒情气质、牧歌情调、人文信念的论述都给现代文学研究者以很大启发，直接推动了沈从文研究乃至现代文学史研究。由于自己古典美学修养的深厚，他对沈从文作品中古典文学质素有非常准确的发现，他指出沈从文的山水描写直接受了六朝散文《水经注》等的影响，指出沈从文的语言有着《史记》《世说新语》的痕迹。② 凡此种种，都令人拍案叫绝。当代的作家，汪曾祺评论的不多，但也有精彩之作。比较有代表性的是评论阿城的一篇文章《人之所以为人》。在这篇文章中，他体味得很细、很用心，从细节的设置到语言上的遣词造句，他都对阿城寄予了“理解之同情”。虽然汪曾

① 参见《思想·语言·结构》以及《学话常谈》等文，这组谈论文学语言的文章都收在《晚翠文谈新编》一书中。

② 参见汪曾祺：《沈从文和他的〈边城〉》，《晚翠文谈新编》，三联书店 2002 年版，第 195~213 页。

祺一再称“这样的文章我写不出来”，但欣赏中的共鸣却还是隐约可见的。这共鸣大概来自于他们不约而同地对古典美学的迷恋。

汪曾祺的批评文体和他的文章一样自由散漫、不拘形式，有时他的批评就是一篇优美的散文。《又读〈边城〉》一文，夹叙夹议，不瘟不火，不急于作结论，仿佛引领读者在艺术世界中漫游。汪曾祺的批评文章大多是这种风格，漫不经心中忽有点睛之语，颇具古代小说评点批评的风神。通览他的批评文字，不难发现，他对古代批评文体的追求模仿是有意为之的。

汪曾祺的批评文字绝大多数写于20世纪80年代。在新时期文坛唯新是从、唯西是从的思潮中，汪曾祺毫不掩饰自己对古典美学的追求。他直率地说他的老师是明代的归有光，并且身体力行，不断地阐释古典美学，扩大其影响。他同时也是当代文学民族化、回到民族传统的积极呼吁者，他的一些见解至今看来仍不乏睿智。

尤为值得注意的是，汪曾祺开始文学创作时，对西方现代派文学的学习热情是空前高涨的。而时隔四十年，当文坛学习现代派蔚为风潮时，却异常地冷静，相反却反归古典，致力于文学的民族化。在汪曾祺的文学评论文章，上述主张反复出现，显然说明他的思考是成熟的、坚定的。他对现代派文学并不排斥，也有时把西方理论熔铸到古典美学中，使之在批评中相得益彰。他有时也用西方理论观照古典文学，比如他说归有光的文章具有现代意味，李商隐的诗具有现代派色彩等。但这些情况并不多，在他的美学理想中，古典美学、民族传统无疑是占压倒性地位的。相对于孙犁而言，汪曾祺的古典美学理想更侧重于道家，这也许是他在新时期文坛较为坚定同时又较为通达的原因。不过，他的美学理想的反复也同样启人深思。

四、当代文学批评中古典美学复兴之可能

以孙犁和汪曾祺为例，来论述当代文学批评中古典美学资源，既有偶然性，也有必然性。他们的主要身份是作家，也无意做一名文学批评家。但考察古典美学在现代中国的命运，也只有他们才有

条件写出这样的文学批评。革命家无心审美，更无心返归古典；那些有着合法营业执照的批评家所用必然是来自西方的理论资源。从“五四”以来，中国的文学批评界一直处于西方文论主导的状态。古典美学则一直蛰伏在象牙塔中，不曾得到职业批评家的青睐。算来算去，也只有旧学修养醇厚又深谙创作规律，并且不受学院模式局限的作家来承担。作家的出场也必然带给批评界别一番风景。法国著名学者蒂博代在其论文学批评的专著《六说文学批评》（又名《批评生理学》）中曾把文学批评分为即时的批评（报刊文学记者的批评），职业的批评（大学教授的批评）和大师的批评（公认的作家的批评）。他评述道：作家的批评和大学教授寻章摘句、吹毛求疵的批评不同，它是一种寻美的批评，追求的是天性或意识的遇合。这种批评对作家作品抱持一种理解和同情的态度，批评过程中充满创造的欢欣。① 这番话用来阐述孙犁、汪曾祺的批评的品质是再好不过了。而更可称赞的是，他们不仅有着优秀作家的禀赋，还有着古典美学理论修养，而这恰好满足了人们的更进一步的期冀，正如瑞士文学批评家让·斯塔洛宾斯基所希望的那样：“也许两者（即职业批评和作家批评）之间的余地倒有可图，即教授或作家肯冒某种风险撰写随笔，形成一种自由的批评。”②

回顾20世纪文学批评发展的历程，古典美学批评只能以随笔杂感之类的小品文形式出现。学院派批评无法接纳它，正经的官方批评也无法整合它。反之，这种批评也天生地拒绝外来的任何改造，它的生命是自由。然而，要论对文学发展的影响，对文学生活建构的贡献，这种批评是无法绕过不提的。它虽然不登大雅之堂，但潜滋暗长、生机勃发，特别是当下，这种批评极其活跃，也颇受人们的欢迎。这种批评所焕发的古典美学的活力、所作出的传统的现代转换的实践都令人欢欣鼓舞。

---

① 这里对蒂博代的观点进行了总结，其论述详见《六说文学批评》一书，三联书店2002年版。

② ［法］蒂博代著，赵坚译：《六说文学批评》，三联书店2002年版，第1页。

就当代文学批评史而言，古典美学批评也一直处于被压抑的潜隐状态。在20世纪五六十年代的文学批评中，马克思主义批评一统天下。尽管科学的马克思主义一直强调对古典传统的扬弃性地继承，文艺领导者也一度提出过“推陈出新”“百花齐放”的方针，但这毕竟是一种想象。当时的文艺批评的主要任务是参与文化建设，而建设则不可避免地重视利害关系，对于新生的革命政权来说尤其如此。因此，除了马克思主义批评以外，其他美学资源实际上无法从容地参与社会主义文化的建构。不过，相比之下，古典美学由于其自身的民族性特征较少遭到批判和遮蔽。即使如此，面对文学现状，它所提供的也只能是几个简单的语汇，那种平易近人、如切如磋的文风，那种审美发现的愉悦则荡然无存了。“文革”十年，文学批评畸形发展，成为被狂挥乱舞的棍子。新时期以来，西方理论的引进令人目不暇接，让人感受到“五四”的气息。而对这些理论的匆忙运用，则上演了一幕幕文化的奇观。重重挤压下的古典美学批评势必要遭遇冷眼。20世纪90年代，后现代文化开始风行。这种消解中心权威、反抗文化压迫的文化逻辑也许有助于古典美学的复兴。作为一种批评模式的古典美学批评也许会引领风骚。而前辈的有识之士如孙犁、汪曾祺等从创作与审美的本能出发，身体力行，为我们树立了典范，也让我们体会到古典美学批评生命的坚韧。

20世纪对我们来说是充满民族悲情的世纪，面对一个强大的西方，我们的文化自信力几乎丧失。在西方视野的笼罩下，我们的每一步努力都带有后殖民时代的特征，古典美学的现代转换举步维艰。百年来的上下求索告诉我们：古典美学的批评实践只能从文学创作的民族性上寻求突破，而文学的民族性的获得从根本上说取决于民族的复兴。俱往矣，在中华民族和平崛起的明朝，我们必将看到古典美学的壮丽新生。

参 考 文 献

[1] 於可训：《当代诗学》，长沙：湖南人民出版社 2000 年版。
[2] 陈建华：《革命与形式》，上海：复旦大学出版社 2007 年版。
[3] 胡志毅：《国家的仪式：中国革命戏剧的文化透视》，桂林：广西师范大学出版社 2008 年版。
[4] 张均：《中国当代文学制度研究 1949—1976》，北京：北京大学出版社 2011 年版。
[5] 王本朝：《中国当代文学制度研究》，北京：新星出版社 2007 年版。
[6] 方长安：《冷战·民族·文学》，北京：中国社会科学出版社 2009 年版。
[7] 汪介之：《回望与沉思》，北京：北京大学出版社 2005 年版。
[8] 南帆：《五种形象》，上海：复旦大学出版社 2007 年版。
[9] 刘绪源：《今文渊源》，上海：上海文艺出版社 2011 年版。
[10] 程光炜：《文学史研究的兴起》，福州：福建教育出版社 2008 年版。
[11] 黄曼君先生主编：《中国近百年文学理论批评史》，武汉：湖北教育出版社 1997 年版。
[12] 胡星亮：《二十世纪中国戏剧思潮》，南京：江苏文艺出版社 1995 年版。
[13] 支克坚：《周扬论》，开封：河南大学出版社 2004 年版。
[14] 胡乔木：《胡乔木回忆毛泽东》，北京：人民出版社 1994 年版。
[15] 陈晋：《文人毛泽东》，上海：上海人民出版社 1997 年版。
[16] 杨奎松：《中华人民共和国建国史研究》，南昌：江西人民出

版社 2009 年版。
[17] 沈志华：《处在十字路口的选择》，广州：广东人民出版社 2013 年版。
[18] 李洁非：《典型文坛》，武汉：湖北人民出版社 2008 年版。
[19] 李洁非：《典型文案》，北京：人民文学出版社 2010 年版。
[20] 袁鹰：《风云侧记》，北京：中国档案出版社 2006 年版。
[21] 陈徒手：《人有病，天知否》，北京：人民文学出版社 2000 年版。
[22] 王培元：《在朝内 166 号与前辈魂灵相遇》，北京：人民文学出版社 2007 年版。
[23] 涂光群：《五十年文坛亲历记》，沈阳：辽宁教育出版社 2005 年版。
[24] 严平：《新中国文坛沉思录》，北京：人民文学出版社 2015 年版。
[25] 钱理群：《岁月沧桑》，上海：东方出版中心 2016 年版。
[26] 洪子诚：《材料与注释》，北京：北京大学出版社 2016 年版。
[27] 洪子诚：《问题与方法》，北京：三联书店 2002 年版。
[28] 黄子平：《沉思的老树的精灵》，杭州：浙江文艺出版社 1986 年版。
[29] 黄子平：《灰阑中的叙述》，上海：上海文艺出版社 2001 年版。
[30] 唐小兵编：《再解读：大众文艺与意识形态》，香港：牛津大学出版社 1993 年版。
[31] 刘禾：《跨语际实践》，北京：三联书店 2002 年版。
[32] 张旭东：《全球化时代的文化认同》，北京：北京大学出版社 2006 年版。
[33] 蔡翔：《革命与叙述》，北京：北京大学出版社 2010 年版。
[34] 李杨：《抗争宿命之路》，长春：时代文艺出版社 1993 年版。
[35] 李杨：《50—70 年代中国文学经典再解读》，济南：山东教育出版社 2003 年版。
[36] 韩毓海：《从红玫瑰到红旗》，上海：上海远东出版社 1998

年版。
[37] 旷新年：《1928：革命文学》，济南：山东教育出版社 1998 年版。
[38] 旷新年：《写在当代文学边上》，上海：上海教育出版社 2005 年版。
[39] 李陀编：《昨天的故事》，北京：三联书店 2011 年版。
[40] 王德威等编：《1949 年以后》，上海：上海文艺出版社 2011 年版。
[41] 陈改玲：《重建新文学史秩序》，北京：人民文学出版社 2006 年版。
[42] 孙先科：《说话人及其话语》，上海：上海文艺出版社 2009 年版。
[43] 朱寨主编：《中国当代文学思潮史》，北京：人民文学出版社 1987 年版。
[44] 艾晓明：《中国左翼文学思潮探源》，长沙：湖南文艺出版社 1991 年版。
[45] 温儒敏：《新文学现实主义的流变》，北京：北京大学出版社 1988 年版。
[46] 陈方竞：《鲁迅与中国现代文学批评》，北京：北京大学出版社 2011 年版。
[47] 刘锡庆：《散文新思维》，石家庄：河北教育出版社 1998 年版。
[48] 温儒敏：《中国现代文学批评史》，北京：北京大学出版社 1993 年版。
[49] 陈顺馨：《社会主义现实主义理论在中国的接受与转化》，合肥：安徽教育出版社 2000 年版。
[50] 安敏成：《现实主义的限制》，南京：江苏人民出版社 2001 年版。
[51] 张德祥：《现实主义当代流变史》，北京：社会科学文献出版社 1997 年版。
[52] 孟繁华：《中国 20 世纪文艺学学术史》（第三部），上海：上

海文艺出版社 2001 年版。
[53] 丁晓原：《20 世纪中国报告文学理论批评史》，合肥：安徽大学出版社 1999 年版。
[54] 佘树森、陈旭光：《中国当代散文报告文学发展史》，北京：北京大学出版社 1996 年版。
[55] [苏] 巴赫金著，钟中文译：《小说理论》，石家庄：河北教育出版社 1998 年版。
[56] [德] 黑格尔著，朱光潜译：《美学》，北京：商务印书馆 1979 年版。
[57] 李衍柱：《马克思主义典型学说史纲》，济南：山东文艺出版社 1989 年版。
[58] 董学文：《马克思与美学问题》，北京：北京大学出版社 1983 年版。
[59] 朱立元、王文英：《真的感悟》，上海：上海文艺出版社 2001 年版。
[60] 俞吾金：《意识形态论》，上海：上海人民出版社 1992 年版。
[61] 马驰：《"新马克思主义"文论》，济南：山东教育出版社 1998 年版。
[62] 周宪：《审美现代性批判》，北京：商务印书馆 2005 年版。
[63] 段吉方：《意识形态与审美话语》，北京：人民文学出版社 2010 年版。
[64] 汪晖、陈燕谷主编：《文化与公共性》，北京：三联书店 2005 年版。
[65] 耿占春：《叙事美学》，郑州：郑州大学出版社 2002 年版。
[66] 曹文轩：《小说门》，北京：作家出版社 2002 年版。
[67] 鲁迅：《中国小说史略》，北京：人民文学出版社 1980 年版。
[68] 陈平原：《中国散文小说史》，上海：上海人民出版社 2004 年版。
[69] 石昌渝：《中国小说源流论》，北京：三联书店 1994 年版。
[70] 夏志清：《中国古典小说史论》，南昌：江西人民出版社 2001 年版。

[71] 李茂增：《现代性与小说形式》，上海：东方出版中心 2008 年版。
[72] 赵宪章等：《文学与形式》，南京：南京大学出版社 2011 年版。
[73] 冯宪光：《西方马克思主义美学研究》，重庆：重庆出版社 1997 年版。
[74] 张西平：《卢卡奇》，长沙：湖南教育出版社 1999 年版。
[75] [法] 蒂博代著，赵坚译：《六说文学批评》，北京：三联书店 2002 年版。
[76] [法] 皮埃尔·布迪厄著，刘晖译：《艺术的法则：文学场的生成和结构》，北京：中央编译出版社 2001 年版。
[77] [美] 伊恩·P. 瓦特著，高原、董红钧译：《小说的兴起》，北京：三联书店 1992 年版。
[78] [法] 罗杰·加洛蒂著，吴岳添译：《论无边的现实主义》，天津：百花文艺出版社 1998 年版。
[79] [美] 华莱士·马丁著，伍晓明译：《当代叙事学》，北京：北京大学出版社 1990 年版。
[80] [美] 杰姆逊：《后现代主义与文化理论》，北京：北京大学出版社 2005 年版。
[81] [英] 特里·伊格尔顿著，文宝译：《马克思主义与文学批评》，北京：人民文学出版社 1980 年版。
[82] [英] 特里·伊格尔顿著，商正译：《理论之后》，北京：商务印书馆 2009 年版。
[83] [美] 海登·怀特著，董立河译：《形式的内容》，北京：文津出版社 2005 年版。
[84] [法] 伊夫·瓦岱著，田庆生译：《文学与现代性》，北京：北京大学出版社 2001 年版。
[85] [美] 马歇尔·伯曼著，徐大建、张辑译：《一切坚固的东西都烟消云散了——现代性体验》，北京：商务印书馆 2003 年版。
[86] [英] 佩里·安德森著，高铦、文贯中、魏章玲译：《西方马

克思主义探讨》，北京：人民出版社 1981 年版。
[87] [美] 本尼迪克特·安德森著，吴叡人译：《想象的共同体》，上海：上海人民出版社 2003 年版。
[88] 詹明信：《晚期资本主义的文化逻辑》，北京：三联书店 1997 年版。

后　记

这本小书是我从事十七年文学研究工作的一个小结。

我对十七年文学产生兴趣，是在河南大学文学院读本科时。记得我们99级学生刚入校，刘景荣老师就向我们强烈推荐洪子诚先生那时刚刚出版的《中国当代文学史》，我也就及时买下并认真阅读了。当时为书中丰富的内容所吸引，但并不理解这本书所体现的学术理念。大三时又买了洪先生的《问题与方法》，才约略对十七年文学史研究的意义有所了解，兴趣也大增。待到大四做毕业论文时，便想选一个与此相关的题目，最后出于资料利用的便利，写的本科毕业论文是《从“鲁迅方向”到“赵树理方向”：关于解放区文学思潮发展的一种描述》，这篇论文自我感觉还是有些新意的，答辩时也获得了刘进才、李国平等老师的认可，被评为优秀论文。随后，我看到陈思和先生主持的《上海文学》杂志举办“文学新人大赛”，其中有大学生学术论文类，便把这篇论文寄去参赛，后来得知获得大赛的优秀论文奖（相当于三等奖），并收到1000元奖金和制作考究的奖牌。这对于我来说，是极大的鼓舞。

出于对洪子诚先生的敬仰，大三时我决定背水一战，报考北京大学中文系中国现当代文学专业当代文学方向的硕士研究生，经过努力，大四毕业之际幸运被录取，得以在自己喜爱的学校和专业学习。攻读硕士期间，我在导师计璧瑞及其他老师的指导下，开始有意识地积累关于十七年文学的知识，也开始撰写一些关于十七年文学的论文。本书中的一些章节，最初就是形成于那个时候。在武汉大学文学院读博士期间，导师於可训先生对我鼓励有加，十分支持我从事十七年文学的研究。我很早就发现学界关于十七年文学批评的研究没有从文学思潮史中脱离出来，这时就想利用做博士论文的机会，系统地梳理一下十七年文学在具体文学文本批评方面的表现，研究策略是悬置重大突发性文化批判事件，关注点则是批评家们创造社会主义新文学的宏伟抱负以及这种抱负在文本形式方面所遭遇的深刻困境。在於老师的指导下，这篇论文按时完成了。由于时间仓促，尽管我也有些积累，并查阅了大量原始史料，但还是感觉不太满意，更令我郁闷的是论文有出力不讨好的感觉，总体上没有文本阐释和个案探讨的论文那样出彩。於老师和答辩时的几位先生，都指出我的这篇博士论文像一部教材，这也印证了论文不够出彩的事实。于是乎，到今天我也没有勇气把论文直接拿出来出版，而是想慢慢修改打磨直至完善。博士毕业到现在，关于十七年文学研究，我写了几篇个案性研究的系列文章。由于还穿插着研究中原作家群的创作，近年来我关于十七年文学研究的成绩较少，而学界关于十七年文学研究的进展很大，我常常有紧迫感，也想集中精力参与进去，可是由于种种原因，做得不尽如人意。这次出版这本小书，算是一个以往研究的总结，希望也算是一个新的开始吧。

这本小书所显现的成绩虽然使我羞愧，却包含了诸多师友的关爱，也离不开学校领导、文学院领导及科研处等部门领导的支持帮助。这里，真诚地道一声感谢。

本书是我所主持的国家社科基金青年项目“十七年文学批评史研究”（14CZW011）的阶段性成果之一。希望同行专家们批评指正。

吕东亮

2018 年 6 月于半亩塘畔